文
景

Horizon

日 | Horizon
系

社 科 新 知　文 艺 新 潮

有頂天家族

<ruby>有頂天<rt>うちょうてん</rt></ruby>
<ruby>家族<rt>かぞく</rt></ruby>

［日］ Morimi Tomihiko 森见登美彦 著

高詹燦 译

上海人民出版社

不正经天才的
狂想世界

进入二十一世纪以后，有两位爆红的超级新星席卷日本文坛，并且一扫世人对于"数理京大"（京都大学）、"文史东大"（东京大学）的刻板印象。他们的作品雅俗共赏、幽默有趣却又富有内涵；既引人入胜又寓教于乐。他们就是分别以《鹿男》和《有顶天家族》横扫书店畅销书排行榜，被称为"京大双璧"的万城目学与森见登美彦。

在日本的购书网站上买书的时候，只要买京大二宝其中一人的书，网站一定会推荐另一个人的作品给读者，因为他们的风格笔法有不少共通之处。他们都有纵横无尽的想象力、构筑出诙谐风趣的人物；但是相较于万城目学是以日本历史为主轴，架构出离奇诡异、引人入胜的独特世界，森见登美彦却走京都路线，在四叠半（约 7.29 平方米）的空间中编织光怪陆离荒诞不经的宅男狂想。两人几乎同时出道，也结为莫逆；森见会在博客上提万城目的近况道他长短，万城目也把森见出拳打他的一幕藏在作品《万步计》的封面上跟读者分享，完全就是哥俩好，一对宝。不过我们的主题是森见登美彦，这里就先不提万城目学了。

　　森见登美彦出生于 1979 年，他的笔名登美彦是源自与他故乡奈良县生驹市有深厚渊源的日本神话人物登美长髓彦，森见是他的本姓。他毕业于京都大学农学部生物机能科学学科应用生命科学课程，也念了个农学研究科硕士，曾边在图书馆任职边从事写作，现已成为专职作家，至今已出版十余本著作。他在 2003 年以《太阳之塔》获得第 15 届日本奇幻小说大奖而出道；《春宵苦短，少女前进吧！》获得第 20 届山本周五郎奖，入围第 137 届直木奖，并获得 2006 年书店大奖第二名；2008 年又以《有顶天家族》获得 2008 年书店大奖第三名；2010 年以《企鹅高速公路》获得日本科幻小说（SF）大奖。从这些得奖记录，我们会发现他在短短几年中就成为非常成功的畅销作家，而且雅俗共赏，不论是由文坛大佬主导的奖，或是由书店店员公投的奖，森见都是榜上常客。一个内向害羞到近乎自闭的孤僻男生，究竟是怎么摇身一变成为文坛奇葩，达到这个让其他作家妒羡交加的境界的呢？

　　他一鸣惊人，出道作品《太阳之塔》就获得日本奇幻小说大奖。在这本书中，森见登美彦是以九成九的真实与一分的虚构，写出京大宅男的日常生活及脑袋中的胡思乱想。这本书居然被当成"奇幻"，只能说日本人实在是不了解京大生，不知道京大生其实并不只会思考艰深的学问。不过这也表示日本文坛承认了这种奇幻小说的新领域，并把森见登美彦的写作风格定位成"魔幻现实主义"（Magic Realism）。

　　根据我的认知，相对于"科幻小说"指"具有可能性的文学"（在科学上也许将来有一天会实现），"奇幻小说"是指"不具可能性的文学"（将来人类也不可能做到的事，例如魔法、想象中的生物），而大部分童话及儿童文学则可归类为把读者年龄层设定得比较低的奇幻小说。奇幻小说基本上可分成以异世界为舞台背景的 High Fantasy，及以现实世界为背景的 Low Fantasy。前者是完全虚构的世界（例如《魔戒》），可再细分成叙事诗型、英雄型、神话传说型、虚构历史型；后者则是有魔法或妖精等异质事物夹杂在现实生活中的故事（例如《哈利·波特》），有生活魔法型、传奇小说型等。在森见得奖之前，日本的奇幻小说以轻小说、儿童文学、漫画为主，其他的大多属于虚构历史。例如第 1 届（1989 年）日本奇幻小说大奖获奖作品，酒见贤一的《后宫小说》是以虚实交错的中国历史为主轴，其另一部作品《在陌巷》是以孔子的门生颜回为主角；第 11 届大奖得主宇月原晴明则以织田信长为主角写日本历史奇幻。其他历届得主多半是写英雄型的奇幻小说。第 8 届（1987 年）日本科幻小说（SF）大奖得主，知名的博物学家兼收藏评论家荒俣宏则写过《帝都物语》及以郑芝龙与其子郑成功为主角的《海霸王》等。直到现在，森见作品仍旧维持一贯的关键字："京都""四叠半""妄想"，既写实也幻想，偶尔加上一点日本神怪和动物。

他的文风走明治末期到昭和初期的路线，有点江户川乱步的笔法，能够降低读者对古文的畏惧；而另一方面，他替文学做的新解，也能诱使读者重拾古籍，对"文学复兴"有不小的帮助。

出道至今，森见一共出版了十余本书。他把每本书都称为自己的孩子，照着出版顺序算排行，还分了男生女生，依序分别是《太阳之塔》（长男）、《四叠半神话大系》（次男）、《狐狸的故事》（三男）、《春宵苦短，少女前进吧！》（长女）、《〈跑吧，梅洛斯！〉新解》（四男）、《有顶天家族》（五男）、《美女与竹林》、《恋文的技术》、《宵山万华镜》、《企鹅高速公路》、《四叠半王国见闻录》、《京都团团转导览》、《邮政少年》。他对他们的长相（封面）、身高体重（页数）如数家珍，完全是一个傻爸爸的模样。通常爸爸最疼第一个女儿，森见的长女也没让他失望，不但与大哥二哥并驾齐驱也出版了文库本，还多了漫画版，甚至连舞台剧都有啦！这总算让他在作品已被拍成电视、电影，制作成舞台剧的万城目学面前争了点面子回来。

森见的小说作品大致分成以下几类：京大生与周遭的人事物，以及京都神怪动物的酸甜苦辣。但即便是在这几类作品中，也有不少场景与道具是共通的，纵横无碍地穿梭在京都的古时今日、虚幻与现实之中。从字里行间，我们会发现森见的"基地"是个四叠半大的房间，他酷爱有极佳酒量的黑发少女，拥有一只触感很好的麻薯熊，而且一定有个会被误认成苹果的红色不倒翁！现在我就先对森见家的孩子做个简单的介绍。

《太阳之塔》和《四叠半神话大系》都是京大宅男的妄想日记，前者描写的是延迟毕业的大五生的自虐生活；后者的主角则是大三生，四篇故事分别检讨他在大学一、二年级参加四个不同社团时的日常生活。《狐狸的故事》则是以京都的古董店为背景，是一部读后会让人对古董文物又爱又怕的怪奇小说集。《春宵苦短，少女前进吧！》的本质是谐谑的单恋手记，读者随着爱在心里口难开的不中用学长跑遍京都，奔走在夜晚的先斗町、下鸭神社的古书市、吉田神社、百万遍、哲学之道，只期望学妹能看到自己，跟自己说说话时，种种场面让人忍不住发出会心微笑。

在《〈跑吧，梅洛斯！〉新解》中，森见以另类的诠释重写了《山月记》《百物语》《跑吧，梅洛斯！》等五篇知名的故事，既精辟地说出京大生对友情的看法，又能吸引读者找原书来看，做深度阅读。《有顶天家族》是笔者的最爱，以从平安时代起就住在下鸭神社纠之森里的狸猫一族为主角，描绘京都的和平原来是由人、天狗、狸猫"三足鼎立"维持而成的；以变身闻名的狸猫最怕的是惨遭人类煮成狸猫锅；因酒沉沦的天狗落魄潦倒之后会有何种下场，等等。森见以他令人叹服的想象力创造出多样化的角色，让他们特立独行各自表述，引领读者进入京都的另类空间。2009 年 7 月的作品《宵山万华镜》则是以日本三大祭典之——京都著名的"祇园祭"前夜为背景的连作短篇奇幻小说集。这本作品维持森见的一贯手法，以京都为背景，妖异与现实混杂，虚中有实、乱中有序；怪学生与普通人被周遭发生的各种怪事怪相给兜得团团转，祇园祭就像一个平行的异空间，独立于京都与日本之外，但发生在此时此刻的人与事，一律是"如有雷同，纯属巧合"……

而《美女与竹林》是森见第一本随笔集，他以虚实交错的笔法写下对竹林的看法，开发出来的竹子利用方式（包括要放养熊猫），如《竹取物语》中描述一般在竹子里寻找妻子等。事实上，森见于三十岁生日当天在他博客上自曝结婚消息时，也是用这本书里的手法来宣布的。而《恋文的技术》终于让主角走出京都，到能登半岛上一个鸟不生蛋的临海实验所去研究水母。由于那里实在太偏僻，主角无事可做，就以"文通武者修行（通信勇者修行）"为由，不停地给住在京都的亲朋好友写信，替朋友的恋情出出馊主意，或是摆出哥哥的架子对妹妹说教。而从这些单方面的去信，我们仍旧看得出京大生的无聊与孤寂，以及死鸭子嘴硬绝不示弱的身段与骄傲。这本书也被期待能重新带动日本的写信风气，我猜在不久的将来，日本的邮局就会找上森见登美彦，在鼓励日本人写信的 7 月 23 日的"文月文日"[1] 活动上当代言人呢。

我由衷怀疑《企鹅高速公路》这本书，是森见和万城目两个人事先商量好要写来一较高下的作品。因为除了万城目的《鹿乃子与玛德莲夫人》中是以猫和狗、森见的作品中是企鹅之外，这两本都是以小学生为主（配）角，描写生活中突然多出一只（群）动物、小朋友和动物之间的互动交流，以及从中衍生出的各种温馨景象。不过相对于万城目的以猫为主人为配，森见笔下则是小男生在发现自己住的郊区突如其来地出现了一群企鹅之后，追踪解谜想要了解企鹅出现的缘由。森见是以小朋友的好奇与探究为主轴来写这篇奇幻故事的。

《四叠半王国见闻录》把四叠半的妄想发挥到极致，全书有七篇宇宙无敌的四叠半狂想，包括想用数学公式来证明自己的恋人确实存在的阿呆；能够自由自在用念力去除 A 片上的马赛克，再随便把它们重组乱贴的阿呆；因内心伤痛而一蹶不振时就会让周围空间也跟着凹陷的阿呆，等等。但既然他们都窝在四叠半之中，他们就是徜徉在那小小正方形王国中的王者，尽情地使出浑身解数……

《京都团团转导览》更是森见的作品场景导览书，让森见带着读者从鸭川三角洲到伏见稻荷大社，一路游遍京都的风景名胜，还外带两篇随笔、名家漫画、京都图片。凡是森见迷想逛京都，有这一本还真的就什么都不缺啰。

森见可能是写出心得或兴趣来了，在《企鹅高速公路》出版一年多后，又以这个小男生（青山）为主角写了一篇故事《邮政少

1　日语为"文月ふみの日"。7 月旧称"文月"，2（ふたつ）3（みっつ）的发音取其首假名"ふみ"，音同"文（ふみ）"，意为"信"。

年》，还是买小说附赠"入浴剂"（泡澡粉）的文库版小说呢。青山最引以为自豪的事情是，自己应该是写笔记最多的孩子，于是他办了一个青山邮局。但是在帮朋友投递信件的过程中，遇到收件地址是火星或是未来的情况，这时他应该怎么解决问题？这本书非常薄，但边泡澡边读，却能够让人全身里里外外都变得温暖。

森见之所以会受欢迎，并不是因为他的高学历，日本文坛多的是从旧帝大毕业的作家。他的受欢迎是因为他把京大生的穷极无聊、插科打诨、装疯卖傻、孤高无奈全都摊出来，让社会大众发现京大生的真面目原来是完全的生活白痴，而不需要看见京大招牌就深觉惶恐鞠躬致意，乃至有种恍然大悟海阔天空的领悟。另一方面，京大生会替森见广为宣传他的书，则是因为在森见和世人分享了京大生的宅与怪之后，各届京大生活得更自在了。因为森见的书卖得越好，就越多人理解京大生不跟人打交道的特质并非出于傲气，只是由于不知所措；抢人话头并不是不懂礼貌，而是纯属健忘。而最好的，是让世人知道京大生不是只会读教科书而已，他们的脑袋是灵活的、充满想象力的，只是不善于当面对人表达而已。森见笔下的主角，是众多京大生的化身；森见本人，则是京大生的代言者；而森见的小说，则是营销京都的旅游导览书。

要了解京都的历史地理人文风俗，只看旅游书是不够的，当下流行的，是读森见登美彦呢！

张东君

（京都大学理学研究科博士候选人，科普作家，金鼎奖得主）

有趣
是最伟大的天赋

—— 致《有顶天家族》

你知道森见是个力求有趣的人，一定不是第一次了。

我最早看的是《四叠半神话大系》，那时觉得这人追求结构和笔法的趣味度，简直到了耍无赖的程度。直到明白它想表达的主题，才终于觉得在这个前提下这些耍贫嘴和凑字数似的安排算得上有趣。

后来见专业的阅读建议，读森见应当最先读《有顶天家族》。是的，读《有顶天家族》你才能窥探他灵魂最浅显易懂的部分，那就是——"有趣即正义。"

恕我浅薄，我觉得"有趣"就像是写作乘法中的那个零，如果写出来的东西不有趣，其他优点又有什么意义？也许你有千万种定义"有趣"的方式，但说真的，很难描述怎样的书才能比森见这本更有趣。我甚至难以举例，因为整本书的世界就是建立在有趣的基础上，天狗、人类和狸猫在光怪陆离的京都平凡有趣地生活着，秉持着各自看待世界的有趣方式。

"我话声刚落，老师便放了个响屁。屁声之响，连老师都为之一惊，忍不住'咦'了一声。"相信我，从这句开始你就会一发不可收地陷入他荒诞的世界观里。在这个世界里，一只狸猫可以变身成一座山恐怕是最平凡的想象了。

　　他的叙述看似完全依赖发散性思维，实际并非感性的天马行空，前章铺垫的小细节，后章一定会慢慢圆满写完。那背后是一种极具雄性感的逻辑思维。他还有毫不掩饰、利落又古典的雄性的浪漫——浪漫也是个伟大的天赋。

　　谁还能在浮华的现代社会写出像昭和时代的街道一般静雅的气氛呢？大家都力图反省文明过度发展过程中的寂寞和萧瑟，而他懒散的娓娓讲述就像雨后京都的街道。他就像个维新时代的刀客，带着心中少年时的剑和多少不合时宜的纯情，游历自己心中所见的江湖。对家族至死忠诚，对抗敌人（不管是多么可笑的过节）豪气万丈，将恋爱神圣又谨慎克制地摆在心上。

　　我不禁揣测森见的为人，他忠于自己的有趣，并不纠结于境界、深度等哲学层面的写作问题，却对拘谨或古板的人也抱着善意的慈爱态度，亲切地关爱他们，就像他描写主角毫无斗志的古板二哥。"有一次他严重消沉，喃喃说着：'呼吸真麻烦。'"像叹气一般的描写，恐怕需要真心体验过，才能写出这么精妙的消沉。他对什么都不加深入讨论，似乎在嘲笑连篇累牍的愁苦思考，但他轻佻的视角太有趣味，你也不忍心责怪他。

　　阅读最棒的是得见不同人所见的世界，悲观也好，嬉皮也好，有趣的宅男更好，因为他其实柔情又大气。

　　"如此这般，从容不迫地接受命运的安排。"大概就是他心中终极的有趣与浪漫。

柯　晗

（文艺作家、日语译者）

桓武天皇时代，成千上万的百姓离开《万叶集》的发祥地[1]，大举迁往京都。

他们兴建都城，繁衍子孙，争夺政权，敬畏神明，崇信神佛，吟歌作画，干戈相向，征战攻伐，最后终于放火烧了城市。但人们不厌其烦，再次重建都市，复又繁衍子孙，全力经商，钻研学问，享受太平盛世，对四艘蒸汽船[2]看得目瞪口呆，这时一个不小心，整个城市再度付之一炬。但人类就是学不乖，他们以"文明开化"为口号，再次重建，度过接踵而来的战争时代，时笑时哭，哭哭笑笑，经历了许多事终于来到现代。

自桓武天皇定都至今，已有一千两百年之久。

如今有一百五十万人在京都生活。

此事，暂且按下不表。

1　暗指奈良一带。——译者注，下同

2　1853 年 7 月，美国东印度舰队司令马修·佩里将军（Matthew Calbraith Perry，1794—1858 年）率领四艘军舰来到江户湾口，以武力威胁日本幕府开国。由于军舰船身为黑色，日本人称此事件为"黑船来航"。

在《平家物语》里出现的跋扈武士、贵族以及僧人当中，听说有三分之一是狐；三分之一是狸；剩下的三分之一，则是由狸一只分饰两角。如此一来可以断言，《平家物语》不是人类的故事，而是吾等的故事。各位不妨骄傲地朗声宣布：吾等狸猫并不附属于人类的历史，而是人类附属于我族的历史中。

——有位长老总爱如此大肆吹嘘，乱编伪史。

不用说也知道，他自是狸猫。

他全身狸毛浓密，与其尊称长老，不如说是躺在知恩寺阿弥陀堂后面的一团蓬松毛球。前几年在没人察觉的情况下，他果真成了一团不折不扣的毛球，驾鹤西归。此事我记忆犹新。

尽管那些关于《平家物语》的论述不过是个风烛残年的毛球所做的梦，但今日确实仍有众多狸猫定居在京都市内，他们不时会混在人类当中四处走动。就像昔日在《平家物语》中客串演出那般，狸猫总爱模仿人类。

于是也有狸猫这么说——这个城市的历史是由狸猫和人类共同写下的。

此事，暂且按下不表。

覆盖王城之地的天界，自古以来便是我们的地盘。

我族自由翱翔于天际，展现天狗的威严，唾沫吐遍下界每一寸土地，那些在地上生活的芸芸众生任凭我们玩弄于股掌。说起人类这玩意儿，总是夸大吹嘘自己的功勋，瞧他们的嘴脸，仿佛历史全由他们一手创造，委实滑稽之至，贻笑大方。就算借重狸猫的力量，这些一吹就跑的小小人类又能有何作为？一切天灾和动乱皆由我等魔道中人控制，国家的命运尽握吾等手中。

抬头仰望这城市四周的山巅吧！好好对居住于天界的我们心存敬畏吧！

——有人狂傲地撂下这等豪语。

不用说也知道，他是天狗。

人类在街上生活，狸猫在地上爬行，天狗在空中飞翔。

迁都平安城后，人类、狸猫、天狗，三足鼎立。

他们转动这城市的巨大车轮。

天狗对狸猫说教，狸猫迷惑人类，人类敬畏天狗。天狗又掳走人类，人类把狸猫煮成火锅，狸猫设圈套引诱天狗。

就这样，车轮不断转动。

望着那转动的车轮，乐趣无穷。

而我就是众人口中的狸猫。然而我不屑于当只平庸的狸猫，我仰慕天狗，也喜欢模仿人类。

因此，我的日常生活精彩得叫人眼花缭乱，一点都不无聊。

壹

纳凉露台女神

有位退休的天狗住在出町商店街北边一栋名叫"桝形住宅"的公寓里。

他鲜少外出。总是随手将商店街买来的食材丢进锅里，煮成一锅可怕的热粥，以此果腹延命。他老得吓人，排斥洗澡的程度古今无人能出其右，所幸他那干瘪得犹如鱿鱼干的皮肤不管怎么使劲搓揉也搓不出污垢。尽管一个人什么事也办不了，他那高傲的自尊却好比秋日晴空那般高不可攀。他昔日自诩足以任意操弄国家命运的神通力，早已丧失多年。他"性"致勃勃，但享受爱情生活的能力也已丧失良久。他总是一脸心有不甘地独酌红玉波特酒[1]。只见他浅尝醇酒，道起昔日愚蠢人类的战乱，本以为他要谈幕末纷争，孰料竟提到应仁之乱；以为说的是应仁之乱，没想到又扯到平家的衰败；以为他讲的是平家的衰败，结果却谈到了幕末的种种。简言之，根本就杂乱无章。他不像拥有血肉之躯的生物，反倒与化石有几分相像。每个人都诅咒他早点变成石头。

1　明治时代销售的甜味红酒。为鸟井商店的产品，后来改名为"红玉甜酒"。

我们都喊他红玉老师。这位天狗，正是我的恩师。

住在京都的狸猫都是向天狗学习读写算术、变身术、辩论术、向貌美少女搭讪的技巧等等。京都住有许多天狗，门派林立，其中以鞍马山的鞍马天狗名气最响，据说个个都是精英。不过我们如意岳的红玉老师也不遑多让，同样远近驰名；老师有个威风凛凛的名号，人称"如意岳药师坊"。

如今一切已成过往，但想当年红玉老师还曾借用大学教室开班授课呢。

位于校舍角落的昏暗阶梯教室里站满徒子徒孙，老师在讲台前尽情施展天狗本领，威风不可一世。当时老师浑身散发着货真价实的威严，学生根本不敢有任何意见。至于他是因为趾高气扬以至威严十足，还是因为威严十足才显得趾高气扬，这种没意义的怀疑，瞬间被老师不容分说的气势压下。由此可证，他的威严是货真价实的。

从前，老师总是身穿没有一丝皱褶的笔挺西装，板着脸，说话时眼望窗外的树丛。我回想起他令人怀念的身影。我瞧不起你们——这句话老师说了不下百遍。他还说，我瞧不起的不只你们，我瞧不起自己以外的任何人。

在空中飞翔，恣意刮起旋风，看上的姑娘掳了就走，唾沫吐尽世上万物。那是红玉老师不可一世的过去。有谁能料到老师如今竟落魄潦倒，只能屈身于商店街的小公寓。

多年以来，我们狸猫一族都接受红玉老师的教导，我也不例外，入门拜他为师。回想过去，我总是挨老师骂。思忖挨骂的原因，大概是我没能认真修行，为狸猫一族贡献一己之力。我太骄纵任性，只想走自己的路，一心憧憬崇高地位。

然而老师坐拥崇高宝座，却不乐见其他人也登上高位。尽管如此，当时我很希望能和老师一样。

事到如今，一切已成往事。

拜访红玉老师那天，我先绕去了山町的商店街，街上满是购物人潮，好不热闹，人类臭味熏天。我买好红玉波特酒、卫生纸、棉花棒和便当，走进一路向北延伸的小巷。那是祇园祭已经结束，七月底的某个黄昏。

我变身成一名可爱的女高中生。

我从小就只有变身术拿手，由于老是变个不停，挨骂成了家常便饭。近年来，随着狸猫的变身能力普遍低落，逐渐兴起一股奇怪的风潮，主张就算是狸猫也不能随意变身。简直是无聊透顶。恣意施展得天独厚的天赋愉快度日，有什么不对？

我之所以变身成青春可爱的少女，还不是为了老师嘛。有这么可爱的少女前来探望，想必老师看了也心旷神怡吧。

没想到我一踏进公寓，老师竟大发雷霆。

"你这蠢货，少在我面前玩这种无聊把戏！"

这间四叠半大的房间里，尘埃满布的画轴、招财猫、茶具和壶、信乐烧的陶狸等物件堆满角落，老师盘腿坐在万年不叠的被褥上，抄起东西就向我砸来。我也从厨房回扔卫生纸应战。

"臭老头，你说我蠢货是什么意思！我看你每天意志消沉，好心替你的灰暗生活来一剂清凉妙方呢！"

老师吐了口唾沫在榻榻米上。

"你的养眼画面，我才不想看。"

"我的变身完美，已达艺术境界，您不懂得欣赏吗？瞧这青春肉体、圆挺的双峰、纤腰，其他部位也一应俱全呢。"

"够了，看了就恶心！"

"我看老师是太感动一时无法承受吧？如果是这样，您实在不该对我发火。"

"你以为凭这点本事就有办法迷惑我？少得意忘形了！"

老师板起面孔沉默不语，用手揉着腰，看上去很疼。

夕阳射进这间只有四叠半大小的斗室，尘埃在余晖中漫天飞舞。皱巴巴的老师被杂物环绕，盘腿坐在被褥上，宛如一位失去王国的国王。

由于老师啜饮宛如野狗吃的恶心热粥、落魄过活的光景令人不忍目睹，这半年来，我不时会上门探望。只不过老师骄纵不改当年，即便坚毅如我也吃足了苦头。还有还有，老师看不上眼的东西一概不吃，就连我为他买的松花堂便当，也只拣中意的菜吃；他爱吃橘子，但没人替他剥皮便不吃，要是没剥皮就这么放着他还会发火；咖啡若不是蓝山咖啡豆现磨现冲，他会抱怨"这不是咖啡"，三天没咖啡喝便勃然大怒。至于没发飙的空当，他便啜饮着红玉波特酒。所谓的无法无天，指的正是他这种人。

"你最近见过弁天吗？"老师低声问道。

"没有，好一阵子没见到她了。"

"她好一段时间没露脸了，不知道在忙些什么？"

老师都自身难保了，竟还有空担心弁天。每次见面，他总不忘提弁天。

"她不会想回这种地方的。"

我话声刚落，老师便放了个响屁。

屁声之响，连老师都为之一惊，忍不住"咦"了一声。

"弁天"不是天狗，也不是狸，只是个寻常人类。她美丽绝伦，实非笔墨所能尽述，由于难以形诸笔墨，我也就无法在此细述。

年轻时流连于琵琶湖畔的弁天，有个人类名字"铃木聪美"。当时她丰腴可爱得没话说，但充其量只是个可爱的乡下姑娘。

那时红玉老师正值全盛时期，能在天空自由飞翔。那一年，他为了拜年前往竹生岛，正好飞过琵琶湖，看到弁天，便顺手将她带回了京都。说白了，就是绑架未成年少女。自那之后，红玉老师细心栽培弁天，教授她天狗绝技，弁天便从区区人类一跃成为天狗。谁知就在鱼跃龙门的那一刻，她竟扬起美腿，一脚踹落了身兼师父与绑架犯的红玉老师。

如今的弁天，已看不出昔日的清纯倩影。

弁天虽是人类，行事却比天狗更像天狗。她抛下贵为天狗却更似独居老人的红玉老师，恣意来往京都、大阪、神户一带，坏事做绝，放荡不羁。年轻时丰满的双颊如棉花糖般融化，展现出冰冷的美貌。昔日那个漫无目的徘徊于琵琶湖畔的少女，如今成了所向无敌的女人。弁天所向无敌，但对眼前的道路一无所知，这尤其可怕。她若是继续恣意妄为，日后一不留神，定会毁了自己。

老师命我拿红玉波特酒给他，我不予理会只端了饭过去。他难以下咽般地咀嚼着米饭，说道："今天是星期五，弁天一定是去星期五俱乐部了。"一听到"星期五俱乐部"这名号，我登时寒毛倒竖，全身打战。

我将老师四处乱扔的古董堆到屋内一角。

"弁天大人一定玩得很开心。"

"和那些人类鬼混有什么好玩的。"

"弁天大人也是人类啊，难道您忘了？"

"她晚上总是在外头鬼混，一没盯紧便偏离了魔道。真拿她没办法。"

"偏离了魔道，这种说法未免太奇怪了。"

"要你啰唆！"

老师怒斥，几颗饭粒自口中喷飞而出。他直嚷着："啊啊，真难吃！这种东西哪能吃啊！"说着竟一把抛出便当。今天的便当他吃了一半，可见还算合胃口。

我将红玉波特酒递过去，老师浅酌起来。

我在老师对面缓缓坐下，喘了口气。朝窗外望去，正是红轮西坠的时刻。从我方才拨开杂物打开的窗子外，悄悄溜进一阵晚风。"没想到这屋子通风挺好的嘛。"我说。灯光闪烁。一只飞蛾停在老师的杯口，在灯光下缓缓拍动着双翅。

"会上我这里来的只有你和虫子，真没意思。"

"您至少该心存感谢吧？"

"又没人叫你来。"

老师摆起架子说："你这学生问题特多，还以为总算不用帮你擦屁股了，哪知你居然厚着脸皮找上门来，你以为我会高兴吗？我连训都懒得训你了。"

"不是有人说，愈是不长进的学生老师愈疼吗？"

"谁说过这种话啊，蠢蛋！"

我抽起烟来。老师也从泛着黑光的柜子里取出一根水烟管，弄出啵啵啵的声响抽起烟草来。我们就这样吞云吐雾半晌。

"反正你闲着也是闲着，去帮我找弁天吧。"

老师的要求根本是强人所难。

"不要。就算我劝她，她也不可能回来的。"

"她一定又在星期五俱乐部里向人频送秋波，我得好好训训她。"

"我可不去。不管是弁天大人还是星期五俱乐部，我都讨厌。"

"你去跑一趟，顺便帮我买棉花棒回来。我耳朵一痒就心烦，只想刮风作乱。"

"棉花棒我买了，已经摆在洗脸台上了。我都说了不想去，真是有理说不清的老头。你乖乖把耳朵掏干净，早点上床睡觉吧。"

"等等，我来写封信。"

根本就是鸡同鸭讲。老师坐在尘埃满布的书桌前，小心翼翼地摊开一张皱巴巴的信纸，全神贯注地振笔疾书。

"弁天、弁天。"老师像在数豆子似的口中念念有词。我故意长叹一声，让他听见。

老师对弁天一往情深，总是痴痴等着她回来。

可怜的是，这对老少配的恋情实在不叫人看好。老师昔日或许曾有过光辉灿烂的时代，但往日荣光如今犹如梦幻，老师卸甲撤退的日子已不远矣。不过都到了这种地步还不肯撤退，才是奇怪。

老师写好了信，硬塞给我。

"今晚一定要送到弁天手中，这光荣的任务就交给你了。"

其实我只想拒绝这光荣的任务，奔回纠之森里舒服的软床。然而在神色倨傲的红玉老师面前，我总感到一股比特大号泡菜压石还要沉重的亏欠感。在这股重压之下，我就地磕头拜倒。

"下鸭矢三郎遵命。"

就算我出马，也不可能使这出情场败仗起死回生，然而情非得已，我只好化身成不太拿手的爱神丘比特。这时脑中突然灵光一闪，我偷偷从屋里的垃圾山拿走一把弓。这道具再适合丘比特不过了，一想到这儿我心里总算开心了些。

在东山丸太町熊野神社以西的地方，有棵被神篱包围的老树，名叫"魔王杉"。

之所以有此称号，是因为自古以来这棵树的树杈常被天狗充当座椅。尽管现在天狗多选屋顶作为休息处，但树龄悠久的魔王杉仍然深受天狗喜爱，许多定居京都的天狗都把此地视作雅致的休息所，常来这里歇歇脚、喝杯咖啡，或和掳来的少女卿卿我我。红玉老师自然也不例外，常在魔王杉休息。在他被赶到出町柳之前，地盘在如意岳，所以上街时一向走吉田山、大学钟塔、魔王杉这条路线。

那个时候，西方发生了大地震。

老师认为魔道中人有义务共襄盛举，所以虽不是自己引发的灾难，他认为必须走一趟好嘲笑灾民受苦的光景，幸灾乐祸一番。于是老师暂停授课，展开旅程。

听闻老师要动身的事，我愤愤不平。

天狗瞧不起人类，这我当然清楚。狸猫和人类自古便饱受天狗欺负。可是老师居然专程前去嘲笑那些遭遇不幸的灾民，这种做法我实在无法苟同。年轻的我认为，老师为了忠于天狗身份而做出此等做作残酷之举，反而有损天狗名声，此事可攸关他的名誉。

就在那时，弁天登场了。

当时弁天身怀天狗神力，脱胎换骨，行事不像人类，反倒更像天狗，也难怪当时我会迷恋上她。我向弁天透露对老师的愤懑，她听了一脸感佩地说："我赞成，我们一起惩罚老师吧。"我顿时干劲十足，觉得"一起"这提议真是好点子。

弁天提议，要我变身成魔王杉等老师回来。没想到这主意一击奏效。当时老师因长途奔波筋疲神困，在城市的夜空画出弧线直朝这里飞来，一时之间无法分辨两棵魔王杉的真伪。可悲啊，如意岳药师坊就在犹豫着该降落在哪棵魔王杉才好之际，身子硬生生摔在两棵树中间，将一户民宅的屋顶撞出一个大洞。

自那之后，老师的际运就像樱花散落般迅速走下坡。

那一跌令老师元气大伤，卧病在床，几乎失去飞行能力，所剩不多的神通力也就此丧失。结果在天狗的地盘争夺战役中，兵败如山倒，被鞍马天狗赶出如意岳。不久他辞去教职，隐居出町柳，闭门不出。

老师运势一落千丈；相反地，弇天却像身处天平的另一头，力量益发强大。总算摆脱老师的禁锢，她宛如脱缰野马四处飞奔，再也不肯回到老师身边。显而易见，当时我根本就是被她利用了，但事到如今才知道已于事无补。

"因为我是狸猫，我们才不能交往吗？"当时我毫不修饰地这么问。

"毕竟我是人类嘛。"弇天回答。

再会了，我的初恋。

结果不论对象是狸猫还是天狗，人类都不当回事。后来羞愧难当的我没脸面对红玉老师，便自行退出了师门。

几番寒暑过去，直到这场风波平息，我才又和老师往来。因为有这段难堪的缘由，我才会对落魄窝身小公寓的红玉老师如此无私奉献。

我在河原町今出川路搭上公车。车体滑行在夜晚的街道上，久违的公车之旅舒畅无比。一路由北往南，通过御池路后，街道的热闹灯火自两旁流泻而过。

我在座椅坐下，偷看老师写的信。尽管早猜到是他倾注满腔爱意写成的情书，但我以为老师自会拿捏分寸，谁知那封信活像是出自爱做梦的高中生之笔，字里行间洋溢着蜂蜜般的浓情蜜意，大胆露骨，毫不遮掩。我羞红了脸，好不容易才把信读完。

读完信，我怒火中烧。

这是怎么回事？昔日我敬若神明的红玉老师，竟年纪一大把了还为爱昏了头，把天狗的矜持全扔进马桶冲走了。而且老师还指定四条南座为两人"幽会"的场所，看来他总算要离开那万年不叠、腐朽发霉的被窝了，可是他究竟打算如何前往南座？

我板着张脸在四条河原町下车，走过闹市，前往鸭川。正当我觉得诧异，怎么今晚老有些怪男人上前搭讪，这才猛然想起那是因为我变身成了年轻小姐的模样。

"星期五俱乐部"这名号，光是开口说就让人毛骨悚然。听说成员今晚会在鸭川沿岸的纳凉露台聚会。我走过四条大桥，眺望着蓝色夜空下明亮如昼的南座大屋顶。正觉闷热之际，凉爽的夜风徐徐吹来，让人畅快。大楼的屋顶上，开设了露天啤酒屋，成排的灯笼像熟透的水果般红光闪烁，酒客们看上去可爱又愉快。

尽管心中忐忑，但还是先把弓箭准备好了。再说，即便隔着河岸，我也想一睹弁天尊容。

我走下四条大桥来到鸭川河堤，望着对岸点着一盏盏橘灯的纳凉露台。沿着河堤往北走，市街的喧闹随之远去，水面幽暗，只能看见对岸街上的灯火。对岸连绵的宴席宛如梦中景致，手持酒杯的宾客沐浴在灯光下，宛如舞台剧演员。

不过其中一座露台显得格外沉静，上头坐着六名男子，个个福神般挂着和善的微笑。在这片绿叶中，有一抹冷峻的红，那就是弁天。

那就是星期五俱乐部。尽管恶名昭彰，他们看起来倒很惬意。

星期五俱乐部的秘密聚会，从大正时代一直延续至今。每月一次，在星期五举行，因而得名。每次聚会，七名会员在祇园或先斗町一带的餐厅设宴，享用美食。成员有大学教授、作家、富豪等名流。会员轮替，但席位固定是七人。这七个席位，则分别以七福神[1]之名来命名。

弁天在该俱乐部占有一席，身为万绿丛中一点红，她似乎颇乐在其中。老师和我们之所以喊她"弁天"，也是这个缘故。听说将这历史悠久的席位让给她的前一任"弁天"，是个一脸虬髯的大汉。这样看来，弁天似乎更适合"弁天"这个席位。[2]

这群人虽秘密聚会，但也不能因此断定他们一定是在席间策划扰乱太平的阴谋，或许，那只是志同道合的朋友的轻松聚会。如果真是这样就好，只可惜问题不止如此。

事实上，星期五俱乐部每年的尾牙宴固定会上演一件惨无人道之事，因此遭狸猫一族视为毒蛇猛兽，加以唾弃。

每年，他们都会大啖狸猫火锅。

呀呀——光是想象，我就差点娘娘腔地迸出布匹撕裂般的尖叫。

实在难以置信！在这文明开化的时代，根本没有吃狸猫为乐的必要嘛。当真野蛮至极！如果想标新立异，希望向世人展现自己的与众不同，大可吃蟾蜍、夜鹭、八濑的野猴、做刷子用的椰子纤维，古怪的珍奇食材要多少有多少。我真想问，为什么偏偏要选狸猫呢？

---

1 带来好运的七尊神明，分别是惠比寿、大黑天、毗沙门天、寿老人、福禄寿、弁天、布袋和尚。
2 弁天又名"辨（弁）财天女"、"妙音天女"，是七福神中唯一的女神。

眼前是水声淙淙的鸭川，波光潋滟，映照街上灯火。

我将老师的情书绑在箭上，瞄准星期五俱乐部那群人的方向。由于丰满的双峰妨碍射箭，我只好把它们变小一点。话说，此刻若是披上甲胄，我不就像生在现代的那须与一[1]了吗！想着想着，一个人忍不住演起了独角戏。对岸连绵的纳凉露台下是鸭川的河堤，许多行人喧闹嬉笑，但我自信满满，深信这一箭绝不可能射偏。

露台上，弁天霍然起身。她今天穿的似乎是白西装，不过又不像，我也搞不清楚。只见她在露台上踱来踱去，挥舞着一把底端绑有结绳的扇子，像在跳舞。扇子的黑色骨身油亮，原来是红玉老师送她的"爱的纪念品"，扇面绘有风神和雷神，弁天曾多次在我面前炫耀。竟连如此重要的宝贝都送给了弁天，这使我对红玉老师的评价又减了几分。

正当我张满弓瞄准弁天时，一个念头闪过。不妨就学学《平家物语》里的那位神射手，一箭射穿那把扇子吧。明知就是老干这种事，才会遭大哥训斥、挨红玉老师骂，然而只要念头一起，我就管不住自己。

赶在胆怯前，放手去做就对了。我索性一箭射出。

只见羽箭轻盈地画出一道圆弧，箭头不偏不倚地贯穿弁天手中的扇子。弁天身边的男人们一阵哗然，纷纷起身。我站在河岸另一侧看去，对岸的骚动一点也不像自己干出来的，心中涌上看戏般的痛快。就在我为自己惹出的轩然大波暗自叫好之际，弁天伸手搭在纳凉露台的栏杆上，视线笔直地射向我。她嫣然一笑。我脚底发毛。

1　镰仓初期的武将，为神射手。源平相争时追随源义经，在文治元年（1185 年）的屋岛之战中射中平氏战船上所悬扇子，以此闻名。

星期五俱乐部的男士们在弁天身旁排成一列，四处张望，搜寻肇事者。我还来不及让胸部恢复原本的丰满，便沿着河堤飞快逃离现场。

虽然我只是隔岸观火，但谁叫放那把火的人正是我。我一路奔过四条路，一颗心扑通直跳，也不知道是出自害怕还是兴奋的悸动，不过倘若认定为害怕，实在有损我的名誉，姑且就当是兴奋的悸动吧。

为了平复兴奋的悸动，我决定上红玻璃去。红玻璃位于寺町路三条的地下街，狸猫一族常在那里出入。这家店白天是咖啡厅，晚上则是酒馆。

这个时间，寺町路的店家大多已拉下铁门，来往行人也稀稀拉拉的。醉汉的喧哗声，令悄静的空气为之颤动。

走下墙上贴满可疑海报的窄梯，地底传来古怪的音乐，让人觉得仿佛来到了地府。这可不是我胡思乱想。红玻璃占地辽阔，店内尽头是什么模样，至今无人一探究竟；这里曾举办多场大型聚会，尽管无数宾客光临，店里却从没坐满过。愈往店内深处走，空间愈狭窄，最后是一条置有成排红天鹅绒椅子和木桌的昏暗长廊，火炉坐落其间，炉火朦胧。那里一年四季都冷冽如冬，据传是通往冥界之路。

暮色轻掩，红玻璃收起白日的样貌，摇身一变成了酒馆。我走近吧台，老板惊诧地望着我。

"是我啦。"我让他嗅闻身上的气味。

"搞什么，原来是你。"老板嫌弃地说，"又变成这副模样出来鬼混。"

"变成什么模样又有什么关系。"

"你真不该胡乱变身。"老板拈着泥鳅般的胡须，一本正经地教训，"至少变身成适合来这里的模样嘛，都被你给搞混了。"

这些话左耳进右耳出，我端起伪电气白兰[1]，轻啜一口。

我一手托腮，聆听着店内的音乐，猜想弁天应该读完老师的情书了吧。弁天读完那个年迈体衰的老人倾尽心血写下的情书，火速赶往幽会地点与他相会——这怎么想都是不可能的事。那封情书恶心的程度，简直就像铆足了劲要将爱人赶离幽会地点一般。这些年来历经了无数相同的失败，老师早该受到教训了，但还是搞到这番田地。真是既丢脸，又可悲。

正当我坐着发愣，一个声音说道："给我一杯红掺酒。"陡然，一只冷若寒冰的手抓住我的后颈，我的身子为之一缩。

坐在我身旁的，是弁天。

所谓的"红掺酒"，是烧酒掺入红玉波特酒调配而成。只见弁天举起桃红色酒杯，雪白的喉头咕嘟作响，将酒一饮而尽。红玻璃内鸦雀无声，我偷瞄了一眼，发现刚才还在悠哉作乐的同类全消失无踪，只有无法离开岗位的老板缩在吧台一角佯装忙碌，手脚像被软糖给黏住般动作僵硬。真是一群胆小鬼，简直就像一群撞见大鱼

---

1 "电气白兰"是明治大正时代浅草神谷酒吧推出的一款鸡尾酒。"伪电气白兰"则是作者小说中常出现的传奇美酒，芳香醇厚。

不知该往哪儿逃的小鱼，但弁天对这样的反应丝毫不以为意。对她来说，这早已是家常便饭。

她以手指画出箭矢从空中飞过的模样。

"刚才那是什么？吓了我一跳呢。"

"老师吩咐我送情书给你。因为你人在对岸，距离太远，我才以飞箭传书。"

"你该不会是在向我挑衅吧？"

"应该说是一种既爱又恨的表现。"

"有人挑衅，我向来照单全收。"

"万万不可。"

"我的宝贝扇子就这么毁了，星期五俱乐部也乱成一团。我谎称身体不舒服，来这里找你。"

"我如果真想射你，一定会射中的，哈哈哈。"

"说得也是，呵呵呵。干脆直接命中我的眼珠吧。"

弁天说着把扇子搁在吧台上，细长的手指抚摸着扇面的裂缝。弁天的指甲绘着我看不懂的图案，每当她葱指轻扬便有暗红色光芒闪动，宛如活物般逐渐变换形状，叫人看了浑身不舒服。

"扇子的事我很抱歉。如果可以的话，我替你……"

"不必了。我自己留着。"弁天紧紧按住扇子。

"你看过情书了吗？"我问。

"看过了，老师又在撒娇了。"

"老是用这招，太老套了。"

"就是啊，"弁天轻声浅笑，"谁叫我太久没回去了。"

"好歹一星期回去一趟嘛，你觉得呢？"

"我可不希望你插手哦。"

"我也不想蹚这浑水。小两口吵架，连狗都不会去凑热闹。"

"你是狸猫，又不是狗。"

"是狸猫就不行吗？"

"因为我是人类啊。"

弇天一脸无趣地如此应道。我想起之前也曾有过这么一段对话。

"如果你是向我挑衅，我乐意奉陪。"

"我才没有呢。"

"这么一来，我就有借口抓你去煮尾牙宴的狸猫火锅。"

"你又胡闹了。"

我一颗心七上八下，极力保持冷静，为了离开这风云突变的可怕现场，我举手叫唤老板。但不见老板踪影，只看到一尊巨大的信乐烧陶狸以直立不动的姿势立在吧台中央，简直就像在耍人似的。看来，老板已经吓坏了，索性选择变身成一尊陶狸。不得已之下，我走进吧台，替自己倒了一杯伪电气白兰，顺便替弇天调了一杯红掺酒。

她隔着吧台伸手戳了戳我的胸部。

"对了，你今天怎么扮成这副可爱模样？都这么晚了，女孩子可不能在这种地方逗留哦。"

"很可爱吧？"

"是啊。"

"为了给老师的日常生活来点滋润，我才变身成少女。"

"真是感人的师徒情谊啊。"

"可是我被臭骂了一顿。"

"我说你啊，像那种任性的老头，你干吗还去理他呢。"

"怎么可以不理他。"

弁天浅酌着红掺酒，静静注视着我。

"你一直很介意魔王杉的事吧？"

"你一点都不在乎吗？"

"在乎什么？"

"人类就是这样，所以我才不是对手。你们的本性简直比天狗还坏。"

"那可真是不好意思啊。不过，你可真是一点都不懂老师的心情。"

弁天嫣然一笑，将红掺酒一饮而尽，站起身。

"他在南座。"我见她准备离去，语气愈来愈激动，"那老头在那里等你！"

她突然露出恶鬼般的可怕表情，隔着吧台一把揪住我的衣襟。"我见不见他和你无关吧？"她白皙的脸蛋毫无血色，眼圈泛黑，冷若寒冰的吐息从口中满溢而出。

"是我太多嘴。"

我话刚说完，弁天的嘴唇便贴向我的，发出一声吸吮的清响。她的唇冷冽至极，我还以为嘴唇将就此冻结，惊呼一声，急忙退下。弁天抛下我，径自走出红玻璃。

"你没事吧？"那只陶狸向我唤道，"没想到你还有办法活命。"

"就是这样活着才有意思。"

"小心哪天真的被煮成狸猫火锅哦。"

我站起身，伸手触摸嘴唇，桃红色的冰屑纷纷落下。冰屑在掌中登时融化，我伸舌舔舔，尝出红玉波特酒的味道。

“先来喝杯酒吧。哎呀，真是吓死人了。”老板道。

“你请客吗？”

“当然。”

我想起初次和弁天邂逅的情景。

当时的她还不是弁天。

我顺着长长的阶梯爬上屋顶。面向乌丸路的洛天会大楼屋顶相当宽广，和煦的春光洒满一地，蓝天仿佛会将人吸入，飘荡着松软的薄云。从小小的稻荷神社和蓄满脏水的贮水槽旁穿出，就看到屋顶中央突然出现一棵巨大的老樱树，像日式点心一样赏心悦目的花瓣散布其上。每当风吹过四条乌丸的商业街，便有一阵樱花雨自屋顶飞向乌丸路上空。地上的人们抬头仰望樱花翻飞时，心里一定觉得很不可思议吧。

我奉家父之命送酒给红玉老师。族里只有父亲与红玉老师坦诚相待，鲜少顾虑。那天，他故意派我送酒到老师秘密安排的屋顶赏花宴席，寻老师开心。

离樱树不远处的地上长满了青苔，支了把大伞，只见老师和弁天感情融洽地坐在青苔上赏樱。老师一身气派的和服，手持一根棍子粗的雪茄在吞云吐雾，一副伟大天狗的派头。我捧着红玉波特酒，步履沉重地走近，老师原就生得严厉可怕的脸隔着雪茄的烟雾看来，显得更加严厉可怕。我心中忐忑，怕老师训斥我。不过老师宛如鬼瓦[1]

---

1 鬼瓦，即兽头瓦、脊头瓦。扣在房脊两端的大瓦。多做成鬼头怪脸形。

般的扑克脸似乎只是用来掩饰他的害羞。

"你来做什么?"老师威严十足地问,"那是什么?"

我将酒瓶搁在地板上,恭敬地跪地行礼。

"在下是下鸭总一郎家的三男,名叫矢三郎。这是献给如意岳药师坊大人的礼物。"

"辛苦你了。"

老师说完,视线又飘到樱树,趾高气扬的态度丝毫不改。弁天笑着站了起来,动作可爱地拉好洋装的裙摆。当时的她模样普通,与路上行人没有两样。尽管莫名其妙被这个满脸皱纹的怪老头掳来,她脸上也不见惊慌,似乎坦然接受了命运。

"辛苦你了。"弁天低头向我行了一礼,接过红玉波特酒,捧在胸前。

"你这是什么装扮?"她望着我笑。

我已经不记得自己当时化身成什么模样。谁叫不管周遭的人如何训诫,我总是一概不予理会,不断变身呢。当时我到底是什么模样呢?

"你要不要也喝一杯?"

"不用了。"

"你不是人类吧?"

"这要我怎么说好呢。你呢?"

"我叫铃木聪美。"

"好啦,别再取笑他了。他是个怪小子。"老师朝弁天唤道,"一个禀性不良的家伙。"

"他似乎是个有趣的人。"

"哪里有趣啊。虽然身手不错,做事能干,但人要是不懂得矫正自己的缺点，终究一事无成。"

"您似乎很看重他呢。"

"别说傻话了。"

弁天嫣然一笑，带着我来到樱树下。

"你也一起赏花吧。"

樱花花瓣轻盈地飘荡在身旁，我们宛如置身梦中。

"你看，很美吧。从没见过樱花开得这么茂盛。喏，整个埋在花中，连树梢都看不见了。"

我没有回答，望着眼前的樱花，看傻了眼。

"喂，照我教你的试试看。"

老师的语气中带着我从未听过的温柔，真让我大吃一惊。

"哎呀，我还不行啦。"

"试试看嘛。"

只见弁天眯着眼仰望樱花，略带紧张地屏息着，她轻轻蹬地后，竟轻飘飘地浮在空中。她穿过满天飘降的樱花雨，伸手搭向一根向外延伸的枝丫，借此力量又飞往更高处。我在一旁看得目瞪口呆。不知何时，红玉老师来到我身旁，仰望的脸上尽是满意之色。

"成功了。"弁天自花瓣飘降的花丛间露脸，笑得灿烂。

老师重重地颔首。

"自在翱翔于天际，这才是天狗。"

尽管已夜半三更，四条大桥还是人潮涌动。

我因弁天的寒冰之吻兴奋不已，在老板的免费招待下喝了好几杯伪电气白兰，就此酩酊大醉。我优雅地倚在四条大桥的栏杆上，吹着夜风醒酒。

四条大桥东侧有家名为"菊水"的餐厅，屋顶热闹地亮着啤酒屋般的灯泡。屋顶中央高高隆起，顶端浑圆光滑，模样怎么看怎么怪。墙上直直一列的双开窗泄出窄细的光芒，闪耀明亮，看在醉醺醺的我眼中宛如一座模型。

要是爬上那光滑的高塔，不知会怎样？正当我如此暗忖之时，弁天出现在高塔顶端。只见她以菊水的塔顶作踏板，腾空一跃，跨过祇园的灯火飞向南座的大屋顶。白天晒得灼热的屋瓦应该还很烫，但弁天神色自若地一路踩着屋瓦而去。

红玉老师终于出现在大屋顶南侧，没想到他还爬得上去。只见他气息奄奄，仿如全身发条松脱似的不住颤抖。伟大的红玉老师如今得竭尽全力才爬得上屋顶，不幸的是，他那把上等的黑漆拐杖在坡度陡峭的屋顶派不上用场，所以老师只能趴着。老师想展现威严迎接弁天，全身涌现了过人的气势，这我不得不佩服，可是伏倒在对手脚下要如何让这场单相思的恋情反败为胜呢？真叫人替他捏把冷汗。

弁天站在老师面前。老师趴在地上，仰望弁天。两人简短交谈了几句。只见弁天冷冷地摇头。在夜灯的照耀下，弁天光辉耀眼，而仰着头的老师却是一张伸长脖子的瘦削马脸，委实窝囊，叫人不忍目睹。看来这注定是一场无法改变的败仗了。

我知道老师一定很想骄傲地对她说："我要昂然而立，向你展现威严，拥着你一同优雅地在夜空漫步，尽情痛骂在尘世蠢动的万物。"可是他现在只能趴在地上，头和臀部不住地颤动，根本不知道弁天能否明白他的心。

我想，该是我上场的时候了，便朝南座走去。

我还没来得及走到四条大桥东侧，老师与弁天的久别重逢就已收场，没半点浪漫气氛。

弁天留下无法动弹的老师，翩然飞向夜空，根本来不及挽留。只见她一口气飞越鸭川，以东华菜馆屋顶那座西班牙式的高塔当踏板，飞往灯火辉煌的夜街。

老师无法展开飞行术追去，只能待在原地颤抖。

弁天将匍匐在屋顶的老师抛在身后，迎着夜空朗声发出天狗的笑声。

笑声之巧妙，就连真正的天狗也自叹弗如。

老师终于走下屋顶，来到南座下，坐倒在人行道旁喘息。他穿着皱巴巴的褐色西装，衬衫落出松垮垮的长裤。

"老师，您在这里做什么？"我出声叫唤。

"原来是你啊。"老师吓了一跳，望着我，"你喝醉喽。"

"嘿嘿，小喝了点。"

"终日只知玩乐。"

"我今天已经玩够了。"

"等等，我也要回去，去叫辆出租车来。"

"老师，与其坐出租车，不如用飞的比较快吧。"

老师狠狠瞪了我一眼，低下头说："嘴巴别那么坏。"就像小孩子在闹脾气，他频频以拐杖敲着地面，"真是丢脸，老朽闪到腰了。"

我在川端路拦了辆出租车，背着老师坐进车内。老师的身子软绵绵的，很轻。我背上的老师发出一声满是苦闷的长叹。

"这个蠢蛋，不是叫你别再变成女孩的模样吗？"

"这样看起来不就像孙女接爷爷回家了？"

"让女孩背着走，未免也太怪异了。"

老师说着，手绕到前方偷偷搓揉我的胸部。

"哼，果然是假的。"他以一副了然于胸的口吻咕哝道。

出租车沿着鸭川而行，车窗外街灯飞快流逝，闹市逐渐离我们远去。

"你将信送到弁天手上了吧。"

"是的。我不敢靠近星期五俱乐部，就飞箭传书。"

"你做事总是这么胡来，这样不行。"

"弁天大人会回来吧？"

"不知道，她也是终日玩乐。"

"对了，老师您方才在那里做什么？"

"我只是想到祇园喝点小酒。"

接下来我便没再多问。

老师早知我会偷看那封情书，我也知道老师定会料到这点。这些日子通过长期往来，我们早已摸清对方的心思。然而，老师明知如此，还是不肯向我透露详情，我也不会"挑明了讲"。师徒之间，不能随意肝胆相照。

我想象着弁天朝夜空飞去的身影，以及和她形成强烈对比、在南座的大屋顶上吓得屁股打战的老师。

"自在翱翔于天际，这才是天狗。"老师望着河岸景致如此低语，"不是吗？"

"可是，偶尔坐坐出租车也不错啊。"

"嗯，确实不错。"

"就像狸猫有时也会对变身感到厌倦。"

此话一出，老师旋即嗤之以鼻。

"别拿我和狸猫相提并论。"

接着老师深深陷进座椅，打了个大哈欠。

"魔王杉事件"后我深深反省，自行退出师门，多年没和老师见面。那段期间，老师依旧担任教职，为了保住宛如不断从手中流失的高级砂糖般的威严，孤军奋战，只可惜最后仍以落败收场。由于不愿在众人面前出乖露丑，他选择舍弃教职。自此老师终日窝在破公寓里喝红玉波特酒，引颈期盼弁天的来访。他因为变得衰弱，更是自尊高筑，抗拒周遭的一切，就连偶尔前来探望的学生也逐渐对他退避三舍。不久，便没人敢登门拜访。

今年初春，我耳闻老师半夜会在贺茂川畔练习飞行，便跑去观看。从葵桥一路往北延伸，辽阔无边、杳无人踪的贺茂川畔，吹着阵阵刺骨寒风。在这连光秃秃的树林也瑟瑟颤抖的荒凉景致中，有个身影在河堤上移动。只见红玉老师时而缓步而行，时而猛然一跃，身子不时能成功飘浮片刻。但仅限于此，他终究未能自在飞翔于天际。

"晚上好啊，老师。今天真冷呢。"

黑暗中我朝他唤道。兀自蹦跳的老师扬着下巴，瞪视着我。

"确实很冷。所以我才这样跳跃，暖暖身子。"

"我也可以学您这样跳吗？"

"好啊，你也来暖暖身子吧。"

于是我们俩就这么蹦蹦跳跳地走着。

而我们知根知底的关系，就是从那时开始的。老师知道我曾经迷恋弁天，以及变身成魔王杉骗他，但什么也没说。如果要老师承认自己被区区一只狸猫给蒙骗了，他铁定会羞愤而死。

我想，既然是我自行退出师门，理当也能主动重回师门，但一定得让老师见识我深谙礼数的一面。于是我从红玻璃偷来一瓶昂贵的外国红酒，毕恭毕敬地向老师磕头献礼。

但老师坚持不喝，因为他说狸猫没有辨识真货和假货的能力。简直鬼扯。

"这东西分明是假货，你不知道什么是红酒吗？真正的红酒，瓶身会写上'红玉波特酒'几个大字。"

红玉老师在车内沉沉睡去，嘴边挂着像铜长尾雉[1]尾巴一般长的口水。我一把扛起老师，走出出租车，悄声踩上公寓的楼梯。将他抛在那张万年不叠的被褥里，我累得筋疲力尽。老师则口水直流，鼾声如雷，有只飞蛾停在额头上也浑然未觉。

我喝了一口老师剩下的红玉波特酒，稍微歇口气。老师爱喝的红玉波特酒实在悲伤甜腻。

---

1 铜长尾雉，日文"ヤマドリ"，也叫山鸟，日本特产。

我站在悬吊于洗脸台前的肮脏镜子前，变身成弁天的模样。

变身成意中人的感觉还真奇怪，尽管长相无异，但望着镜中人我却完全提不起兴趣。或许是因为镜中人会完全顺从自己的心意，但迷恋某人的乐趣，正是在于意中人时而恭顺，时而不受掌控的微妙之处。不过我身为狸猫竟会爱上人类，这才当真古怪吧。

"你回来啦，到我身边来。"老师迷迷糊糊说着梦话。

我在老师身旁坐下，看来他是睡昏头了。

"虽然我现在不能飞，但这只是暂时的。"老师晓以大义地说，"等我身体好了，功力恢复正常，我再教你许多东西。只要我想，就算要引发地震也不成问题，唤来旋风吹倒大楼也难不倒我。"

"是，您说得一点都没错。"

"再这样下去，实在太丢脸了。日后我非要将这世界搞得天翻地覆不可。不过，我现在好困，没办法钻研魔道……"

"请您好好安歇吧。"

"嗯，是该好好睡一觉。你偶尔也留在这里过夜吧。"

语毕，老师抚摸着我的臀部入睡。

老师并没发现他摸的不是弁天的臀部，而是我的。就算他是因为睡昏头才分辨不出真假，那也同样可叹。不过也可能老师心知肚明，却佯装不知。

身为狸猫该过什么样的生活？过去我曾思索这个难题。

我自认懂得如何让生活过得有趣，但除此之外，我实在不知道该做什么好。"不知道该怎么做的时候，什么都不做方是上策。"这是拿破仑的至理名言，而我就在"什么都不做"四处游荡时，晓悟了一个道理——狸生要是活得无趣还有什么意义。

出町商店街的店家都已拉下铁门，悄静无声。每到夜阑更深，路上总是冷冷清清。我快步飞奔过商店街，经过亮着昏黄灯笼的出町弁财天女神社，朝下鸭神社前进。颜色宛如红锈的月亮，升上黑森森的东山山头。跑着跑着，我对自己变身的模样感到厌腻，索性改以四条腿奔跑。

可怕的人类弁天，想必仍在夜晚的市街来回穿梭吧；另一方面，落魄的天狗红玉老师躺在床上发出可悲的如雷鼾声；至于身为狸猫的我，则沿着河岸四脚狂奔。天狗、狸猫、人类构成的三角关系，转动着这城市的巨大车轮。望着那转动的车轮十分有趣，但有趣的事也往往累人，此刻我深感困倦。

我回到了纠之森。

才钻进黑漆漆的柔软被窝，弟弟马上醒来。

"哥，你回来啦？"他悄声问。

"嗯。"

"你今天做了什么？"

"我当爱神丘比特去了。"

"好玩吗？"

"嗯，好玩。"

我伸手敲了一下弟弟的头，沉沉入睡。

母亲与雷神

我族的血脉远从平安时代一路延续至今，这毋庸置疑。虽说是狸猫，我们可不是自己从樟树洞里蹦出来的软毛球，既然我有父亲，我父亲自然也有父亲。

就举我所属的下鸭一族和其分支夷川一族为例，我们的狸猫祖宗，早在桓武天皇迁都平安城时就跟着一起从奈良平群迁往四神[1]齐备的新天地。其实说穿了，他们不过是一群被人类饭菜羹汤的香味引诱、舍弃万叶之地的乌合之狸，没人拜托便擅自繁衍子孙，根本称不上什么"祖宗"。

从平安时代一路开枝散叶的血脉，紧紧束缚着我族。就连我这种"痞子狸"都无法轻易舍弃血缘这玩意儿，正因有这层血缘关系，族人间一点小小的争执也得斤斤计较，有时甚至还落得以血洗血的下场。

"血浓于水"这句话，实在令我不胜负荷。

---

1 四神指的是四方的神，即东青龙、西白虎、南朱雀、北玄武。

我父亲名震京都，深受狸猫一族景仰，长久以来一直以他的威严掌管狸猫社会。然而遗憾的是，他已在数年前驾鹤归西。

我伟大的父亲留下了连同我在内的四个儿子。但很遗憾，父亲死时我们尚年幼，个个不成材，没人能继承先父衣钵，因此步上了成千上万拥有伟大父亲的孩子的悲剧后尘。

父亲亡故后，我们日渐长成。大哥生性古板，一到紧要关头便优柔寡断；二哥内向自闭，不理世事；我则像高杉晋作[1]，凡事只讲求有趣；幺弟的变身术糟糕透顶，程度之差被评为"前所未有"。这些事传开后，世人一致认定："这些孩子没人能继承下鸭总一郎的血脉，令人遗憾。"

听闻此事，大哥愤恨不已，跑到冈崎公园四处拆除缠在松树上的草席泄愤。他紧握右拳，喊道："我一定要超越老爸！"二哥则说："别人怎么说，我都无所谓。"径自在井底吐着气泡。我顶着圆滚滚的肚腩，专心品尝珍藏的美味蛋糕。幺弟虽缩成一团嘴里念着"妈妈，对不起"，但同样将蛋糕往嘴里塞。

不过，母亲丝毫不以为意。

理由很简单。

因为我母亲丝毫不相信自己的儿子是狸猫一族出了名的窝囊废。她深信总有一天，她的孩子都会成为足以继承亡父衣钵的伟大狸猫。正是这份毫无道理、无凭无据的信念，让她成功扮演了母亲的角色，也让我们得以做自己。

1　日本武士，在幕末时主张尊王倒幕，表现活跃。曾说过一句名言："我要让这个无趣的世界变得有趣。"

我父亲很伟大，但我母亲更伟大。

进入八月后连日艳阳高照，街上闷热不已。

不过我们一家居住的下鸭神社纠之森，还是凉爽宜人的。我和幺弟每天坐在流经纠之森的小河边泡脚，喝着以清水烧陶碗盛装的弹珠汽水[1]，不然就是送便当和红玉波特酒到恩师红玉老师家。有时我也会做做白日梦，想象自己坐在冈崎图书馆的大书桌前，埋首于书籍，学习先贤的至理名言。

不过这样的日子没过多久，母亲便发火训人："成天干这些事，人都变傻了！"于是我决定陪母亲去打台球。因为母亲发火的时候，大多是她觉得寂寞的时候。

加茂大桥西侧的咖啡厅楼上有家台球场，一对男女在此现身。由于两人气质与众不同，在这一带无人不晓。男子身穿黑西装，打着深红领带，头发梳理得服帖整齐，是个肤色白皙的美男子；女子一身白净胜雪，模样惹人怜爱，让人联想到养在深闺的富家千金。两人仿佛在演出宝冢歌舞剧一般，举止夸张造作。

描述得好像在谈论别人，其实那位大家闺秀就是我，而另一位举世罕见的摩登帅哥，则是我母亲。

绚烂华丽的宝冢歌舞剧！

我母亲从小热爱宝冢歌舞剧，即便到了今日，她只要有空便会搭阪急电车到圣地巡礼。不管是人类还是狸猫，一旦染上"宝冢病

---

1 日文"ラムネ"。明治初期由英国传入日本的碳酸饮料。弹珠汽水的瓶身为玻璃所制，瓶口有一圈塑胶环，用来卡住玻璃弹珠，弹珠因瓶内二氧化碳的压力而顶住瓶口。

毒"，几乎可说无药可救，就算以最先进的现代医疗救治，也不可能完全根治。

因此打从开始我便死心断念，从没想过要剥夺母亲这项嗜好。自从父亲亡故，她的宝冢病日益严重，每到日暮时分，她便变身成衣着光鲜的宝冢风美男子，离开幽暗的纠之森，上街游荡。由于母亲总是变身成美男子，我们兄弟与她同行时大多会变身成可爱的少女。由于模样过于招摇，我们还曾在寺町路被京都电视台的人叫住，母亲得意扬扬地接受采访，我则是吓出一身冷汗。

就我所知，母亲应该没玩过台球，但没多久她便开始热衷此道，还因此结识了不少大学生和中年大叔。经过同好指导球技，如今她已打得一手好球。"优雅的台球最适合美男子。"一切都是母亲的刻板印象使然。

"黑衣王子"，就是母亲行走人界和狸猫一族的称号。

这名号似乎是她自己取的。

我变身成可爱少女，从台球场的窗边俯瞰黄昏时分的鸭川。横跨河上的加茂大桥，巴士和车辆闪着车灯穿梭其上。天上覆满云层，东山的天空如同渗进墨汁般昏暗漆黑。

母亲从刚才起便全神贯注于台球，不论她身子弯得多低，发型也不见一丝凌乱。我对台球没半点兴趣，在一旁心不在焉地望着专注于滚动小球的母亲。

"你又和弁天大人见面了吗？"母亲挥动着球杆说，"又干这种危险的事！"

"不会有事的，妈。"

"那人做事不按牌理出牌，你要是太大意小心被煮成火锅。人类老早就常把狸猫丢下锅，他们可比天狗和狐狸都要阴险歹毒呢。"

"可是，红玉老师拜托我这么做，我也没办法啊。"

"他也真是的，都一大把年纪了，还这么执迷不悟。这种人最叫人头疼。"母亲长叹口气。

红玉老师迷恋上自己从琵琶湖畔掳来的年轻弟子弁天，然而弁天对他不屑一顾。老师的丑态早已在京都传开。

母亲一杆击出，五颜六色的小球四处滚动。在一旁看觉得简单，但实际却怎么都打不顺手。母亲曾经认真地教我打球，但我就是学不会，最近她似乎打算改教幺弟。

"盂兰盆节就快到了，得再派出纳凉船才行。矢一郎不知着手准备了吗？你听说了什么吗？"

"没有，大哥什么也没交代。"

"不知道准备得顺不顺利，我们已经没有'万福丸'了。"美男子眉头微蹙，"他要是能找你商量就好了，真不该凡事都自己硬撑。"

我们一家每年都会在"五山送火"[1]那夜派出纳凉船。纳凉船的设计很特别，是以酒为燃料，翱翔于天际。搭船在夏日夜空吹着凉风，欣赏五山的篝火，是从父亲还在世时便一直延续至今的盂兰盆节的习惯，只可惜去年我们被卷进无谓的纷争，纳凉船泰半惨遭烧毁。以酒当燃料的飞船，可不是想找就找得到，大哥想必正忙着准备新船，但进展如何我一无所悉。

---

[1] 每年 8 月 16 日在京都周围的群山半山腰，以篝火排出大型文字、图形。为盂兰盆节的"送火"活动（为了送走祖先的灵魂而焚烧篝火）。

"大哥八成是讨厌倚赖弟弟吧。"

"你该好好和他相处才是。"

"我很爱大哥啊，他是个好人。"

"又说这种挖苦人的话，你这孩子真是的！"母亲瞪了我一眼，"矢一郎个性刚直，不够圆融，不懂得如何应付你这种个性古怪的人。你得让让他才行。"

"才不要呢。"

"你个性轻浮，倒是意外顽固，一定是像我。不过，顽固也要有个限度。"

不久，常和母亲一同玩台球的那群大学生走进店里。

我装出楚楚动人的可爱模样站在一旁，似乎令他们很不自在，于是我决定先行离开，去六道珍皇寺看二哥。

母亲和那群年轻人聊得正起劲，我将她唤到角落，附在她耳边低语，表明想去找二哥，母亲开心地笑着说：

"这样啊。那你就代替我去看看他是否还活得好好的。"

"妈，你也去看看他嘛。你一次都没去过吧？"

"因为他不希望我去啊。"

"才没这回事。"

"待在那种地方虽然是他的信念，但他也觉得无颜面对我。"母亲说完走回球友身旁，但途中又折了回来，"还有，回程你去一趟夷川的发电厂，去接矢四郎。他似乎已经受够了见习，你请他吃点好吃的吧。"

幺弟矢四郎前天起到夷川发电厂后面的伪电气白兰工厂见习。

"妈，今天天气不好，我看你差不多该回去了。要是待会儿打雷，可就麻烦了。"

"我知道。"

黑衣王子哼了一声，我目送她走向台球桌的背影。

黑衣王子那梳得纹丝不乱的头发，在室内灯光的照耀下熠熠生辉，不论怎么看，都像是个穿错服装、来错场所的怪人，一点也看不出是四只小狸的母亲，但她体内确实蕴藏了炽热的母爱。母亲真是不可思议，令人不禁肃然起敬。

我模样可爱地向那群学生行了一礼，逗得他们眉开眼笑，然后走下楼梯。

来到加茂大桥旁，我从娇小可爱的少女摇身一变，变成蓬头乱发、不起眼的男大学生。那是我平日在人类世界行走时的模样，因此其他人常叫我"萎靡大学生"。

我骑着自行车，在夜幕低垂的东大路往南而行。

我的目的地是位于建仁寺南侧的六道珍皇寺。二哥窝在珍皇寺内的古井里，年纪轻轻便过起隐居生活，时间已达数年之久。

二哥以"史上最没斗志的狸猫"闻名全京都。

从小他便极少在人前展现他深藏不露的"斗志"，也少与人往来，难得展现活力，族人几乎都把他当呆子看。

长大后他德行不改，只有在喝了酒后才稍替自己争回面子。每当黄汤下肚，二哥毫无斗志的模样顿时烟消云散，他会变身成最拿手的"伪睿山电车"疾驰在大路上，让那些沉迷夜生活的游人吓得魂飞天外。

听说父亲常邀二哥喝酒，怂恿他："试试那招吧。"然后搭上二哥变身成的电车，在京都街头纵横驰骋，朗声大笑。父亲似乎很中意二哥的伪睿山电车绝技。

由于父亲四处找酒喝的日子多，二哥和父亲相处的时间自然也最长，父亲不让我们知道的另一面，二哥一定很清楚。从不喝酒的大哥对此非常嫉妒，二哥也知道。正因如此，父亲的死对二哥打击很大。父亲死后，他不再喝伪电气白兰，愈来愈无霸气可言。

有一次他严重消沉，喃喃说着："呼吸真麻烦。"母亲听了勃然大怒，一把将他推下鸭川。母亲因为父亲刚过世，情绪不稳定，竟亲手将孩子推入河里。但落水的二哥不慌也不乱，口中念着"游泳也麻烦"，竟一路随着水流漂到五条大桥底下，毫无斗志的模样实在令人哑口无言。那天，我和幺弟把一只卡在五条大桥桥墩下的落水狸猫捞起来，带回了家。

这样的日子没过多久，二哥决定不再当狸猫了。

我们以为二哥到底是疯了，慌得手足无措。然而二哥一旦决定的事，任谁也无法改变，他不理会我们的恳求，离开了纠之森。

自此他变身成一只小青蛙，躲在六道珍皇寺的井底，再也没变回狸猫。我甚至忘了二哥当狸猫时的毛色。

这些年来，母亲从未探望过藏身井底的二哥，他们俩已经数年不曾交谈了。

祇园八坂神社一带弥漫着夜的风情。

热闹的灯火从八坂神社的石阶下沿着四条路一路绵延，往南延伸的花见小路上行人如织，我改走另一条行人较少的西斜小巷弄。从大路转进祇园，这一带的巷弄十分幽静，我踩着自行车，感到一家家餐馆的灯光散发着梦幻的迷蒙光芒飞快地流逝在身后。

沿着建仁寺的围墙走进暮色中的寺院，寺内宽广辽阔悄无人迹，钠灯的黄光自黝黑的松林间穿射而出。我穿过寺内，从南门来到八坂路。

顺坡而上，往东山安井的方向走，六道珍皇寺就位于南方的市街。眼下已过了参拜的时间，不必担心会被人瞧见，我越过砖墙绕往正殿后方的古井，透过盖住井口的木门，往井里窥探。

"哥。"我唤了一声。幽暗的井底传来仿如口吐泡沫般的细声应道："是矢三郎吗？"我坐在古井外缘，朝井底凝望了半晌，始终瞧不见二哥的身影。不过我心念一转，反正就算看到也不过是只青蛙，无所谓啦。

"我今天要在这里吃晚餐。"

我坐在井边，吃起在八坂神社前的牛肉盖浇饭店买来的便当。

"牛肉饭很好吃吧？"二哥在井底感触良深地低语。

"哥，你都只吃虫子对吧？"

"既然当了青蛙，就该像青蛙一样生活。"

"虫子不会卡在喉咙里吗？"

"这里水多的是，不怕噎着。"二哥轻描淡写地回应，"不过，把大小适中的虫子一口吞下的那种顺畅感可痛快了。"

"看来你当青蛙已经当得炉火纯青了。"我大口嚼着牛肉饭。

入夜后的寺内静悄悄的，没人会到井边来。寺院位于巷弄深处，听不到大路上的车声。

两年前我得知，二哥当青蛙当得太像样，以致变不回原本的模样。这可悲的事实令我慌张不已，但二哥不当一回事地望着我，口吻不改平日的沉稳。我问他不难过吗，他只是应我一句："得知无法恢复原形的那晚，我有些落寞，不过现在已经释怀了。"他也未免太容易释怀了！

我提议找外婆帮忙，她或许能治好，但二哥坚持："如果要拜托那个坏心眼的臭老太婆，我宁愿当一辈子青蛙。反正我原本就不打算变回狸猫，这样正合我意。"

如此这般，二哥从容不迫地接受了命运的安排。

"好久没来探望你，你一个人会寂寞吗？"我边吃牛肉饭边问他。

在井底的二哥似乎扑哧笑了一声。"大家一个个跑来问我同样的问题，我哪有空寂寞啊。"

"有很多人来吗？"

"比去年少了些，但不时有人来。比起从前当狸猫，我现在的生活还比较热闹，感觉好像颠倒了。"

"那是你以前当狸猫时没有朋友的缘故。"

"……对了，前不久，难得连红玉老师也来了。"

"一定是找你倾吐爱情烦恼对吧？"

"他老念着'我美丽的弁天啊'……我太震惊了，他昔日大天狗的威严究竟跑哪儿去了？得赶紧替他想想办法才行啊。"

"太迟了，老师这毛病一辈子都没药医了。"

"老师的爱情牢骚没完没了，我只好闷不吭声潜入水底，不久他便自己回去了。紧接在红玉老师之后，矢一郎大哥也来了。"

"咦，大哥也来了？为什么？"

"他好像有烦恼，但什么也没说就走了。"

"可能原本想训你几句，但最后放弃了吧。"

"感觉不是这样。其实，他也有很多烦恼。"

"我知道。"

"最近我深深同情大哥。为了继承伟大父亲的衣钵，他是那么认真努力，偏偏弟弟们不是青蛙，就是傻子、长不大的小鬼，一点忙都帮不上。"

"我无法反驳，也不想反驳。"

"幸好我不是长子。"二哥长叹一声，"如果我是大哥，一定会变成青蛙躲在井底。"

去年狸猫一族不论男女老幼，只要是有烦恼的人，都纷纷造访二哥居住的古井，一时蔚为风潮。

二哥以前还是狸猫时根本没人理他，在儿童广场游玩的小狸猫甚至还直呼他"傻瓜"。如今他变成井底之蛙告别狸猫一族，却突然备受关照，只能说这一切都是命运女神的恶作剧。

究竟是谁先起头的，如今已不可考。当时一只只狸猫造访此地，在井边诚恳地低着头向二哥诉说心中烦恼。据说只要这么做，隔天一早便神清气爽，对改善便秘、养颜美容同样有效。如此不负责任的评价日益高涨，每晚都有迷惘的小狸猫来到井边一吐心中烦忧，一时之间门庭若市，最后甚至连天狗都来了。

访客个个舒颜展眉地离去，独留我二哥一人在井底闷闷不乐。

"他们打算用烦恼活埋我吗？"二哥微感恼火地说。

不过生性慵懒的二哥不久连生气都嫌麻烦，他索性左耳进右耳出，平心静气地听访客吐露心事。这也正是二哥可爱的地方。

在世间蔓延滋生的"烦恼"大致可分为两种：一是无关紧要的事，二是无能为力的事。两者同样都只是折磨自己。如果是努力就能解决的事，与其烦恼不如好好努力；若是努力也无法解决的事，那么付出再多努力也只是白费力气。不过，当人们还无法想通这一点时，便需要暂时消愁破闷，这时候二哥的古井便派上用场。

在井底倾听的不过是只青蛙，大家都清楚他无法解决问题，没人对他抱有期待，只是径自倾吐心事。正因打从开始便没有期待，也就无须担心会因为不灵验而感到沮丧。只要有机会畅所欲言，任泪水滑落，心里就会舒畅不少。因此，尽管二哥没提出任何有用的建言，访客还是收获良多。

二哥以前曾这么说：

"不管是谁，都觉得对个空洞说话是蠢事一桩，如果没人肯倾听自己诉说烦恼便提不起劲，可是说给其他狸猫听又不好意思，人类和天狗就更不用提了。就这点来说，我已经半退出狸猫一族，是只遭人淡忘的冒牌狸猫，再也不可能从青蛙变回原形。他们也知道不管什么时候来，我都在井底。我就像便利店那般方便，我判断，这就是我受欢迎的原因。"

"哥，你都没给他们建议吗？"我问。

"反正是不相干的人，我才不在乎。"二哥说，"况且，有时找不相干的人倾吐心事反而比较好，或许正因为这样，大家才往我这儿跑。"

"或许吧。"

"我总是对他们说：这事和我无关，真对不起。"二哥咕哝着说，"谁叫我只是只井底之蛙，连大海长啥样都不知道。"

"哥，你也不在乎老妈和我们吗？"

二哥略微不悦地应道："我可没那么堕落。"沉默了一会儿，他又为难地补上一句，"不过，我毕竟只是只青蛙。"

"觉得牛肉饭美味的这份纯真之心，我希望永远不变。"我如此祈愿，吃完手上的牛肉饭，然后对着井底和二哥聊天。二哥和我感情原本就不错，当青蛙后变得更多话了。也许二哥很安于当只青蛙。

"你没有烦恼吗？"二哥问，"你从小就很少找人诉苦。"

"我完全没烦恼。我决定了，要让自己的人生过得既有趣又快乐。"

"你和海星还顺利吗？"

"她跟我无关。"

"用不着瞒我，有心事大可跟可靠的哥哥倾吐……虽然我只是只青蛙，不过我可告诉你，嘲笑青蛙的人往往会因为青蛙而尝到苦头哦。"

"这桩婚事是老爸擅自决定的，况且夷川家的人已经取消婚约了。"

"听说你们还会见面。"

"哼，我实在搞不懂她在想什么，我连她的脸都没见过呢。"

“你们俩这么娇羞啊，听了连我这只绿蛙都脸红了呢。”

“尽管用那些色情幻想填满你的脑袋吧。事情可不像哥想的那么美好，要是夷川叔叔成了我岳父，金阁、银阁那两个傻气双胞胎成了我大舅子，那可真是人间炼狱啊。”

“嗯，换作我，一定会躲到井里去。”

“不管发生什么事，哥都会躲在井底啊。”

“真是辛苦你了，不过这毕竟是老爸的决定。”

“你这样说，也太难为我了。”

“我想老爸自有他的考量。”

“不，也许他只是想让他们走私伪电气白兰给他。”

“怎么可能，老爸再怎么嗜酒如命也不至于这么做吧。”二哥面带愠色地说。

在京都无人不晓的伪电气白兰，在狸猫一族颇受欢迎，据说也有不少人类爱喝。这款秘酒是仿造东京浅草从大正时代起一直流传至今的电气白兰，在夷川发电厂后面的工厂暗中制造，夷川一族握有制造秘方，制造、销售全由他们一手包办。夷川家的首领、如今号称“京都大头目”的夷川早云，是从下鸭家入赘到夷川家的，他是我父亲的弟弟。

夷川家原本是从下鸭家分出去的一支，但两家的关系向来不睦。为了缓和长久以来的对立，一直有人苦思良方；而建议早云入赘到夷川家，便是其中一个方法。无奈早云向来仇视下鸭家，此举无疑是火上浇油，在那之后下鸭家更是吃足了苦头。

父亲过世后，两家对立日益严重。早云的两个双胞胎儿子和他们的父亲一样视下鸭家为敌，分别名叫夷川吴二郎和吴三郎，绰号

"金阁"、"银阁"。我和那两兄弟同在红玉老师门下学艺，然而关系形同水火。我实在不懂父亲为何会挑他们的幺妹当我的未婚妻，这决定未免太荒唐了。附带一提，"海星"这个一点也不适合狸猫的怪名字，是我父亲取的。

父亲死后，夷川早云单方面取消我与海星的婚约，惹得母亲勃然大怒。

母亲很中意海星，当时她的怒火非同小可，可说是怒发冲冠。她对登门拜访的夷川早云怒喝一声："去死吧你！"如同字面上形容的，将他踹出纠之森。然而早云依旧一言不发，脸上挂着低俗的冷笑径自离去。对我来说，这正是求之不得。而在那之后，下鸭家和夷川家正式断绝来往，直至今日。

"说起来真是蠢事一桩。"二哥说，"这种争斗要持续到什么时候啊。"

"要是老爸还在，才不会让早云这么嚣张。"

"的确，如果老爸还在，应该会处理得更妥当。"

"哥，我一直在想，老爸的死该不会是夷川干的吧？"

我说完后，二哥保持沉默，久久未出声。

"哥，怎么了？"

"别胡说。"二哥以不像平日的严肃口吻说道，"要是因为口无遮拦又惹来麻烦，那才真是蠢呢。"

我沉默无语。巷弄间传来摩托车呼啸而过的声响。

"每年盂兰盆节，我总会想起老爸。"二哥感触良深地低语，"今年的'五山送火'，你们也会派出纳凉船吧？虽然我是只青蛙，没办法一同乘坐……"

"船的事大哥似乎正在安排，不知进行得顺不顺利。"

"对了，去年船被烧毁了。"

"想到就一肚子火，都是金阁、银阁那两个家伙干的好事！"我在井边气得直跺脚。

"算了，看开一点吧。如果是老爸，一定会一笑泯恩仇。"二哥在井底遥想过去，"老爸过世时矢四郎刚出生，你刚进红玉老师的学校。"

"不知不觉，我已经长这么大了。"

"老爸喝酒时总是在聊你的事，要是矢一郎大哥知道了一定很不甘心，所以我一直没说，其实老爸最看重你，他还曾请红玉老师特别关照你，说自己的孩子里就数你最像他。"

我鼻头微酸，在黑暗中轻轻发出几声呜咽。

"我说矢三郎，你还记得老爸对你说的最后一句话吗？"

"我不记得了。"

"我一直在回想老爸对我说的最后一句话，却始终想不起来。我一直很懊恼。"二哥说，"我真是个没用的儿子。"

父亲在世的时候，在"五山送火"那晚派出纳凉船是下鸭家的重要活动。每年盂兰盆节，祖先的灵魂会聚集在京都，我们得将他们赶回阴间去。我从没想过自己的父亲有一天也会住进阴间，成为被赶回去的那群亡灵之一。

幺弟矢四郎出生的那年夏天，成了父亲的最后一个夏天。

我们家的飞天纳凉船"万福丸"披挂了许多装饰品，热闹地照亮古都的夜空。父亲变身成布袋和尚，说要让祖先看看才出生不久的白嫩可爱的弟弟，炫耀一下。我想起父亲站在船首的巨大煤油灯下，一脸嬉笑的模样。

和二哥一样，我也曾试着回想父亲生前对我说过的最后一句话，然而他的死实在太过突然，我一直想不起来。不能说这样就是不孝，我认为二哥大可不必自责，毕竟我们谁都没料到会发生那样的意外。

宁静的寺院内，一只青蛙和一只狸猫落寞地垂首不语，沉浸在对父亲的思念中。

蓦地，二哥以确信的口吻说道："喂，看来有大人物要来了。"

"是谁？"我吃惊地反问。

二哥回答："我的屁股痒了起来，看来是雷神大人要驾到了。"

"糟糕！"

我在井边站起身，仰望天空。昏暗的天空覆满乌云，虽然还没听见雷声，但习惯在水中生活的二哥都这么说了，保准没错。

"谢谢你来看我。"二哥在井底吐着泡说，"老妈就拜托你了，谁叫我只是只青蛙。"

还没来得及听二哥把话说完，我已迈步狂奔。

来到八坂路时，一阵冷彻肌骨的强风吹过。

"去死吧你！"

母亲怒火攻心时，常会撂下这句重量级的狠话。

我们四兄弟也都效仿母亲，每当心头涌上怒火都会大喊一声：

"去死吧你！"这句爽快否定对手一切的话语，我们用得可顺口了。

母亲不喜欢自己的儿子这么说话，于是自我警惕，向我们阐述"爱你的敌人"的美德。只不过一遇上看不惯的家伙，她总是管不住自己，仍会以满腔怒火朝对方大吼："去死吧你！"有时甚至不理会我们的制止，犯下差点让对方真的死去的暴行。这是母亲可怕的地方。她也是如此向我们阐述何谓"言行一致"的美德的。

然而胆识过人的母亲，对打雷却是畏如蛇蝎。

一旦打雷母亲便坐立难安，竖起全身狸毛，颤抖着四处寻找藏身之处。若不钻进纠之森深处一顶古色古香的蚊帐中，由我们兄弟紧搂着她，便无法平静。

每当听到雷声，我们四兄弟都会奔回母亲身边，像玩挤馒头游戏[1]似的全家挤在蚊帐里，每当闪电照亮四周，便能感觉到母亲身体发僵。当雷神大人威风凛凛地在天空奔腾，我们只能屏气敛息，静候他离去。

更令人担心的是，母亲只要听见雷声就会变回原形。

在出町一带名气响亮的黑衣王子，倘若在打台球时突然变成毛茸茸的狸猫，不管在人界还是狸猫一族，想必都会引发不小的骚动。

我踩着自行车，迅如疾风地穿过东大路。街灯照耀着云层底端。

我猜幺弟八成也正赶往出町柳，于是骑到一路从冈崎流向此地的排水渠时，便改向左走。

---

1 儿童游戏的一种，适合四人以上玩，大家背对背围成一圈，互相勾住手臂，以肩膀、背部推挤对方。游戏过程中能提升体温，盛行于秋冬。

　　夷川发电厂位于这条排水渠沿岸，水门前沉静的琵琶湖沐浴在斑斓的街灯下，光滑如镜。白光下，对岸有个无比凄清的身影，那是致力于琵琶湖排水建设的北垣国道知事的铜像。我们昔日有位祖先，名叫下鸭铁太郎，听说他与北垣知事交谊深厚，彼此互称"铁少"和"阿国"。不过铁太郎是个大骗子，就连临终前也设局死后假装在世长达半年，我看这件事十之八九是唬人的吧。

　　我斜睨着水门，骑上排水渠上的小桥，目击了桥上发生的一幕。

　　桥中央一只小狸猫蜷缩着身子瑟瑟发抖，看那屁股不住颤抖的窝囊样，我确信是幺弟。桥的北侧，有只印度象大小的巨型招财猫嚣张跋扈地挡住去路，目露凶光，瞪着不住颤抖的幺弟。

　　我可爱的幺弟竟遭一只目中无人的招财猫欺负！

　　拔刀相助是做哥哥的责任，于是我大喊一声："下鸭矢三郎前来领教！"那只招财猫大眼滚动，望向了我。我丢下自行车冲上前去，幺弟马上死命往我臂弯里钻。我搂着蓬松柔软的幺弟，昂然而立地瞪着那只招财猫。

　　"哎呀，原来是矢三郎来了。"

　　挡住去路的招财猫说完，咧嘴而笑。每当他笑着鼓起胸膛，脖子上的木牌便随之晃动，只见上头以寄席体字形[1]写着**"卷土重来"**。

　　"咚"的一声巨响传来。另一只巨大的招财猫从天而降，落在我背后。这只黑色招财猫在断我退路的同时，压垮了我的自行车。他的脖子上也挂着一块木牌，写着"樋口一叶"。

　　桥北是"卷土重来"，桥南是"樋口一叶"。连四个字是什么含

1　江户时代，商家为了吸引顾客所使用的一种粗体字。常用于海报、传单与名牌。

义也不懂就这样挂在脖子上，把自己搞成蠢样十足的广告塔还自鸣得意，除了狸猫一族的傻瓜兄弟金阁与银阁，也没有别人了。他们喜欢奥妙的四字成语，并深信在身上装饰成语很帅气，可惜他们只知滥用，不懂含义。再说，"樋口一叶"根本就不是成语。[1]

"矢三郎，你弟弟丢下工作擅自逃出工厂。"金阁扬扬得意地训起话来，"是你们开口拜托，我们才让他到工厂见习。光是这样，就给我们添了不少麻烦，没想到他居然擅自丢下工作，这让人怎么受得了啊！"

"哥，你说得一点都没错。"银阁在背后接话，"这让人怎么受得了啊！"

"能够无怨无尤完成自己的工作，才称得上独当一面。"从未完成过任何工作的金阁又说，"我本来不想插手，但下鸭一族的未来实在令人忧心啊。"

"哥，下鸭家全是些不成材的半吊子。"正是如假包换的半吊子的银阁在一旁附和。

"可不是嘛，次男是青蛙，三男是傻子，老幺也就这样了。我们夷川家要是不加把劲，狸猫一族的未来可就一片黑暗了。"

"哥，有你在一定没问题，你可是明日之星。"

幺弟吓得直发抖，连变身都忘了。我知道他一定是为了赶往母亲身边才离开工厂的。幺弟个性敏感，不善变身，只要稍受惊吓便会露出尾巴，因此被人取了一个不雅的绰号——"穿帮小子"。

"喂，银阁。樋口一叶可不是成语哦。"我说。

1　樋口一叶，1872—1896 年，日本女性小说家、歌人。著有《大年夜》《青梅竹马》等。

"骗谁啊，你以为你是成语博士吗？"银阁反驳。

"两位，樋口一叶可是人名。"我怜悯地说，"人名和成语可不一样。"

"哥，是这样吗？"银阁突然不安起来，向金阁确认。金阁昂然应道：

"别信他的鬼话。樋口一叶，是指一片沾湿的枯叶卡在雨樋[1]的出口，这成语是用来形容秋天落寞的景致的。我在书上读到过。"

"不愧是哥哥，我猜也是这样。"

"像这种家伙根本不必理他。"

金阁踏步向前，重重地发出巨响。

"来吧，把那个小不点交出来，我们会好好地加以惩戒。我爹已经把他全权交由我们处理，让他明白工作的严酷性是我们的任务，我们绝不会半途而废的。"

"你休想。"我紧搂着幺弟。

"你还是一样胡来，狸猫一族有你这种不把规矩当回事的家伙实在太可悲了！"

"你们不也一样吗？"

"我们例外，我们可是大人物。"金阁又补上一句，"正可谓畅通无阻。"说完露出得意的笑容。

"哥，你真厉害，竟然知道'唱通无主'这句成语！"银阁无比崇拜地说。

"而且我们不像某人，死缠着别人家的掌上明珠。"金阁说，

---

1 紧靠房檐下，用来将房檐滴下的雨水导向地面或下水道的细长水管。

"我说的就是你！"

"你说什么？混账！我什么时候干过那么不要脸的事！"

"我爹说和你的婚事会阻碍海星的未来，对此伤透脑筋。两家明明都取消婚约了，你还执迷不悟吗？我们根本不需要下鸭家的血脉。"

我和幺弟怒火攻心，齐声朝他们大吼："去死吧你！"

"既然你们撂下狠话，那就休怪我不留情。"

"尽管动手吧，哥。踩扁他们。"

犹如碾磨石臼的隆隆声响从天际传来，雷神大人似乎已在古都上空肆虐活跃。

幺弟放声哭泣，冰冷的鼻头不住磨蹭我的下巴。

"哥，老妈她有麻烦了。"

"我知道。"

若是继续和叮当兄、叮当弟[1]这对傻瓜兄弟玩没意义的问答游戏，肯定来不及赶回母亲身边。金阁、银阁兄弟俩生得孔武有力，只有蠢蛋才会与他们正面冲突。眼下暂时撤退，待日后想出个阴招，再给他们好看。我得尽可能想出不必自己动手的方法。

在两只特大号招财猫的前后包抄下，我抱着娇小的幺弟，思索迅速逃离此地的方法。

不过，根本无须我想办法。

挡住去路的银阁背后，突然有个威严十足的声音喊道："金阁、银阁！"接着传来"吼——"的一声响亮虎啸，令人震撼。金阁和银阁吓得面无血色，瞬间变成没有色彩的白瓷招财猫。

---

1 出自《爱丽丝镜中奇遇记》中的双胞胎兄弟 Tweedledum 和 Tweedledee。

老虎。哺乳纲食肉目猫科，身形媲美狮子的大猫，身长达两米，体重逾两百公斤。一身金毛覆上漂亮的黑纹，据说有时连熊都能撂倒，是亚洲最凶猛的野兽。它什么都吃，包括人类、狸猫、豪猪、乌龟、蝗虫……

附带一提，京都并无野生的老虎栖息，只有狸猫变身的老虎。

"是矢一郎大哥！"幺弟叫道。

大哥总是规规矩矩遵从狸猫一族的潮流，绝不随意变身，只有怒不可遏时才变身成威风凛凛的老虎。

大哥的绰号就叫"鸭虎"。

火冒三丈的大哥，先是一口咬住身旁银阁的屁股。

银阁尖声怪叫，直嚷着："哎呀，我的屁股啊！"被打回一副穷酸相的狸猫原形。大哥轻咬住他化成一团毛球的屁股，使劲一甩，银阁就在路灯投射的白光下飞向高空。"我飞起来了！谁来接住我啊！"那颗凌空飞去的毛球不断大呼小叫，数秒后，排水渠传来"扑通"一声，然后一切归于平静。

我想，你就这样顺着水流冲走吧。

看到兄弟顺着排水渠流向遥远的大海，金阁似乎有所觉悟。只见眼前那只招财猫肥胖笨重的后脚逐渐变细，浑圆沉重的肚子往内缩，手上的金币消失，犀利发光的双眼变得冷峻，脸部四周长出蓬松的金毛。

金阁变身成一头狮子。他绷紧全身神经，紧盯大哥，以便随时向前扑。大哥谨慎地低着头，步步逼近。

我和幺弟退到电线杆后方，观看这场难得一见的虎狮之斗。

突然，金阁飞身朝大哥扑去，一时间金黄鬃毛与黑色斑纹纠缠，分不清敌我，但马上便听见金阁尖叫求饶："那里万万不能咬啊！"

"咬那里的话，我就完蛋了！"

大哥一口咬住那个"被咬就完蛋"的部位，金阁立刻被打回狸猫原形。

大哥使劲甩头，金阁和银阁一样画出一道圆弧飞向高空，排水渠方向又传来"扑通"一声，这下四周真的回归平静了。

天空白光一闪，雨滴落下。

大哥从老虎变回一贯的"身穿和服的少爷"模样，朝伫立在路灯下的我们投以冷漠一瞥。他在桥边吹了一声口哨，等在路旁的"自动人力车"旋即赶到。这是父亲留给大哥的宝物。拉车的车夫是昔日京都一位名匠发明的"伪车夫"，尽管伪车夫动作已不太流畅，但大哥将它视为父亲的遗物，仍经常维修使用。

大哥坐上人力车，朝我和幺弟唤道："你们还在发什么愣！快上来啊！"

我抱着幺弟，冲向人力车。

人力车穿梭在错综复杂的狭窄街道，雨势愈来愈强，但伪车夫没有任何怨言，默默地拉着车快跑。

今天狸猫一族在祇园有一场聚会，议题与我族未来权力斗争息息相关，大哥似乎也受邀了。我猜他今天之所以乘坐钟爱的自动人力车，是为了效仿父亲昔日坐着它四处奔走的气概。只可惜那场聚会最后不欢而散。

奔驰的人力车内，大哥回想起聚会中的不愉快，又担心此刻受雷神大人威胁的母亲的安危。他看着这两个被夷川家欺负的窝囊弟弟，似乎在思索该如何训话。眼看着大哥眉头愈皱愈深，整张脸就快纠结成一团。

"你们受夷川家如此羞辱，为何不反击？"大哥问，"难道你们没有挺身守护下鸭家荣耀的气概吗?！"

"对不起。"幺弟嗫嚅。他原已恢复少年模样，但听到大哥的斥责又心生恐慌，随时都可能露出狸猫尾巴，"不过我跟他们说了'去死吧你！'"幺弟战战兢兢补上这么一句，但大哥没理他。

"我不懂什么是下鸭家的荣耀。"我说。

"像你这种只求自己开心的家伙，当然不懂了！"大哥骂道，"你真是不孝子！老爸地下有知一定很难过。"

"老爸才不会在意这种小事呢！"

我说完，大哥板起脸，沉默不语。

抵达位于加茂大桥西侧的咖啡厅时，雨势滂沱，今出川路的柏油路上白茫茫一片。天空响起令四周为之震撼的雷鸣，我们三兄弟吓出一身冷汗。

赶到楼上的台球场一看，已不见母亲踪影。

我向一名甩着球杆的学生打听。他说黑衣王子听见雷声后，一张白脸变得更白，踉踉跄跄地冲下楼去。后来楼下的咖啡厅一阵骚动，说有狸猫闯进店里，台球同好也跑去咖啡厅凑热闹，不过没看到黑衣王子。"他想必是回去了吧。"

我们立刻追问那只狸猫的下落，对方一脸诧异地回说："慌乱中也不知它跑哪儿去了。"

我们失去有关母亲下落的线索。

在这种大雷雨中，母亲不可能独自一人返回纠之森。也许她正全身湿透地躲在暗处，害怕不已；也可能被雷鸣吓得动弹不得，因而遭人类掳获，或是惨遭车辆辗死。每当闪电照亮昏暗的鸭川，盘踞在我们心头的不祥画面便又增添几分可怕。

"啊啊！妈！"大哥放声大叫，方寸大乱地揪扯着头发，"都是台球害了你！"

大哥每当面临紧要关头，便会显露内在脆弱的一面，只见他平日涂满表面的威严镀漆此刻不断剥落。他提议立即传令告知全京都的狸猫，号召族人一起搜寻母亲。

"这未免太夸张了，大哥。"我劝阻，"你以为老妈会刻意逃到五条或西阵去吗？我看，我们先分头在加茂大桥四周找看吧。"

"没错，这事要先办，就由我来指挥吧！"滂沱大雨中，大哥威武地发号施令，"矢一郎搜寻同志社大学一带，喂，明白了吗？啊！矢一郎是我自己啊！没关系，就由我找同志社那一带。矢三郎找鸭川北边，矢四郎到桥的另一头找，接下来，矢三郎负责搜寻鸭川南边，给我找仔细一点！"

"大哥，我没办法同时南北两头跑啦。"

"真是没用的家伙，那南边就矢二郎去吧。"

"矢二郎在珍皇寺的古井，而且他是只青蛙。"

"他到底要怎样才满意！怎么一点忙都帮不上啊！"大哥又猛扯头发，"到底是怎样的因果报应！为什么我的弟弟都这么没用！"

"大哥，你冷静一点，现在最叫人担心的反而是你。"

尽管举止错乱的大哥叫人不放心，我们还是在雷雨中分头找寻母亲的下落。

加茂大桥上因大雨而一片迷蒙，车灯在朦胧中交错而过。护栏上的一盏盏橘色灯火，宛如替即将回归古都的祖灵指引方向的路标。

冒着雷击的危险，我们淋得浑身湿透，继续在加茂大桥附近搜寻。

终于，我找到了母亲。她就躲在加茂大桥下的阴暗角落。

我沿着鸭川找寻时，浑身湿透的母亲全力冲过河堤，扑进我的臂弯。那时正巧一阵雷鸣，吓得母亲瑟瑟发抖。我松了一口气，替母亲拨开额前湿淋淋的毛，她打了个喷嚏，在划破天空的闪电下蜷缩着身子，低声道："夷川的女儿和我在一起。"

"我差点掉进河里，是她救了我。"

母亲藏身的桥下黑漆漆一片，但我知道海星正在里头窥望着我。

我拭去脸上的雨水，注视着桥下暗处，结果海星气愤地说："还看什么！你要在那里待到什么时候？还不快回森林去啊！"

"不，我得向你道谢才行。"

"不必了，你想害你母亲感冒吗？傻瓜！"

海星不肯从桥下现身。

我之所以和二哥说连她的脸都没见到过，并不是因为害羞，而是陈述事实。虽然她曾是我的未婚妻，但我从未见过她的真面目，就连她变身后的模样也没见过。她一直不肯在我面前露面，总是躲在看不清的暗处唠唠叨叨挑我毛病。明明不敢以真面目示人，嘴巴却恶毒得紧，想必是家教不好。对我而言，海星等同于冷不防从黑暗中袭击我的言语暴力，光是听她说话我就一肚子火。

过去她还是我未婚妻的时候，我常以心中的天平衡量，"父亲与人的约定"与"持续忍受这位未曾谋面的未婚妻出言辱骂的重担"何者重要，结果由于两者重量在伯仲之间，差点将我心中的天平给压垮。就在我几乎不胜负荷时，父亲过世了，婚约也解除了。

再见了，海星。我再也不必和你见面了。本以为可以就此清静不少，没想到在那之后她还是在我身旁神出鬼没，动不动就找我说话，拿我打发无聊。对我来说，这无疑是灾难，结果夷川家竟说我死缠着海星不放，实在蛮不讲理。肯定有一大票人也同意我的说法。

但今晚是她救了母亲，我得向她道谢才行。

我朝那未曾一睹庐山真面目的前任未婚妻低头行礼，说了声："谢谢。"并补上一句，"请代为向（掉进排水渠被冲走的）金阁、银阁问候一声。"

她在黑暗中暗哼一声，应道："回去的路上小心。"

我们和海星告别。

"夷川那家人最好都去死。"抱着母亲走回家时，她如此说道。但她接着又说，"唯独那孩子例外。"

我叫回在鸭川对岸四处乱跑的幺弟，并一把抓住方寸大乱地在今出川路狂奔的大哥。雷雨中，我们驱赶着自动人力车，逃回纠之森。

一踏进纠之森，倾盆而下的暴雨被郁郁苍苍的枝叶帐幕阻挡，转为柔柔的细雨。雨滴拍打在叶片上的声响，如同飞沫弥漫在南北延伸的狭长森林中。尽管不时仍有银光打向参道，不过回到森林就不必再害怕了。我抱着母亲，和大哥及幺弟走在下鸭神社长长的参道上。

钻进树下的小蚊帐，覆着浓密毛皮的身躯互相依偎，我们屏气敛息。母亲以白手巾缠住湿透的皮毛，抬头仰望树梢，抽动着鼻翼，侦察雷神大人的动向。幺弟紧依着母亲，我和大哥则在两旁抱住他们。

黑暗中，感觉得到彼此吐出的湿热气息。

依偎着彼此，细听远处的雨声和雷鸣，我觉得无比怀念。

我想起了从前，那时幺弟刚出生，老爸尚在人世，二哥也还没变成井底之蛙，大哥不需一肩扛起无法负荷的重责大任，还保有悠哉的一面。当时只要一打雷，大家就会聚在母亲身旁。

母亲总是怀抱着我们兄弟四人，父亲则是抱着双眼紧闭的母亲。

想起那段往事，我心中涌上一股既甜美又悲伤的情绪，这一点也不像我。

雷神大人往琵琶湖的方向逐渐远去。我想，东山一带现在想必很热闹吧。

"还好有你们在。"母亲在归于平静的黑暗中说，"虽然你们的父亲不在了，但我还有你们。"

我已故的父亲——下鸭"伪右卫门"总一郎，是只伟大的狸猫。

他让下鸭一族团结一心，威仪遍照京都的族人，就连在乌丸的闹市上空盘旋的天狗也对他大为感佩。

他豪迈洒脱、恬淡无欲、慈悲为怀，爱好美酒和将棋，讨厌劣酒和没水准的地盘之争。然而一旦与人争斗，便会勇猛如鬼神，集谋略、臂力、变身力于一身，将对手打得落花流水，毫不留情。父亲还是我的老师——老天狗如意岳药师坊红玉老师的盟友，他们的联手让鞍马天狗也瞠目结舌，甘拜下风。狸猫中有这等能耐的，就只有我伟大的父亲了。

能让狸猫一族凝聚团结的狸猫，人称"伪右卫门"。

"只要有下鸭伪右卫门在，京都就能太平无事。"

大家都这么想，孰料他竟突然撒手尘寰。

京都有个名叫星期五俱乐部的秘密团体，他们每年都在尾牙宴上大啖狸猫火锅。京都的狸猫向来对他们深恶痛绝。

幺弟矢四郎出生的那年岁末，他们照例举办尾牙宴，围炉吃狸猫锅。

而那年的火锅料就是我父亲。

得知父亲的死讯，我们兄弟愕然，半日之久才回过神来，放声大哭。大哥哭了，二哥哭了，我也哭了。幺弟是个婴儿，当然也哭，而且一哭起来便没完没了。

"只要身为狸猫，就有可能被煮成火锅，这没什么大不了的！"

母亲对我们这群嘤嘤啜泣的小狸猫说道。

"你们的老爸是只了不起的狸猫，他一定是面带微笑，从容地化为一锅鲜美至极的火锅。你们将来一定要成为像他那样的狸猫，要有过人的器量，对星期五俱乐部的火锅冷笑置之。要像你们的老爸一样，不过，可千万不要自己送上门去变成狸猫锅哦。"

语毕，母亲这才抱着我们一起痛哭。

"答应妈，你们绝不能变成狸猫锅。"

那一天，我父亲安详地成了狸猫锅，祭了那群古怪成员的五脏庙。同一时间，京都狸猫一族的未来再次浮现风雨欲来之兆。

雷雨停歇，我们在睡着前一直聊着这件事。

"就像妈说的，我们兄弟都长成了器量过人的狸猫，但当中有三只很没用。"我说，"其中一只还是青蛙。"

我察觉大哥露出了苦笑。

幺弟已经睡得很沉，母亲把脸凑向他的脸颊。

"是青蛙也好，是什么都不重要，只要你们好好活在世上，我就心满意足了。"思索片刻后，母亲又补上一句——

"还有，你们都是了不起的狸猫，这点老妈很清楚。"

大文字纳凉船之战

效仿风花雪月，称得上附庸风雅，但最有意思的，还是模仿人类。一同参与人类的日常生活或是节庆活动，实在乐趣无穷。这种戒不掉的习性肯定是远从桓武天皇时代便相传至今，我已故的父亲称之为"傻瓜的血脉"。

"这都是傻瓜的血脉使然。"

每当我们兄弟闯祸，闹得鸡飞狗跳，父亲总会笑着这么说。

最能象征夏日风情的"五山送火"之夜，人类陶醉，我们狸猫也跟着陶醉，说穿了，这都是傻瓜的血脉使然。

我之所以特别喜欢"五山送火"，是因为这让我想起父亲。父亲总是将飞天纳凉船"万福丸"装饰得金光闪闪，欣赏山上点燃的篝火，弹琴击鼓，嬉闹玩乐。他变身成布袋和尚，抬头挺胸地站在船首，一脸眉开眼笑的模样，至今仍历历在目。父亲总是这样威风十足地向祖灵们炫耀下鸭一族的健康与幸福。

父亲远赴黄泉后，母亲和我们每年还是会在"五山送火"之夜派出纳凉船，不过什么下鸭一族的祖先，我们根本没放在心上，尽管有时会想起父亲，但大部分时间我们都是在夏日的夜空下尽情玩乐嬉闹。

这也是没办法的事，谁叫我们是狸猫呢。

这也是傻瓜的血脉使然。

时序来到八月，"五山送火"的日子已近。

某个午后，在挥之不去的恼人酷暑闷熏下，我带着幺弟矢四郎走出纠之森。我们徒步走过葵桥，前往出町的商店街。

我们在商店街，替恩师红玉老师买了松花堂便当和出町的双叶豆饼。我们的天狗老师拥有"如意岳药师坊"这个响亮名号，教导过许多狸猫，如今他却隐居在商店街后的寒酸公寓，独自唾弃世上万物。

前些日子我为了帮老师提振精力，刻意变身成青春少女，结果被骂得狗血淋头，受尽屈辱。没想到我足以作为弟子表率的用心，得到的回礼居然是一顿臭骂，我实在咽不下这口气。趁着这天酷热难当，我故意变身成一个灰头土脸的大学生。

幺弟矢四郎变身成少年，将一大瓶红玉波特酒捧在胸前。

幺弟只会粗浅的变身术，而且只要稍有怯意便会如字面上形容的，露出狸猫尾巴。因为太软弱了，大家给他取了个"穿帮小子"的绰号，说来实在可怜。

那年夏天，幺弟悄悄向我透露了一个秘密。

"哥，我可以帮手机充电哦。"

接着，他一脸自豪地用细细的指尖帮手机充电。不过，如果能用电锅煮饭倒还另当别论，在这到处布满电线的城市能替手机充电有什么用处？除非外出时手机刚好没电，这招倒是相当方便，但除此之外根本派不上用场。我这天真的幺弟在伪电气白兰工厂夏季休业期间，每天都窝在纠之森的树下替手机充电，以此自娱。

"你到底要打电话给谁啊？"我边走边问。

"打给妈啊。"

"可你不是整天和妈在一起吗？"

"才没有呢，去工厂的时候就不在一起啊。"

我们信步而行，边走边聊。

从商店街中心延伸而出的巷弄往北转，有一栋旧公寓，外观与自由翱翔天际的天狗一点也不相衬。红玉老师就住在这里。

今天前来，为的不是替喝着恶心浓粥、日益衰老的老师献上食物和红酒，而是另有要事。

我是为"万福丸"而来的。

"五山送火"的日子渐渐逼近，但下鸭家却没有飞天纳凉船可坐。

因为去年的"五山送火"之夜，我们与夷山家展开没意义的纷争，"万福丸"就此付诸一炬，实在令人惋惜。

夷川家的人坚称："是炒热气氛用的烟火引发火灾，纯属意外事故。"

但我认为事有蹊跷，因为我目睹了夷川家那对人称"金阁、银阁"的傻瓜兄弟朝我们的船发射烟火，嘴里还语意不明地喊着：

"吴越同舟！吴越同舟！"依我看，那些坏心狸猫降生在这世上本身，才是"意外事故"吧。

该上哪儿找新船替代，我心里早已有谱。只不过大哥矢一郎凡事只仰仗自己的政治谋略，怀疑自己亲弟弟的才干，根本不想和我有瓜葛。打从开始他便不打算找我帮忙，对我的提议置若罔闻。我也因而大动肝火，前往六道珍皇寺的古井，将对大哥的咒骂秽言一股脑儿往井底宣泄。

母亲一直很期待能坐纳凉船欣赏"五山送火"，尽管本意是为了喧闹玩乐，但这也是思念亡父的重要仪式。大哥费尽心思，苦思取得"万福丸二代"的方法，最后决定向奈良的朋友借船。

就在前不久，他们摸黑将船从奈良运来，谁知"万福丸二代"竟在途中失事坠落，还没来得及发挥本领，就落寞地成为木津川沙洲上的一艘破船。眼看"五山送火"在即，大哥的计划却泡汤了。

在母亲的开导下，大哥低头请我帮忙。

"算我拜托你，想想办法吧。"

要是一开始就请我这位才干卓越的弟弟帮忙，办起事来不就容易多了。我冷眼望着低头的大哥，双脚泡在纠之森的小河里，咕嘟咕嘟地喝着碗里的弹珠汽水。

"这次是矢一郎不对，不过现在只能靠你了。"母亲说。

"他要是跪下来向我磕头，我可以想想办法。"

大哥听了气得狸毛颤动，但似乎有意下跪磕头。

这时母亲大发雷霆，大吼一声："你太不像话了！"一把将我推进小河。

"你大哥这么伤脑筋，你竟然还叫他磕头，世上哪有你这种弟弟！"

我爬上岸，甩掉身上的水滴。

如此这般，我不得不替毛茸茸的大哥擦屁股，决定执行原本的计划，向红玉老师商借"药师坊的飞天房"一用。

"药师坊的飞天房"是天狗的交通工具，状似小茶室，四周设有外廊，用来展开空中旅行最舒服不过了。红玉老师不喜欢仰赖交通工具，鲜少使用飞天房，但总不至于已经转卖给熟识的古董商了吧。我猜飞天房现在八成布满尘埃，静静待在公寓的某个角落。

老态龙钟、丧失飞行能力的红玉老师，为什么不乘坐方便的飞天房呢？"就算再怎么堕落，天狗还是天狗，我可不想四处宣扬自己已丧失天狗的法力。"想必他心里仍存在着这种无谓的挣扎吧。不过，原因不只如此。

红玉老师的飞天房是以红玉波特酒当燃料，与其喂交通工具喝酒，他宁可把酒全喝进自己肚中，在想象的天空中自在翱翔。

我还真想问他一句——身为天狗，你这样满足吗？

一踏进红玉老师的公寓，就热得像在洗桑拿。杂物堆积如山，从窗外射进来的阳光中满是飞舞的尘埃，看了就叫人鼻头发痒。么弟打了个喷嚏，露出狸猫尾巴。

"原来是你们。"

红玉老师懒洋洋地打完招呼，又继续和他的访客交谈。狭窄的房间中央，红玉老师穿着泛黄内衣盘腿而坐，他对面坐着另一位老人。

那是岩屋山金光坊，也是天狗。

他转过头来，以不似天狗的和善口吻对我说："原来是下鸭家的矢三郎。你长大了，看起来很威风呢。"他的黑框眼镜闪着白光，衬衫被汗水濡湿，脖子上垂着一条领带。

"傻瓜！狸猫长得威风有什么用。"红玉老师扇着扇子说道，"你对狸猫太好了，就是这样那些毛球才会恃宠而骄。"

金光坊将岩屋山天狗的地位让给第二代接班，如今基于兴趣在大阪经营一家二手相机店。身为大天狗却痴迷于相机，我记得红玉老师曾拿这事取笑他。金光坊说他刚到，打开放在榻榻米上的礼物包裹，招呼我们："药师坊说不要，你们拿去吃吧。"

"不过话说回来，你竟然从大阪搭电车到京都，真是有辱天狗的名声啊。"

红玉老师不满地说，金光坊露出苦笑。

"这种大热天，你自己从大阪飞到京都看看，保准连脑浆都会煮沸。坐京阪电车凉快多了。"

"天狗的脸都被你丢光了。"

"不过，我还真吓了一跳呢。我到出町后，想见你一面，就飞到如意岳，没想到山里全是鞍马天狗，你竟然搬到了出町的商店街，这事太叫我惊讶了。"

"我嫌麻烦，就把如意岳交给他们管理。"

"堂堂的如意岳药师坊，怎么能做这种事呢！"金光坊的表情就像在看一个闹别扭的小孩，"我实在不喜欢鞍马那班人，个个白得像豆芽菜，看了就不舒服。"

约莫一年前，红玉老师在天狗的战争中一败涂地，结果被赶出如意岳。但老师不愿承认这个事实，始终坚称："我只是请鞍马那班人代为管理。"逞强的模样实在叫人同情。

"如果想赶走他们，可以请我家的第二代帮忙。"金光坊亲切地说，"只要你开口，爱宕山也会帮忙的。虽然太郎坊和你不合，但他向来很讨厌鞍马那班人。"

"不用你们多管闲事。"

"搞定这件事之后，你也将如意岳让给第二代接手吧。"

"我和那个蠢材早就断绝关系了。"

听说红玉老师有个儿子，而且一点也看不出和老师有血缘关系，生得俊美无比，人称"美男天狗"。然而经过漫长的岁月，和他有关的传闻被添油加醋之后，全都又臭又长，真假难辨。

很久很久以前，这个俊美的接班人与父亲反目成仇，父子俩大打一场，撼动了东山三十六峰。当时红玉老师还是威风凛凛的大天狗，他毫不留情地对儿子施以痛击。据说狮子会将自己的孩子推入深谷，不过老师是否是为了锻炼儿子才含泪挥动爱鞭，令人怀疑。我看老师八成只是气昏了头，一时杀红了眼。

两人大战了三天三夜，最后年轻的接班人一败涂地，逃出京都。此后他辗转流浪于日本各地，甚至远渡英国，自那之后行踪成谜。也许他在抬头挺胸假扮绅士的过程中，完全融入了大英帝国的生活，就此错失归国的机会。

附带一提，听说两人大打出手的原因是为女人争风吃醋。

"如果第二代不回来，一切就不用提了。"

"他不可能回来的。"

红玉老师将手中扇子扬得呼呼作响，望着从窗户射进的炎热阳光，低语道：

"倒是有个人可以接我的位子。"

"你还有其他儿子吗？"

"不是儿子，是个还有待修行的女孩，我很看好她。"

我大吃一惊，全身狸毛直竖，跪着移身向前。

"老师，冒昧请问，您说的那位接班人难不成是弁天大人？"

红玉老师颔首，我、幺弟和金光坊三人不约而同长叹一声。

"这怎么行！"金光坊叹息地说，"她的本性太坏了。"

"有哪个天狗的本性是好的？你不懂就别乱说。"

"她是个祸根，绝不能挑她。"

红玉老师板起脸，瞪着金光坊，但不久就发出如猪般的呼噜声，把扇子丢向一旁，横身躺下。都已经好几百岁的人了，但每次情况不妙，就躺在地上来个不应不理，充分展现如意岳药师坊的本色。

看到红玉老师的态度，金光坊端正坐好，低头不语，汗水不断滴落到榻榻米上。

"'五山送火'就快到了，不能待在自己的山上你不会难过吗？"

"在山下欣赏'五山送火'还比较有意思，待在山上根本就不知道美在哪里。"

"又在强词夺理。"

金光坊就此不再多言，红玉老师则一直紧闭双眼，时间就这么悄然流逝。

"大"字篝火所在的大文字山，位于如意岳西侧。

红玉老师是如意岳的主人，他总是往自己脸上贴金，一直认为"大文字送火"归自己管辖。想必自认为监督者，觉得必须让人类知道他的厉害，所以每年"五山送火"之夜，他总会在大文字篝火四周游荡，把人类辛苦架好的火把推倒，遭下鸭警署的警员追捕。但那是他被鞍马天狗赶出如意岳，退居出町商店街之前的事了。如今红玉老师被迫和过去最瞧不起的人类比邻而居，只能仰望昔日受自己管辖的山岳。可怜的红玉老师，不知心中作何感想。

我战战兢兢地开口询问。

"老师，关于'五山送火'……"

"怎么啦，矢三郎。"老师闭着眼睛低语。

"您应该知道，我家每年都会派出纳凉船吧？"

"知道啊，狸猫真是无药可救的蠢蛋。"

"去年我们中了夷川一族的卑劣伎俩，飞天纳凉船惨遭烧毁，今年我们费尽心思想找替代的船，但事情进行得不顺利……因此，我才来这里拜见老师，希望借用您的飞天房一晚。"

"飞天房是什么？"

"老师，就是长得像小茶室，能在天上飞的那个啊。"

"噢，那个啊。经你这么一提，我倒琢磨把它收到哪儿去了？"

红玉老师霍然起身，一脸茫然地说。

"我想起来了，我送给弁天了。"

在场的人莫不听得目瞪口呆，一时鸦雀无声。

红玉老师毫不吝惜地将风神雷神扇送给弁天，听者无不皱眉，有人还说："老师被来路不明的女人给吃干抹净了。"此事记忆犹新。没想到他竟连飞天房都送给了弁天，那他手上还留着什么？既不能飞天，也无法刮起旋风，老师的天狗法力几乎荡然无存，而他竟然还把天狗宝物慷慨大赠送，实在令人傻眼。

这下就连一向尊敬老师的我也按捺不住，虽然这种忍无可忍的情形并不少见。

"你也该适可而止吧！"我怒吼道，"为什么把所有宝贝都给了她！"

红玉老师盘腿而坐，脸涨得通红，皱纹密布的一张脸扭曲着，气得抄起手边的一个大不倒翁丢我。金光坊在一旁劝他消气，但老师怒不可遏，丢完不倒翁改丢招财猫，丢完招财猫改丢福助[1]，丢完福助又丢不倒翁，拿起东西就朝我扔。我只能缩着脖子，四处逃窜。

"你还不懂吗，这个傻瓜！"

我伟大的恩师大吼。

"我只是想看她开心的模样啊！"

安抚了红玉老师的情绪后，我和幺弟陪同岩屋山金光坊一起走出公寓。

走出出町商店街，金光坊对我们说："听说你们常照顾药师坊，

1　福助人偶，被视为招来幸福的象征。造型是一个跪坐的男子，有颗大大的脑袋。

这份用心令人感佩。"

"这差事是不知不觉落在我们头上的，谁叫其他学生都不来探望老师。"

"药师坊虽然老爱抱怨，但他一定心存感激。"

"口头安慰就不必了。"

"哎呀。"金光坊用力拍了一下前额，"我也真是的，竟然说这种不得体的话。"

"像他那么不可靠的人，绝不能对他期望太高。"

"说的一点都没错。"

金光坊接下来打算在岩屋山住一阵子。他开心地告诉我，原本不打算回岩屋山了，但儿子老邀他回去。还说"五山送火"那天，他打算下山好好欣赏一番。

"可否也让药师坊一同坐纳凉船呢？老朽也会陪同前往。"

"就这么办吧。"

"还有，对弁天可千万不能大意哦。"

金光坊要在出町柳车站搭公车前往岩屋山，我们便在加茂大桥西侧与他告别。太阳已升至中天，阳光普照，鸭川水量也减少许多。我和幺弟目送金光坊步履蹒跚地走过热浪蒸腾的加茂大桥。

老师告诉过我，弁天常到三条高仓的扇子店"西崎源右卫门商店"走动，于是我和幺弟在河原町路坐上市内公车。幺弟坐下后全身紧绷。他很害怕，眼看就要露出狸猫尾巴，我忙出言安抚："弁天也不是天天吃狸猫火锅，只有尾牙宴的时候才吃。"

因为红玉老师的关系，我和弁天算是旧识，两人之间有段切不断的宿缘。老实说，她其实是我有缘无分的初恋情人。

"不然，你先回去好了。"我说。

但幺弟鼓起勇气应道："我也要一起去。老妈叫我磨炼胆识。"

从三条高仓略往北走的一处悄静市街，有一间外观古色古香、看起来与民宅无异的扇子店，名叫"西崎源右卫门商店"。

浮雕的玻璃店名嵌在店门上，我拉开门轻喊一声："有人在吗？"走进店内，店里相当凉爽，有焚香的气味。昏暗的土间 [1] 设有木质展示台，许多美丽的扇子陈列在上头，就像暂时停翅的蝴蝶。源右卫门坐在入门台阶处与客人聊天，我和幺弟打声招呼，脱鞋走上台阶。

穿过藏青色的暖帘，走在铺有黑色木板的走廊里，焚香气味熏人，几乎连呼吸都困难。我们极力忍耐继续前行，也许是盐分的关系，脚掌黏答答的，不时吸附着地板。街道的声音远去，宛如置身世界尽头般的宁静包覆着我们，这时头上传来海鸥的鸣叫。走廊转向左方，射进屋内的阳光微微摇曳。

绕过走廊，来到一间小餐厅。

海风吹送，入口处暖帘随风摇曳，餐厅里满是水面映照的波光。铺设木质地板的大厅摆有质朴的餐桌，墙上挂有褪色的菜单木牌，但不见半个客人。走出餐厅，眼前出现一座码头，停靠了几艘小船。前方是辽阔大海，浪潮平稳地打向岸边，波光粼粼。被风吹

---

1 日式房屋入门处没铺木板的黄土地面。

响的风铃、蓝天之上徘徊的海鸥叫声，与浪潮相互融合，令人兴起一股与三条高仓一带大异其趣的旅愁。

一个老太婆从厨房走来。

"弁天大人在钟楼吗？"我问。

"是的，她在那里。"老太婆应道，指着外海。尽管薄雾迷蒙，视线不佳，还是依稀可见屹立海上的建筑。

"前些日子，外海风强浪大，不过今天天气很好呢。"老太婆走向码头准备小船。

我和幺弟坐上小船，划着桨继续前行，海水在船身下哗啦作响。起初幺弟还觉得新鲜，但随着渐渐接近外海，海水颜色渐渐变深，他的脸色渐显苍白。我划着小船，确认目标，但回头时已不见少年踪影，只见一只全身覆满密毛、缩成一团的小狸。

"还是不行吗？"

"哥，对不起。我太害怕了，没办法变身。"

"算了，你放心，这件事交给我来办。"

屹立海上的建筑离我们愈来愈近。

这栋建筑是大正时代某个大贸易商兴建的气派洋房，多年来任凭风吹雨淋，如今有八成已经没入海中。听说这栋洋房昔日是家颇负盛名的饭店，而耸立于海面的这座钟楼则是其标志性的建筑。然而这座远近驰名的钟楼在海风的日夜吹拂下，早已锈斑密布，时钟指针再也无法走动。

钟楼底下，一座浮台在海面随波摇荡，上头有把颜色鲜艳的海滩伞。

"喂！"我放声叫唤。躺着休息的弁天站起身，朝我挥手。她今天穿着 T 恤和短裤，T 恤上还用大字写着"**天下无敌**"这句成语，品位当真古怪。

我将小船停靠在浮台旁，弁天望了一眼缩在小船角落的小狸猫，摘下墨镜说："哎呀，好可爱。是你弟弟吗？"

海滩伞旁凌乱地摆放着弁天中意的小型收音机、读到一半的文库本、几个各咬了几口的甜甜圈、望远镜，以及难得一见的特大瓶伪电气白兰。弁天将手中咬了一口的甜甜圈递给幺弟，幺弟扭扭怩怩吃将起来，不时噎得说不出话来。

"话说回来，你这模样看了就热，就不能变个清爽一点的模样吗？"

我板着脸盘腿而坐，指摘道："那你这件 T 恤又怎样？品位这么古怪，一点都不像你。"

弁天低头望着自己丰满的胸部，"这是夷川家的狸猫送我的。"

"是金阁、银阁吗？"

"没错，这瓶伪电气白兰也是。"

我向她说明今天来访的目的，弁天一面听一面啜饮着伪电气白兰。我提到去年纳凉船被金阁、银阁烧毁的事时，她还拍着白皙的大腿朗声大笑。

"昨天金阁、银阁来找我，还说你一定会来找我，他们希望我别插手狸猫之间的纷争，留下这件古怪的 T 恤和伪电气白兰。"

"好小气的贿赂。"

"没错。我要是想要，去抢就是了，爱拿多少就拿多少。"

"那对傻瓜兄弟的思虑就是这般浅薄。"

弁天不怀好意地笑着,"你想要飞天房是吗?"

"想要得不得了。"

"怎么办好呢?可是借给你,我又得不到任何好处。"

弁天如此说道,双手抱膝坐成三角形,兴致勃勃地凝望外海。

我想此事强迫不来,决定以退为进,"你今天在这里做什么?"

"等鲸鱼。"

"有这种东西吗?"

"不时会从远方冒出头来。"她指着外海说,"我今天一早醒来,突然很想拉拉鲸鱼的尾鳍,就专程到这里等它们,可是它们偏偏不现身。"

"世事就是这样。"

我们天南地北闲聊着,陪她一起等鲸。在她的劝进下,我喝起伪电气白兰。酒醉、天热,再加上浮台的摇晃,我的脑袋渐渐麻痹。

一艘小船从码头摇摇晃晃地划来,扇子店的源右卫门独自坐在船上。

弁天霍然起身,嫣然一笑。源右卫门老爷爷拜倒在地,献上一只小木箱,便匆匆返回。

"那是什么?"

"你打开来看看。"

木箱里的,是一把阖上的漂亮扇子。

正是那威名远播的风神雷神扇。昔日红玉老师总是将这把扇子揣在怀中,随心所欲操弄京都的天气。只要以风神那面用力一扇,便会刮起大风；以雷神那面使劲一挥，便会降下雷雨。红玉老师就是利用这把扇子，多次让不想出席的聚会就此"流会"。老师将这把扇子送给弁天，可说是前所未有的轻率之举。

"我请源右卫门先生替我修扇子，上个月你模仿那须与一将它射出一个大洞，你忘了吗？"

"过去的事，我是不回头看的。"

"你这狸猫可真糟糕，该好好反省。"

弁天从木箱取出扇子，敞开它。

以金粉装饰的扇面在盛夏艳阳的照耀下熠熠生辉。她喜滋滋地笑着，像在跳舞般转动着扇子，但弁天应该不是想跳舞。只见她注视着外海，高高举起风神雷神扇，她用力一挥，瞬时卷起一阵强风，白色的水烟陀螺般朝天际旋绕而去。

整片天空突然乌云密布。

宛如转动巨大石臼的隆隆声响从四面八方传来，一道银色闪电闪过天空，照亮耸立海上的钟楼。豆大的雨点打向海面，眼前辽阔的大海泛起铅色，波浪起伏。

"难得的好天气就这么没了。"弁天在雨中愉快地说，"我决定了。既然你都开口拜托了，就将飞天房借你一用吧。"

"感激不尽。"

"不过要是飞天房像这把扇子一样毁了，该怎么办？"弁天蹙眉问道，"你的粗暴可是出了名的。"

"我定会好好珍惜。"

"有了！"弁天舒颜展眉，开心击掌，"正好有人请我安排助兴节目，要是你弄坏飞天房，就请你到星期五俱乐部表演助兴吧。要是你的表演太无聊，就把你煮成狸猫锅。"

"我可一点都不好吃。"

"那没关系，我很喜欢你，喜欢到想要吃掉你。"

说到吃，就连有百年交情的知己也下得了口，这正是弁天。被初恋对象吞进肚里，这样的死法倒挺有意思的，不过还有许多事等着我去做呢。

空中响起一阵响亮的雷鸣，幺弟像被压扁似的厉声惨叫。

"啊，你看。"弁天手持望远镜，像海盗船长般瞪着外海。

起伏的波浪间，一个黝黑巨物出没在海面上，庞大的身躯如同一座小岛。想必那就是鲸。

弁天挺身脱去衣物，瞬时一丝不挂，她面朝远方波浪间忽隐忽现的鲸，天狗般优雅地纵身一跃，画出一道美丽的弧线，在乌云低垂闪电交错的海上，飞向那头黝黑的大鲸。就在巨大的尾鳍即将潜入海中的那一刻，弁天一把抓住了它，只见她使劲飞向空中，似乎打算将鲸拉出海面。

我欣赏着弁天与鲸在外海的这场对决。

"啵！"身后传来像是布丁倒进盘中时的声响，转头一看，胆小的幺弟竟将肚子里的甜甜圈吐了一地。幺弟全身狸毛被雨淋湿，只见他随波摇晃，一脸恍惚地望着自己的呕吐物。

我抱起颤抖的幺弟，等候弁天归来。

她清亮的天狗笑声，在荒凉昏暗的海面上翻腾。

我们和弁天约在四条乌丸的某座大楼屋顶，借取飞天房。

飞天房大约四叠半大小，房内附有壁龛，四面由设有可爱的圆形栅格窗的土墙，以及下部为木板的和室拉门围起来。房里除了弁天使用的小衣柜，别无他物。打开拉门，外头是环绕茶室的外廊。飞行时可以坐在那里，摇晃着双脚享受夜风，欣赏夜景。还有扇窄小的木板门，只可惜我们不是天狗，无法从那里进出。因为木板门外没有外廊，飞行时要是一脚踏出去，可会直接坠入眼前的夜景。

房间中央设有一座火炉，里头有个肮脏的状似镜饼[1]的锅炉引擎。附带一提，这锅炉不光能让飞天房浮在空中，还能用来煮开水，相当方便。

弁天在角落的小衣柜粗鲁地翻找着，随手拨开看似价格不菲的皮包或宝石，取出一瓶红玉波特酒。

"看好喽，就是这样启动。"

弁天将红酒倒进锅炉。伴随着咔啦咔啦的声响，飞天房飘浮起来。

闪烁的闹市灯火来到脚下，我们享受着这片刻的夜空漫步。

不久，她交由我和幺弟操纵，并再三叮咛："好好开，别弄坏哦。"说完她便推开木板门，飞向夜空。想必是享受奢靡的夜生活去了吧。

我和幺弟意气风发地操纵飞天房，飞越夜空。

我们抱着衣锦还乡的心情回到纠之森，不料大哥竟冷言冷语

1　新年时供奉神明的祭品，由大小两个圆形扁平糕饼重叠而成。

地说："要坐这玩意儿欣赏'五山送火'？太难看了吧！"八成是他无法主导一切，心里很不是滋味。不过母亲说："挺不错的呀！"然后和幺弟愉快地在榻榻米上四处打滚。

"五山送火"前夕，我们忙着将弁天的飞天房改造成"万福丸二代"，以抹布擦拭每个角落，在外廊摆上多盏方形座灯，绑上以金银丝线装饰的彩带球，并准备宴会上的佳肴美酒及祭拜祖先的供品。趁着忙碌的空当，我和幺弟把红玉波特酒倒进锅炉引擎闹着玩，让飞天房腾空浮起，结果害大哥不小心从外廊跌落地面，被他臭骂了一顿。

"夷川那班人今年也会派出豪华的纳凉船吧？"母亲将方形座灯排在外廊上，如此说道。

"应该吧。"大哥一脸严肃地说，"金阁、银阁这次要是再敢放火，我绝不善罢甘休。上回一定是叔叔在背后指使的。"

夷川家的大当家夷川早云，是父亲的弟弟，也是送金阁和银阁来到这世上的罪魁祸首。他向来痛恨下鸭家，逮到机会便使出迂回的奸计整我们。

"希望别惹出什么麻烦才好。"母亲叹了口气说。

"五山送火"的前一天傍晚，我去邀请红玉老师。我决定遵照金光坊的请托，邀请老师与我们共乘纳凉船。

"你要老朽搭你们这些毛球的便船欣赏'五山送火'？"老师的嘴歪成倒V字形，"你还真好意思开口呢。"

"家母会准备散寿司款待您。"

"吃狸猫做的寿司会被毛球噎死的。"

"如果您肯赏光，明晚七点请移驾纠之森。"

"我记得的话也许会去，也许不会去。你们就等着吧，别期望太高。"

我想红玉老师应该会来，就这么回去向母亲复命。

夏天漫长的白日将尽，东山对面已经暗下来了。

人潮聚集在鸭川沿岸，争相一睹"大文字送火"的风采，喧闹人声一路传到了纠之森。飞天房内酒宴已经备妥，外廊上的方形座灯点燃了，就只等在锅炉中注入红酒。然而，红玉老师迟迟不现身。

我们望眼欲穿，佳肴摆满房内却无法尽情品尝。大哥变身成布袋和尚坐在飞天房中央，宛如果冻般的圆肚频频颤动。

先父在"五山送火"之夜总会变身成布袋和尚，缘由虽不清楚，但已成了规矩。大哥效仿父亲变身为布袋和尚，还命我们变身成七福神，不过狸猫个性生来别扭，若是有人强逼自己变身，我们偏不想照办。于是我变身成平常的萎靡大学生，幺弟因为变身能力太差，索性不变身；母亲则是坚持变身成偏爱的宝冢美男子。谁都不肯照大哥的意思做。陷入孤立窘境的大哥气得圆肚发颤，只能抓扯房内榻榻米的蔺草泄愤。

我盘腿坐在外廊，等候恩师。

不久，红玉老师挥动着拐杖穿过树丛而来。

一路上，老师不时停步，时而仰望树梢，时而撕碎杂草。明明早就看到我们，却佯装没发现，好装作凑巧路过此地，而不是赴狸猫的约。

"啊，这不是矢三郎吗？你在这里做什么？"红玉老师停下脚步，向我唤道。

"哎呀，这不是老师吗？真是巧遇。您来散步吗？"

"是啊，难得今宵如此凉爽宜人。"

"那真是太好了。老师，您知道今晚是'五山送火'之夜吗？"

"噢，是这样吗？"

"您来得正好，我们正准备搭上向您借来的飞天房，在天上欣赏'五山送火'呢。如果您没急事，可否赏个光呢？我们备有一些浊酒粗食。"

"啊，这么一说，你好像跟我提过这件事。"红玉老师眉头微蹙，故作沉思貌。他点着头，装作勉为其难地说，"我正想休息一下，稍坐一会儿倒是无妨。"

我们看穿彼此的心思，一搭一唱表演完毕后，红玉老师爬上外廊，走进飞天房，盘腿坐在上座。老师看到变身成布袋和尚的大哥，惊讶地问："你是矢一郎吧，干吗扮成这副模样？"

"药师坊老师，今晚百无禁忌。我偶尔也会玩乐的。"大哥略显不悦地应道。

幺弟捧着红玉波特酒来到房间中央。红玉老师以为可畅饮一番，却见幺弟将酒倒进锅炉，吓得瞠目结舌。

"啊，喂锅炉喝也太可惜了！"

老师难过地沉声呻吟。下一秒，飞天房腾空浮起，树叶窸窣与枝丫断折的声响传来，不一会儿工夫我们已摇摇晃晃地来到森林上空。

打开和室拉门一看，大文字山就在东方。

"老师，那里是如意岳呢。您看到大文字山了吗？"

老师意兴阑珊地望了一眼。

"看到了，当然看到了。"

东方清风徐来，今晚的天空相当平静。

我们继续往上攀升，顺着风飞往御灵神社一带。

坐在外廊吹着晚风，俯瞰眼下的世界，只见市街没入渐显深沉的夜色，万家灯火逐一浮现。不久，在晶亮粲然的街灯中，一个又一个灯火直升天上，远远就知道那也是前来欣赏"五山送火"的飞天纳凉船。北山方位有两艘，京都皇宫上方有一艘，瓜生山到狸谷不动院一带也飘浮着几艘，每艘船都绽放着迷蒙的灯火，在夜空中摇曳，远远便感受得到船上的热闹气氛。

我们决定在篝火点燃前先开始宴会，享用母亲做的寿司，畅饮美酒。散寿司风味绝佳，难得老师也吃不停口，但他对把红酒倒进锅炉一事似乎颇为不满，始终牢骚满腹。

幺弟拿着弹珠汽水的瓶子，开心地在外廊游荡。

"别离外沿太近，小心摔下去。"母亲提醒。

不久幺弟大喊："夷川家的人来了！"我和大哥也走到外廊。

一艘外形似蒸汽船、附有两个外轮的纳凉船从南方飞来，甲板和帆柱都挂满了灯饰，五光十色的活像是棵圣诞树，华丽无比。甲板上还摆有许多桌椅，宛如一座飞天的啤酒屋。

"你们看，是早云。"大哥说。

可恶的叔叔夷川早云也变身成胖乎乎的布袋和尚，目中无人地盘腿坐在船首。他毕竟经验老到，扮起布袋和尚入木三分，不是大哥不入流的变身术所能比拟的。

帆柱上以巨大的电子告示板取代帆幔，打上"夷川早云"四个桃红大字，品位低俗。四周还吊满了写有"夷川"的红灯笼。

叔叔身旁站着两个长得一模一样、笑脸阴沉的惠比寿，想必是金阁与银阁吧。他们俩双臂交叉抱胸，昂然而立，傲慢地望着我们。

来到距我们五十米处，夷川家把船横着停下来。

八成是看我们的飞天房只有四叠半大小，想嘲弄一番。只见他们故意闪烁灯饰，在我们面前大肆喧哗、饮酒作乐。大瓶的伪电气白兰陆续被运往甲板，怪兽等级的伊势大龙虾、结婚蛋糕般气派的糕点、坐垫大的肉包，摆满了甲板。

我们见对方似乎不打算节外生枝，便继续进行我方的酒宴。

没过多久，我察觉有人停在外廊，抬头一看，原来是岩屋山金光坊乘着夜风驾临，手里还拎着酒壶。他看到红玉老师，便轻声打了招呼。老师板着张臭脸，冷淡地应道："你也来啦。"金光坊低头向我们行了一礼，说道："打扰了。"然后便坐下与红玉老师对饮。

待酒酣耳热，我们来到外廊排成一列，望向大文字山。只见"大"字篝火已经点燃，底下的市街传来人们的欢呼声。

红玉老师独自站在门槛上，不加入我们。

"真是无聊。从底下往山上看，不过尔尔。"老师低语。

金光坊从外廊转头问他："你不想回山上去吗？"

"我无所谓。现在回去，只会徒增麻烦。"

老师双手揣在怀中，望着昔日受他管辖的大文字山。

妙法、舟形、左大文字、鸟居——欣赏完送火仪式后，我们在摇晃的飞天房内继续举行酒宴，聊起我父亲下鸭总一郎。

难得红玉老师会趁着醉意谈起父亲，我们个个听得津津有味。

我父亲与红玉老师过去交谊甚笃，他曾为了老师干出震惊鞍马天狗之举，这是他的骄傲，也是我们的骄傲。

"总一郎大有可为。"红玉老师说，"他当狸猫太可惜了。"

我们缅怀父亲的过往事迹，飞天房内弥漫着祥和气氛，相较之下，停靠在一旁的夷川家的纳凉船喧闹无比，铜管乐队热闹的演奏倒还好，但一直有人燃放烟火，实在恼人。

我们来到外廊察看，只见一群兴高采烈的狸猫胡乱挥舞着烟火筒，危险至极。喧闹中，一名身穿浴衣的美艳女子与夷川早云相对而坐，捧着大瓶的伪电气白兰直接以口就瓶，大口畅饮。那女子正是弁天。

在意想不到的地方目睹这名绝世美女，我不禁惊呼出声："弁天大人在那艘船上。"红玉老师闻言，对我父亲的追思登时烟消云散。理应在他身边的弁天竟在隔壁船上，令老师懊恼无比，几欲将茶碗咬碎。"为什么？为什么她不到我身边来？"老师的问题令我们穷于回答。

夷川家燃放烟火的爆裂声逐渐靠近，白烟顺着夜风飘来。母亲被烟味给呛着，心里老大不高兴。每当烟火炸开，外廊便明亮如昼，对方似乎故意正对着我们燃放，不久飞天房置身于浓烟之中，我们连彼此的脸都看不清楚。幺弟频频咳嗽，红玉老师垮着脸喝酒，母亲则是恨得咬牙切齿。

"这实在太过分了，我去向叔叔抗议。"

大哥起身走向外廊，这时忽听一声轰隆巨响。

大哥的惨叫声传来，外廊蹿起火舌。

布袋和尚背着起火的布袋冲进房内，现场一阵哗然。

原来是烟火击中方形座灯，起火燃烧，大哥愣在当场，身后的布袋因此受火势波及。不善危机处理的大哥登时方寸大乱，拿起放在壁龛的灭火器四处挥舞，还在房间里就拔开保险栓。结果虽然顺利扑灭火苗，但飞天房内已满是粉末。

"吵死人了！"红玉老师厉声怒吼。

我赶往外廊，扑灭着火的座灯。从夷川家的纳凉船，传来看好戏的欢呼声。

烟雾中，我发现有人影晃动，原来是母亲捧着一个汽油桶大的烟火走了出来，大哥正极力阻拦她。

"妈，你要忍住啊。"大哥说，"我们不能出手，这样会惹来很多麻烦……"

"吓！他们老是这样欺负人！"

母亲猛犬般低吼着。我望了望烧焦的外廊，将从旁劝阻的大哥推回房内，和母亲一同抱着巨大的烟火筒。

"就瞄准中间，一定要准确命中！"母亲说。

正当我们瞄准甲板，与夷川早云对饮的弁天发现了我们的企图。她将一瓶伪电气白兰抱在胸前，翻身飞往帆柱顶端。目中无人的早云那死气沉沉的一双眼瞪向我们，他身旁的金阁、银阁站起身来大呼小叫。

"不可以，要忍耐！要忍住啊！"大哥不断喊着。

母亲和我大吼一声："去死吧你！"

我们的巨炮喷发出火焰。

宛如汽油桶的烟火筒发射出全力一击，命中夷川家热闹的宴席。

席间一阵哗然，慌乱之中对方原本瞄向我们的烟火纷纷射偏，使得情况雪上加霜。一片混乱中，伪电气白兰的酒瓶打破了，摆满一地的佳肴被踢飞，伊势龙虾和巨大肉包自光辉耀眼的纳凉船散落至底下的市街。

弁天坐在帆柱顶端，兴致盎然地欣赏甲板上四处飞蹿的烟火。

金阁与银阁在甲板上奔走，对手下一一下达指令，不久夷川家的纳凉船不断发射着烟火，以惊人的速度朝我方逼近。

大哥眼看事态失去控制，索性加入战局，把准备在宴会最后燃放的烟火拿来还击。夷川家的炮火射破了我们飞天房的拉门，撞倒方形座灯；每当有地方着火，幺弟便挥动着灭火器救火。

就当在甲板上东奔西跑的夷川家众人逼近眼前之际，我们的烟火已经用完。母亲索性抄起空酒瓶和红玉老师的拐杖，全扔了过去。

"我们该撤退了。"正当我向大哥如此提议，几把附铁链的镰刀突然飞来，就刺在外廊上。

"危险！被刺中的话会没命的！"

母亲大叫，甲板上的早云与金阁、银阁两兄弟兀自冷笑。

敌方拉扯铁链，飞天房渐渐被拉向夷川家的纳凉船。

"对方人少！把他们拖过来，打垮他们！"金阁探出身子放声喊道。

这时，一个铁爪般的庞然大物伸出甲板，试图将飞天房强拉过去，铁链摩擦的巨响传来。

我昂然伫立在燃烧的拉门旁，望着帆柱上的弁天。只见她将伪电气白兰的空瓶随手一抛，对我嫣然一笑，还使了个眼色，指示着飞天房，并做出拉开抽屉的动作。

这是什么意思？

我回头望向茶室。

只见母亲在房里四处找寻还击用的烟火，最后锁定弁天放在角落的小衣柜，她将里头的东西全往外扔，尖声大叫。

"净是没用的东西！"

母亲扔出的物品中有一把眼熟的扇子。

我捡起扇子。不用细看我也知道，那是风神雷神扇。

夷川家的灯饰，在几乎烧毁的拉门另一侧熠熠生辉。

飞天房被敌方拖了过去，地板夸张地斜倾，酒瓶、盘子、箱盒，连同红玉老师，一齐在榻榻米上滑行。屋顶和梁柱发出倾轧声响，敌方装饰得五彩缤纷的外轮紧贴住我们的外廊，笛子、大鼓、铜管乐交错的古怪音乐以及甲板上的喧闹，连同明亮的光线一起涌入。

"给我交出矢一郎！"夷川早云神色倨傲地站在甲板上，威严十足地说。

我拦下准备走向外廊的大哥。

我走到外廊，甲板上排成一列的狸猫纷纷发出嘘声，有个家伙将粉红色烟火筒瞄准我。夷川早云脸上浮现布袋和尚的灿烂笑容，睥睨着我，金阁、银阁就站在他两边。

"三男代替当家的出来了。"早云说，"矢一郎怎么了？缩在角落发抖吗？"

我无视早云的存在，抬头望向帆柱顶端。

弁天单脚站在帆柱顶端看热闹，我紧抿双唇，向她出示手中的风神雷神扇。然后弁天就像是裂口女[1]般咧嘴发出嗜嗜怪笑，伸手拨动短发。在船上哀号四起之前，她飘然飞向比睿山。

"喂，回答啊。"早云探身向前。

我不予理会，朗声应道：

"你们给我竖起耳朵、睁大眼睛，吾乃下鸭总一郎的三男——矢三郎是也！"

"这我们早知道了。"

早云如此低吼，金阁也在一旁插嘴。

"我们是叫你大哥出来。之前他咬我屁股那笔账，得算个清楚！"

银阁还很细心地补上一句："屁股差点裂成四片呢。"

"不过话说回来，硬说这是纳凉船也太勉强了吧。"金阁轻蔑地说，"这根本不是船，是茶室才对吧？"

---

1 裂口女，日本都市传说里的一种现代妖怪，外形是一名披头散发、用围巾蒙着巨大嘴巴的女人。

虽说利用人类的庆典趁机玩乐是狸猫的作风，但也必须懂得节制。虽然与人争执并非我的作风，不过有趣的庆典都被这些不肖狸猫给搞砸了，我得加以惩戒才行。身为一头遵从父亲教诲、行事光明磊落的狸猫，此事义不容辞。

今晚父亲在天之灵，可能正看着我们，我向他低头行礼，请他原谅我一扇将敬爱的叔叔和堂兄弟吹得老远。在我脑中依旧健在的父亲哈哈大笑，对我说道："无妨，无妨，痛宰他们吧！"

我打开扇子。

早云的表情就像麦芽糖做的糖人瞬间变得僵硬。

"叔叔，祝您一路顺风啊。"

我大力一扇，差点连大文字山的余火也一并吹熄。

一阵强风顿时卷起，撼动着夷川家的纳凉船。

早云与金阁、银阁正面承受这股强风，脸像柔软的麻糬变得又扁又平，一脸古怪滑稽。

船身在强风吹拂下严重斜倾，像一面绚烂多彩的巨大屏风被吹倒。甲板上众人哀号连连，但就连他们的哀号也被风刮跑，来不及传进我耳里；甲板上的剩菜连同盘子一起漫天飞舞，一发射向我的烟火也被强风刮得无影无踪。帆柱剧烈摇晃，甲板宛如被人使劲扭折般应声碎裂，垂吊的电光告示板也出现严重龟裂。

夷川家的纳凉船被风刮跑时，连接敌我的铁链受到拉扯，刺进我方外廊的镰刀发出啪嚓啪嚓的声响，我们来不及反应外廊就塌了。我差点跌落至底下的夜景，好在母亲从身后一把抓住我的衣领，而差点受我连累的母亲则被幺弟和大哥抓住，金光坊又在后头抓住他们俩，众人这才平安无事。

我摇摇晃晃地吊在残破的外廊边，看着夷川家的纳凉船坠落。

再见了，夷川！你们就随风飘向不知名的远方，开心坠落吧！

夷川早云与金阁、银阁紧抓着倾斜的船身，恶狠狠地瞪着我，灯饰照亮了他们有趣的怒容。

我朝他们扮了个鬼脸。

夷川家的纳凉船下坠时，船身仍闪耀着灿烂光芒，但不久甲板的灯饰在一阵闪烁后全暗了下来。

接着，一声轰隆巨响传来。

我爬上外廊。红玉老师站在一旁，俯瞰地面。

"狸猫净是群无药可救的蠢蛋啊。"老师啜饮着红玉波特酒，如此说道。

击落夷川家后，我们大呼痛快。

岩屋山金光坊从皮包里取出一台造型复古的相机，说要替我们拍张纪念照。我们并排在残破的外廊，朝金光坊的相机摆出笑脸。"真是和乐的一家人啊。你们父亲在天之灵，一定也很开心。"金光坊说完，按下快门。

然而遗憾的是，没多久我们便步上了夷川家的后尘。

飞天房突然摇摇晃晃，显然是红酒燃料用完了。我们慌张地在房里东奔西找，但原本准备倒进锅炉的红玉波特酒竟已一滴不剩。我们只好倒进烧酒，结果灼热的烧酒喷出锅炉，跳起舞来，叫人不知如何是好。

飞天房开始下坠，我们无计可施，围成一圈就地而坐，找到了致使飞天房下坠的罪魁祸首。

当晚，红玉老师眺望着昔日归自己管辖的大文字山点燃篝火，尽管表面上故作坚强，仍旧难掩落寞，内心暗自淌泪。偏偏喝醉的金光坊又向他炫耀岩屋山第二代当家对他的热情款待，更令老师羡慕不已。而心爱的弁天明明人在夷川家的船上，却不过来露脸。眼前这群愚蠢的狸猫，又为了无聊的船战互相攻击，完全没把今晚的座上嘉宾红玉老师放在眼里。

我已经备受冷落，何必为了那锅炉，眼睁睁望着心爱的红玉波特酒不喝？红玉老师如此反问自己。我是堂堂如意岳药师坊，是今晚的座上贵宾，我比狸猫伟大得多，也比锅炉伟大，想喝什么就喝，自在飞翔于幻想的天空可是天狗与生俱来的权利。

于是红玉老师左手握住红玉波特酒的酒瓶。

然后他冷眼旁观我们英勇地与夷川家奋战，将瓶里的酒喝得一滴不剩。

我们坠落在御灵神社旁，不幸中的大幸是全员毫发无伤。大幸中的不幸是，夷川家的人也都安然无恙。听说他们坠落在出云路桥北方的贺茂川河堤上。

"五山送火"之夜就此落幕。

双方可说是两败俱伤，然而最惨的人，非我莫属。

在这没半点收获的夜晚，等着我的是摔得七零八落的飞天房。光是这样就足以令我吓破胆了，偏偏跌落外廊时我还弄丢了那把风神雷神扇。

一夜之间，同时失去弁天借我的两样宝物——我该如何对她解释才好？

看着飞天房的残骸，我伫立良久，感觉身后寒毛直竖。

眼中清楚浮现出弁天举办尾牙宴的光景。

温暖的房间内，热腾腾的火锅烹煮着。而与香葱和豆腐一起炖煮的，想当然耳，正是我下鸭矢三郎。电灯的光亮下，弁天举筷伸向矢三郎火锅。我的初恋情人半天狗望着锅里，眼中光芒闪动，两颊微泛红晕。

"我很喜欢你，喜欢到想要吃掉你。"

如果这是肺腑之言，那正合我意。

可是，这根本就不是她的真心话！

三十六计走为上策。

我决定摸黑逃亡。

才智过人的我巧妙地脱逃成功，就此展开漫长的逃亡生活。从夏末到秋天这段时间，我博得"落跑矢三郎"的威名，名声响遍京都。

星期五俱乐部

京都有个从大正时代一直延续至今的秘密组织。

其设立目的成谜，有人说搞不好最初只是志同道合的好友结成的团体。出席人数固定七人，出席者各自以七福神的名字互称。这七个叫人头疼的人物每个月都会在祇园或先斗町设宴聚会，热闹地度过一夜。他们就是狸猫的天敌，令人闻风丧胆的星期五俱乐部。

为何说他们是狸猫的天敌呢？因为他们每年的尾牙宴总要大啖狸猫火锅。

对京都的狸猫而言，"物竞天择"这条冷酷无情的自然界定律已是有名无实，毕竟会袭击我们的那些猛兽消失已久，再加上狸猫属杂食，荤素不忌，不论是在山上、野外还是都市，到处都是我们的佳肴。山上有山珍，都市有都市的美味。我们不必担心成为天敌的食物，生活悠哉，硕果累累的果树乐园比比皆是，食物唾手可得，为了粮食而流血争夺，已是久远的种族记忆，如今的我们，字典里已找不到"物竞天择"这个词。

然而在如此安稳的生活中，每年固定会上演一场噩梦。

就连我们伟大的父亲下鸭总一郎，也成了星期五俱乐部的火锅料，就此结束一生。

星期五俱乐部以大啖兽肉自矜，而这让京都的狸猫体会到昔日身处野外的祖先备受折磨的恐惧，吃与被吃的弱肉强食定律，以及食物链的自然法则。

我们这才想到——

站在食物链顶端的，是人类。

夏末到秋天的这两个月，我来往于大阪日本桥与京都，过着双重生活。

我的旧识金光坊在日本桥经营一家二手相机店，我在他的店里帮忙，偶尔会回京都探听狸猫一族的动向。但弁天这名半天狗时时像怪鸟般在空中盘旋监视，一心想把我煮来吃，以致我连自己的地盘都无法随意进出。尽管我向来不遵守狸猫的规矩，总是任意变身，但弁天的女人直觉已达天狗水准，她随时都有可能识破我的真面目。

弁天是天狗红玉老师的弟子，以美貌自矜，是个人类女性。昔日她在琵琶湖畔徘徊时被红玉老师掳走，就此意外来到京都。在老师的熏陶下，她的天狗才能彻底引爆，如今已能以正牌天狗也自叹弗如的朗声高笑震撼全京都。

曾无视自己的狸猫身份迷恋弁天的我，因为触怒了这个天下无敌的女人，如今落得四处躲藏的下场。不过，也难怪弁天会生气。

"五山送火"之夜发生了许多不幸，我向弁天借的飞天房摔得支离破碎，我还弄丢了她的风神雷神扇。我毁了向她借的东西，她肯定早已做好准备，要以此为借口整死我。

　　如此这般，在这场风波平息前，我得过着逃亡的生活。偶尔回到京都，也只能潜入古董店二楼或地下道，偷偷向人打听洛中最近的动向。

　　十月中旬，我在千钧一发之际躲过一劫。

　　那天，我搭乘阪急电车回到京都，混在四条路地道的人群中。由于大丸百货地下街的装饰橱窗美不胜收，我看得入迷，一时大意。这时，弁天身穿一袭露出雪白香肩的黑色连衣裙，犹如电影明星般威风十足地从地下街楼梯口走了下来。她身旁跟着四名身穿黑西装的男子，不时威吓行人，他们是鞍马山僧正坊旗下的鞍马天狗，人称"弁天亲卫队"。

　　那天弁天的心思全放在刚从大丸百货买来的奢华战利品上，没注意到呆立在装饰橱窗前的我。一等弁天率领鞍马天狗离去，我便火速搭上阪急电车，逃回大阪。

　　这是我第一次在大阪生活，一切都如此珍奇有趣。

　　二手相机店老板金光坊将岩屋山天狗的宝座让给了接班人，退位后闲散一身，连做生意都提不起劲，刮风便迟到，下雨便休息。我规矩地遵从这位悠哉的店长所奉行的方针，收起生意人本色，嘴里嚼着章鱼烧，时而到日本桥的电器街闲逛，时而在惠比寿桥观察人类，或是在家具店街买些莫名其妙的告示板。金光坊还喜欢看吉本新喜剧，常带我上 NGK 剧场[1]。

1　位于大阪府大阪市中央区的一家专演喜剧的剧场。

有一次母亲来大阪看我。

她是个无药可救的宝冢迷，常坐电车到宝冢看戏。她说回程会顺道去大阪梅田一趟，我便从日本桥前往梅田，和母亲走进一家咖啡厅。那天她依旧变身成偏爱的白面美男子，我则是模仿金光坊，扮成一位系着扣环领带的老先生。

母亲展现过人的胆识，安慰我说："你再忍一阵子就没问题了。弁天大人人虽可怕，但她性情多变，对事很容易腻烦。"

"她再不早点腻，我可伤脑筋了。"

"矢一郎去拜托红玉老师居中调停，结果气呼呼地回来。他气得毛发直竖，直嚷着再也不插手管这件事。他的肚量得再大一点才行。"

虽然不清楚弁天到底有多生气，但我一直天真地幻想着——搞不好下次见面，她已经将过去的恩怨一笔勾销。不过，若是实际见了面才发现"她没办法一笔勾销"，到时候可就笑不出来了。

"人的本性比天狗还坏。"我叹了口气。

"不过，大部分都是好人。"母亲颔首应道。

"那是因为妈遇上了救命恩人吧。"

"你能诞生到这世上，都是托淀川先生的福。"母亲望着窗外，"得好好感谢他才行。"

母亲的救命恩人名叫淀川长太郎。昔日他曾照顾母亲，还喂她饭团吃，那饭团的滋味母亲从未忘怀。

每只狸猫都有一两项弱点，只要看准弱点下手，不论他变身技巧多么厉害，都会让他露出毛茸茸的真面目。狸猫要在人类世界打滚，不论起居坐卧都得披着变身的外皮，所以最怕遇上这种事了。

像母亲很怕打雷，只要雷神大人在空中隆隆发威，她便会瞬间脱去变身的外皮。因为这项弱点，她多次身陷险境，也因此练就一身好胆量。不过有一次，她碰上攸关性命的灾难。那是我出生前的事了，当时大哥、二哥还年幼，还处于分不出是狸猫还是毛球的年纪。

那一天，母亲有事前往左京区狸谷不动院的外婆家，父亲则留在森林照顾大哥和二哥。母亲毕竟是狸猫，由于久未独自外出，体内的傻瓜血脉不禁蠢蠢欲动。她心花怒放，忍不住四处游荡。不久，天空乌云密布，降下滂沱大雨。母亲尖叫着奔跑，天空发出紫光，传来连身体也为之震动的雷鸣。原以人类姿态奔跑的母亲登时身子蜷缩，变回一只湿透的狸猫，只能望着乌云低垂的天空发呆。

母亲无助地低声呜咽。

那时，一辆车驶来。

我说过京都已经没有会袭击我们的野兽，但现在钢铁取代了野兽，成了我们的天敌。当时原形毕露的母亲愣在光芒耀眼的车头灯前，眼看必死无疑。

"我真以为死定了呢。"母亲说。

当时母亲还年轻，她勉强侧身闪躲，但还是不幸撞上保险杠，前脚因此骨折。剧烈的疼痛使她无法行走，可是若继续瘫在路上，下场不是被市政府工作人员抓走，就是被穷学生煮成火锅。母亲勉强爬到路旁的水渠，躲了进去。脚伤痛得她几乎昏厥，水渠里的水冰冷彻骨。暴雨打在柏油路上，水花形成一片白雾，紫色闪电在乌云间穿梭。母亲惊恐莫名地蜷缩着湿透的身躯，脑中掠过下鸭森林里丈夫以及年幼的大哥、二哥的身影。

母亲猛然回神，发现一个高大的人影正望着她。她大吃一惊，但已无力逃脱。原本不断打向母亲头部的大雨突然停了，上方传来雨滴拍打雨伞的声响，只见貌似布袋和尚的男子蹙着眉头。

"真可怜。"

母亲合上眼，心中已有觉悟。她既害怕，又无奈，随时都会失去意识。

"你受伤了吧？来，到我怀里。"

男子伸出毛茸茸的大手，将湿淋淋的母亲抱在怀中。

我逃往大阪后，时光犹如鸭川的河水快速流逝，转眼已是十一月。

这天我在寺町路的古董店二楼吃午餐。

这个房间当仓库用，到处堆满旧家具，密不透光。店老板是我一位信得过的朋友，而且这里可利用后门的逃生梯逃走，作为藏身处再适合不过。回京都的时候，我常变身成白发妖怪般的古董收藏家，躲在这间暗房吃饭。

我盛了一大碗刚煮好的白饭，撒上在锦商店买来的小鱼干。欧式餐桌上，摆着注满焙茶的茶碗，以及布满尘埃的不倒翁。我与那尊不倒翁对望，吃着热乎乎的饭。悲哀的逃亡生活令米饭吃起来格外香甜。

正当我轻拍鼓胀的圆肚，从房内角落的大型欧式衣柜传来一个含糊的声音。

"好贪婪的吃相！"

"是海星吗？"我望着挂钟问，"你为什么躲在衣柜里？"

"少啰唆，要你管！"欧式衣柜晃动着。

海星是我堂妹，也是我的前未婚妻。她那对名叫金阁、银阁的双胞胎哥哥，是京都出了名的傻瓜，与聪明又狸品高洁的我素来水火不容。海星个性之所以如此别扭，肯定是受其愚兄的影响。海星从小就是出了名的毒舌女，而且也不知在害羞个什么劲，她始终不肯在我面前现身。对我而言，这位未婚妻等同于从暗处迸发的辱骂恶言，我自然不觉得她有哪里可爱。知道这桩婚事泡汤时，我还大声叫好呢。

每次我回京都，总是向她打听狸猫一族的动向。她虽然嘴巴恶毒，但绝不会向弁天通风报信，这点我很放心。因为她很讨厌弁天，还说："与其对那个半天狗言听计从，我不如死了算了。"

听海星说，随着腊月将至，京都的狸猫一族愈来愈感受到山雨欲来之势。因为推选狸猫一族下任首领"伪右卫门"的日子就快到了。其中最被看好的，便是我们的叔叔，海星的父亲——夷川早云。狸猫最爱喝伪电气白兰，而制造工厂就由早云掌管，在狸猫社会由上到下从里到外，他都吃得开。只不过早云个性古怪，儿子们所率领的夷川帮更是恶名昭彰，因此也有不少狸猫对夷川家反感。而紧抓这项弱点，以政治谋略暗中运作的，就是我大哥矢一郎。政治谋略，是大哥最大的嗜好。

"我那傻瓜老爸和傻瓜哥哥一直四处奔走，搞得鸡犬不宁。"

"我大哥想必也是动作频频吧。"

"可是，矢一郎先生实在没那个才干，他竟然奢望挤下我那傻瓜老爸，当上伪右卫门！他的才干和我那些傻瓜哥哥根本半斤八两。"

"他再怎么烂，也是我大哥啊。"我勃然大怒，往桌上使劲一拍，"别拿他和你那些傻瓜哥哥相提并论！"

"你这个蠢蛋，敢说我哥哥是傻瓜！我绝不饶你！"

"你自己也说他们是傻瓜啊。"

"谁准你说他们是傻瓜了！少得寸进尺，你这个超级大蠢蛋！"

接下来海星继续骂了半晌，我假装没听见，待欧式衣柜不再传出声音，我才问她："我二哥还好吗？"

"嗯。他在井底一切安好，照样给人做心理咨询。我很喜欢矢二郎先生，常去找他咨询，听说连弁天也会去呢。"

我大吃一惊，口里的茶喷了出来。"天下无敌的弁天大人，会有什么烦恼？"

"谁知道，可能是烦恼下一次尾牙宴要吃哪只狸猫吧？"海星悄声道，"听说今年要拿你下锅呢。你怎么看？"

"我可没这个计划。"

"弁天一直四处打听你的下落，很危险哦。你一只小小狸猫，偏偏惹上那个半天狗，惹来这么多麻烦。"

我突然尾巴发痒，如坐针毡。

"快点回大阪去吧。你再四处闲晃，小心真的被煮来吃哦。"

"只要身为狸猫，就可能被煮成火锅，随时要有笑着躺进锅里的觉悟。"

"少嘴硬了，明明就没那种气概。"

"要是我被捕就麻烦了，这东西你帮我保管。"

"这是什么，遗物吗？"

“是天狗香烟，帮我送给红玉老师。”

红玉老师是个麻烦的老天狗，要是没人在身边照料，他什么事也不屑做，甚至连饭都不吃。我不在京都这段时间，照料老师的工作都交代么弟处理，但老师老是出难题刁难，么弟想必招架不住。其实要让老师乖乖闭嘴，只要把天狗香烟塞进他嘴里就行了。天狗香烟是一种高级烟，只要点上一根，要足足吸上半个月才会烧完。为了将老师的嘴堵上半个月，减轻么弟的负担，我专程跑到天满桥购买。

“不行，我看不到。”

“谁叫你一直躲在衣柜里，出来吧。”

“不，不要。”

“简直莫名其妙！那你说该怎么办。”

正当我们各执一词，楼下传来店老板的叫唤声。

“二楼的客人快逃啊！弁天大人来了！”

我正想从后门的逃生梯逃走，一道可怕的暗影笼罩上空，原来是陆续从秋日晴空降落在商住楼之间的鞍马天狗。弁天已经走上楼梯，此刻我的处境当真是前有狼，后有虎，可怜的狸猫无路可退了。

我奔回仓库，变身成桌上的不倒翁，倒在地上。

弁天走进仓库，目光停在我身上，她将我捡起，甩了几下，放在欧式餐桌上的不倒翁旁边。一个鞍马天狗走进来，拉出一张扶手椅，以手帕仔细拭去尘埃。弁天大摇大摆地坐下。在今天这种秋日，她穿着一袭单薄的露肩洋装，美艳至极，好色的男子只消瞧上一眼便会往生极乐。

"矢三郎在吗？"鞍马天狗问。

"他的绰号叫'落跑矢三郎'，八成已经跑了吧，帝金坊。"

"那您打算怎么做？我护送您去星期五俱乐部吧。"

"我有点累了，想在这里休息一下。"

弁天的视线一直在餐桌上的两个不倒翁之间游移。她微笑着注视我，下一秒目光又移往旁边的不倒翁。她把黑发像丸子一样盘在头顶，让我联想到怒发冲冠的模样，她本就吓人的冰冷微笑这下显得更加骇人。

"帝金坊。这里有两个不倒翁，你不觉得奇怪吗？它们有相同的焦痕，就连弄脏的地方也一样。"

"没错，确实可疑。"

"矢三郎是个变身高手。"

我暗暗叫苦——看来我是聪明反被聪明误。

弁天拿起餐桌上的天狗香烟，送进嘴里。帝金坊弯腰替她点烟。火焰燃起，弁天像蒸汽火车般吐着白烟，瞬间仓库里宛如失火一般浓烟密布。平日安住的巢穴遭人用火烟熏，想必就是这种滋味。我遥想祖先的痛苦，试着屏住呼吸，最后还是忍不住狂咳起来。一直打量两尊不倒翁的弁天的视线落在我身上，冲着我嫣然一笑。

"好久不见啦，矢三郎。"

"你怎么知道我在这里？"

"金阁、银阁找我商量，说妹妹最近常独自外出，似乎是被坏公狸给拐骗了。"

"真是两个碍事的家伙。"

"人家可是关心妹妹的好兄长。"

弁天将还没捻熄的天狗香烟塞进泛着黑光的手提包，拎着我，踩着清亮的脚步声离去。

"走吧，帝金坊。灵山坊，你们也是。"

我皱着眉头被她抱在胸前。她走下楼梯，朝拜倒在一旁的古董店主人微微点头示意，走向寺町路。只见她领着一身黑衣的鞍马天狗，沿着热闹的商店街走向北方。她俯看怀里的我，露出猫儿般的微笑。

"真是又圆又可爱，你就暂时当只不倒翁吧。"

"要去哪里？"

"你毁了我的飞天房，还弄丢了我心爱的扇子，当然要请你到星期五俱乐部作秀喽。这是我们说好的，别说你忘了哦。"

"关于'五山送火'那晚，我真不知该如何向您道歉。可是……"

"用不着道歉。"弁天愉快地抬起脸，"要是你的表演不受好评，把你煮成火锅就行了。"

寺町路旁，有一家寿喜烧店。

这家老店创立于明治时代，木材与水泥交错的建筑物兼具日式与欧式风格。有人说，光是看到那威严十足的大门灯笼，就觉得食物一定好吃。穿过暖帘，店里灯光昏暗，金黄色的朦胧灯光照向走廊，光线未及处则一片漆黑。在光与暗的交界处，弥漫着一股难以言喻的美味氛围。客人被领到楼上。楼梯像地道般狭窄，而且陡峭，仿佛会有阿猫、阿狗或是什么尊王志士跌落下来[1]。愈往上走，光线愈暗。上楼后，包覆全身的美味空气愈来愈浓厚，牛肉香气扑鼻而来，简直如梦似幻，似乎就连泛着黑光的楼梯也变得美味可口。

我和弁天来到这家寿喜烧店的顶楼包厢，等候星期五俱乐部其他成员的到来。十叠大的包厢里摆有两张圆桌，坐垫堆叠在角落。

我变身成普通大学生，全身僵硬地在包厢角落正襟危坐。

弁天手倚栏杆坐在窗边，眺望商住楼鳞次栉比的景致。从窗户往下看，可见寺町路的拱廊屋顶呈南北纵向排列。对能在天空飞翔的弁天而言，这样的景色或许无趣，但对只能在地上爬行的狸猫而言，可是罕见的美景。

天空的卷积云染成了桃红色，让人打心底感到寂寥的秋风阵阵吹来。

"你喜欢寿喜烧吗？"

"只要不是狸猫锅，这世上什么东西都好吃。"

"比起寿喜烧，我更爱狸猫锅。"

"古怪的嗜好。你不懂，牛肉比狸猫肉好吃多了。"

弁天凝望远方。"自你父亲成了狸猫锅，不知过了几年了。"

"你明明也吃了那顿火锅，别说得好像和自己无关似的。"

"当时我刚加入星期五俱乐部，还是第一次吃狸猫。"

1　以幕末时代为背景的戏剧中，新选组追杀尊王攘夷派人士的情节，常出现这类场景。

弁天白皙的脸颊被夕阳余晖染红。

"那火锅真是汤鲜味美啊。"

等到天空转为藏青色，寺町路的拱廊发出白光，星期五俱乐部的成员陆续现身。每当有人走进包厢，弁天便鞠躬向成员介绍我："他是今晚的演出者。"幸好她没说，"这是今晚的火锅料。"

最后走进来的成员，笑容满面地问候弁天："晚安。"

"老师，真高兴见到您。"弁天也笑脸相迎。

"今晚寿老人、福禄寿缺席，我事先知会过店家了。"

来了五福神和狸猫一只，晚宴就此展开。

现场摆了两个铁锅，侍者送来装着啤酒瓶的竹笼，四处传来倒啤酒以及搅拌生鸡蛋[1]的声音。女侍在热烫的铁锅里倒进油，摆上撒着晶亮砂糖的牛肉，热闹的嗞嗞声传来，令人垂涎的香味直冒。这时加入酱油再滚一下，牛肉就煮好了。众人举箸享用。接着又放进牛肉，放进青葱，放进豆腐，只见星期五俱乐部成员大口吃肉、大口喝酒，"嗯"、"啊"、"好"地赞叹着，仿佛心中喜悦难以言喻。

喝餐前啤酒时包厢里还静默无声，此时显得生机勃勃。

"光凭这声音和香味，就能喝好几杯啤酒了。"

"那惠比寿兄就尽情畅饮啤酒，您的牛肉由我来解决。"

"哪儿的话，前戏可是为了重头戏而存在的啊。"

1　日本吃牛肉火锅，习惯在小碟子里打入生鸡蛋作蘸酱。

"肥美的好肉有害健康哦。"

"某位文人说过，牛吃草，所以这不是牛肉锅，是草锅。既然是草，就无须担心胆固醇。是这样没错吧，老师？"

"现在的牛还吃草吗？"

"如今这时代，牛可是听着莫扎特喝啤酒的。"

"这么说来，我们是一面喝啤酒，一面吃啤酒喽？"

"就像吃米饭配米饭一样。"

我被安排在弁天身旁，在天敌的环伺下吃着牛肉。父亲的惨死、弱肉强食、食物链……胸中挥之不去的各种思绪在生蛋拌牛肉的香味中逐渐消融。我真是没用。汗颜无地。美味至极。铁锅里净是人间美味啊！我的嘴嚼个不停，弁天凑向我耳边，替我一一介绍星期五俱乐部的成员。

与我和弁天同吃一锅的男子是"布袋和尚"，只见他以飞快的速度将锅内美味一扫而空，送进他的啤酒肚。据说他是个大胃王；而弁天之所以尊称他为"老师"，则是因为他在大学教书。邻桌则是三名男子共享一锅。身穿和服的年轻男子是"大黑天"，他是京料理铺千岁屋的老板。看起来很不好惹的肌肉男则是"毗沙门天"，他是晓云阁饭店的社长。他喝了啤酒后满脸通红，笑声之响亮连我的肚皮都为之震动，豪迈的作风就像骑马的游牧民族。最后一人是"惠比寿"，他的脸就像受热融化的蜡人，眼角下垂，据说是以大阪为据点的银行家。

"还有两位，可惜今天缺席。那位寿老人……真想和他见面啊。"

"寿老人是什么样的人物呢？"

这时，那位大啖牛肉的教授抬起头来，"他是冰。"

"冰？"

"就是冰果子。"弁天笑着解释。

"卖刨冰的吗？"

"是放高利贷的。"[1]

不管怎么说，他们都是吃了我父亲的仇人。我原本下定决心，绝不和他们打成一片，然而我坚定的决心却被闪耀着黄金光泽的冰啤酒以及可口的牛肉击溃。祖先一脉相传的傻瓜血脉叫我管不住自己，我乐得心花怒放。这就是身为狸猫的无奈。

为了牛肉，我和同锅的大学教授展开激烈的争夺战。我们都想先下手为强，以致餐桌上出现以筷当剑的对决场面。教授展现外表看不出的敏捷动作，毛茸茸的大手灵活运使筷子抢夺锅里的牛肉，身手利落得可怕。弁天在一旁冷眼旁观，我们俩彻彻底底显露出原始的食欲，丝毫不以为耻，最后竟演变成不打不相识，就像两个在河滩上决斗的不良少年头目，对彼此兴起一股惺惺相惜之情。

"好在今天布袋兄在隔壁。""布袋兄连生肉也照吃不误，有时不小心看了，害我食欲全无。""说得一点都没错。"

隔壁锅的男子你一言我一语，神情安泰。

"喂，你怎么看？他们一副懒散的安逸模样，根本不当回事！"

"所言甚是，火锅即战场！"

"我们上吧，让他们明白什么是残酷的现实。"

---

1 "冰果子"（こおりがし）和"高利贷"（こうりがし）的发音相近。

我和教授袭击隔壁，抢夺他们锅里的牛肉，并共享战利品，增进彼此友谊。

几杯黄汤下肚后心情更畅快，我已不再感到恐惧，甚至想主动表演助兴。与其吓得发抖，不如展现狸猫的本色吧。我拆下和室拉门，请弁天拿着，自己隐身在后。弁天让拉门一会儿倒下，一会儿立起，每次拉门倒下我都会改变样貌。星期五俱乐部的成员没料到是一只狸猫在包厢施展变身术，在醉意的助长下，个个大感佩服。"好精彩的魔术表演。"我变身成老虎，变身成招财猫，变身成蒸汽火车，千变万化。每次都博得如雷掌声，我听了说不出的痛快。

表演最后，我变身成许久没变的弁天。

不过我想，要是露出脸来，这群醉汉同时看到两张一模一样的漂亮脸蛋，一定会吓破胆的，所以我决定只展露冶艳的背影。教授热烈地注视着我美艳的后颈，生硬地吹起口哨。我得意忘形起来，轻解罗衫，露出美背，摆出妖娆姿态。拉门后头，弁天露出愠容。

"你要是太得意忘形，当心我吃了你！"

我登时酒醒，并深切反省。

我恢复原来的面目，低头行礼，再次博得满堂彩。

"太厉害了。"饭店社长毗沙门天目瞪口呆地低语，"不愧是弁天小姐的客人。"

"真搞不懂你用的是什么手法。喂，你该不会是狸猫吧？"惠比寿随口一言，正好一语中的。

"哈哈哈，没错，我是狸猫！"我从容不迫地说。

"没错，他是我认识的狸猫。"弁天也附和道，"看起来很可口吧。"

"不，这么棒的才能，吃掉他太可惜了。吃不得！"

"我欣赏你！了不起！太有意思了！"大学教授兴奋地紧握我的手，"下次也要来哦！"

"来，吃吧。多吃一点。"

弁天将锅底的火锅料全装进我盘里。我不知道她是好心，还是想利用我解决剩菜。大学教授一脸羡慕地望着我。

"今晚暂且饶了你吧。"弁天说。

"意思是不拿我下锅了吗？"

"明天我就不知道了。"

宴席到此告一段落，恢复平静。

俱乐部成员个个满面通红，悠然自得地坐在榻榻米上喝酒。弁天打开窗，让凉爽的夜风吹进室内。她取出天狗香烟叼在口中，教授移膝向前替她点烟。弁天若无其事地向他道声谢，把口中的烟喷向寺町路上空。

"下个月的尾牙宴是狸猫锅对吧？"毗沙门天说。

"还是依照惯例，借用一下千岁屋吧。"惠比寿说。

"当然没问题，其他店八成也不愿煮狸猫吧。"

毗沙门天将酒一饮而尽，露出石狮子般的表情。"可是，为什么尾牙宴一定得吃狸猫呢？我倒比较喜欢吃牛肉锅。"

"说这种话，会被除名哦。"惠比寿出言劝诫，"会员规则里特别注明了这点。"

"也许是谷崎润一郎订的规则吧？"大黑天交抱双臂说道。

"真的吗？"毗沙门天问。

"听寿老人说，谷崎润一郎也曾是会员。"

"真的假的！"

"谷崎会吃狸猫吗？他爱吃的应该是海鳗吧？"

"可是海鳗夏天才有啊。"

"下次是轮到布袋兄准备狸猫对吧？"毗沙门天问教授，但当事人不予理会，专心欣赏在一段距离之外抽烟的弁天。弁天坐在窗沿，转头问教授："布袋兄喜欢狸猫对吧？"

教授这才回过神来，他重重点头，鼻孔翕张。

"没错。狸猫很可爱，可爱得不得了！"

接着教授滔滔不绝地谈起狸猫有多可爱。看其他人微笑倾听的模样，就知道教授八成曾多次这样高谈阔论。

"狸猫肥嘟嘟的矮胖模样真讨人喜爱，肥嘟嘟一词根本就是为狸猫而发明的。它们眼圈是黑的，四只小脚也是黑的，真是可爱极了。紧盯着人看的眼睛、小跑步远去时摇晃的屁股……就连粪便也是又圆又可爱。狸猫的美，多得说不完。"

教授眼中微微泛泪，愈说愈投入。

"我打心底迷上狸猫是几年前的事，那只狸猫真的很可爱。当时我独自走在北白川旁，发现路旁的水渠里有只受伤的母狸。那天打雷下雨的，它全身被雨淋湿，听到雷声就抖个不停。也许是脚伤疼痛的缘故，我抱它回家时它既不吵也不闹。我替它疗伤，喂它吃饭团。不论喂什么，那只狸猫都吃得津津有味，和我一样是个贪吃鬼。也和我一样讨厌打雷，每次打雷它都怕得轻声呜咽，情绪相当激动，令人好心疼。遇到打雷的夜晚，我都会替它盖上毛毯，陪在身旁。它康复后，我把它放回山上，离开时它还一直盯着我，数度回头观望，这才离去。啊，毗沙门天兄，你不相信对吧？那是因为你没有亲眼看见！你没亲眼见识那只狸猫的可爱。它一定知道我是救命恩人。狸猫真的很聪明。它摆动着屁股往前走，可爱的双眼不时回头瞄我呢。我只好叫它赶快回家，当时的心境实在可用断肠来形容。我既落寞又怜惜，忍不住流下泪来。自那之后，我便为狸猫着迷……"

这时，毗沙门天在一旁插嘴："所以我才觉得奇怪啊。大家都知道布袋兄对狸猫相当着迷，但每年吃狸猫锅你不是都吃得津津有味吗？这样不是很矛盾吗？"

"喜欢狸猫和爱吃狸猫，两者并无矛盾。像你吃得心不甘情不愿，一脸无奈，但我可是每一次都吃得津津有味。煮狸猫也是我的拿手绝活，料理时得用一种秘方巧妙地消除肉腥味。狸猫肉真是美味极了。一边吃一边夸赞，是应有的礼貌。"

"可是也没必要非吃狸猫不可吧？还有很多美食啊。"

我打心底赞成毗沙门天这番犀利的言辞。

然而教授继续用他那已经不太灵活的舌头，兴高采烈地陈述吃狸猫是一种爱的表现。站在狸猫的立场，他这套理论实在叫人不敢苟同。要是有人吃了我后说爱我，可真叫人哭笑不得。

"我喜欢狸猫，喜欢到想要吃掉它们！"

"布袋兄，虽然你我相识多年，但我实在搞不懂你。"毗沙门天露出苦笑，抚摸着粗糙的胡须，"你的想法真是与众不同啊。"

接着大家继续喝酒，教授开始语无伦次起来，最后喊着："狸猫是可爱，不过在场有个同样可爱的人。"说完又对弁天纠缠不休。

"真是的，布袋兄又喝醉了。"

"真可怜，虽然能体谅他的心情，但还是摁住他吧。"

弁天冷眼看着其他人摁住教授，凑向我耳边说道：

"喂，我觉得无聊了，我们到外面去吧。"

宴席犹如落入酒中的方糖逐渐瓦解，弁天越过窗子逃离席间。

她拉着我的手自栏杆纵身一跃，转移阵地到拱廊屋顶上的高架道路。"弁天小姐，快回来啊。"星期五俱乐部的成员声声呼唤，但弁天置若罔闻，踩着轻盈的步履走在寺町路上空。

我们发出轻细的脚步声，走在沿着拱廊延伸的细长通道上。弁天的天狗香烟的白烟弥漫在大楼之间。

商住楼夹道的拱廊往南延伸，底下暗藏着寺町路的灯火，将地面照得白亮如昼。这里是禁止一般人出入的作业通道，所以一路直达四条路的光之通道不见人影。抬头一看，位于商住混合大楼楼顶的咖啡店和酒吧灯火通明，坐在餐桌旁享受星期五之夜的人们宛如模型。随着夜色渐浓，脚下的寺町和新京极的喧闹也逐渐平息。

虚幻的偌大明月高挂夜空，弁天心有所感地说："月亮好大啊，我喜欢圆圆的东西。"

"是吗？"

"我想要月亮！"她突然冲着天上的明月大喊，"喂，矢三郎，快帮我取来。"

"这怎么可能。就算是您的请托，也未免……"

"没用的家伙，什么都不会……真是只可怜的狸猫。"

"您怎么说都行。"

"看到这么美的月色，我就感到悲哀。"

"您喝醉了。"

"我没醉……才喝那么点酒……"

新京极六角公园就在底下。

拱廊上，电线凌乱地堆在一起。弁天从通道探出身子，俯瞰着公园。公园对面是新京极的拱廊。位于新京极与寺町路之间的这座公园，随着夜色更深，人影变得稀落。为数不多的树木枯叶落尽，更显凄清。一个青年坐在新京极誓愿寺门前唱歌，歌声飘了过来。

继续往前走，来到一栋黑色的商住楼前。通道旁有一面小招牌，上头潦草地写着"Café & Bar"几个字，旁边摆了一张小桌和两张圆椅。抬头一看，大楼的五楼窗口敞开着，灯光流泻而出，窗边吊着一口金色大钟，里头垂下一条细绳，垂至餐桌旁。

弁天在圆椅坐下，轻轻拉了拉细绳。大钟发出丁零声响，窗口探出一名留着胡须的秃头男子。弁天抬头，举起两根手指，男子颔首，又缩回窗内。不久，一个托盘以细绳吊着，从窗口垂吊而下。托盘内放着两杯弁天喜欢的红掺酒，也就是烧酒掺红玉波特酒。

我们在这秘密酒馆，举杯邀月。弁天喝着酒，直呼悲哀。不久，她站起身，端起装有桃红色酒液的酒杯，滑行在拱廊上。

"何事令你如此难过？"

"你就要被我吃了，真可怜。"

"你别吃我不就行了？"

"可是，我总有一天会吃你的。"

"你说得这么直接，真叫我不知如何是好。"我说，"这可攸关我的性命。"

"我喜欢你，喜欢到想吃掉你。"弁天说着向来的台词，"不过，吃掉喜欢的东西后……喜欢的东西就没了。"

"这还用说，你可真是任性！"

这时，"喂——"传来一阵拉长声音的叫唤。

踩着踉踉跄跄的步履走在狭长的高架通道上的，就是那个在宴席上滔滔不绝诉说对狸猫的热爱的大学教授。只见他甩乱了头发，摇晃着圆肚，将弄脏的西装和手提包揣在怀里，走得气喘如牛、挥汗如雨，拼了老命朝我们走来。

"啊，老师。您追来啦。"

不久，他追上我们，加入这场在屋顶举办的星期五俱乐部续摊酒宴。

　

和教授会合后，弁天提议去"赏枫"。

弁天付完酒钱，从跨越寺町路拱廊的一座小铁桥往西走去，然后登上商住楼的螺旋阶梯。顺着阶梯来到大楼屋顶，她纵身跃向隔壁大楼。在一栋栋商住楼之间，她巧妙地从这座屋顶移往另一座屋顶。我和教授惧高，吓得两腿发软，弁天只好折返，执起我们的手。我们三人就在月光下的屋顶世界飞越着。

"弁天小姐！"教授气喘吁吁地说，"你真是身手矫健！"

"教授也是啊，以您的年纪，动作还这么灵活。"

"为了采集标本，我连热带丛林也去过。我可是锻炼过的，和一般老头可不一样。"

"来，再加把劲。"

"真是服了你，你简直就像天狗。"

不知详情的教授这么一说，弁天在月光下哈哈大笑。

不久，我们抵达了某栋商住楼的屋顶。

大楼位处巷弄，屋顶幽静无声。还摆了一台不知谁会用到的自动售货机，旁边有一棵高大的枫树。教授和我早已体力不支，便坐在自动售货机旁的蓝色长椅上休息。弁天站在枫树下抽着天狗香烟，仰望树梢。红枫在自动售货机的日光灯照射下，犹如玻璃艺术品般晶莹剔透。天狗香烟的烟雾袅袅上升，飘向夜晚的屋顶。

我想起红玉老师和弁天在大楼屋顶赏花，我送红玉波特酒前去的那一天。那天弁天成功学会飞翔，踏出了天狗的第一步。如今她得到了一切，脸上却已不见昔日向恩师微笑的雀跃面容。

我们欣赏着夜晚的红枫。我拿出相机，拍下纪念照。

"我想起和你初次见面的那一天。"教授开口说道。

"真不好意思，那种事您大可忘了。"

"我忘不了。那天是尾牙宴，听说包厢里关了只狸猫，我前去一探究竟。结果发现你躺在铁笼旁，睡得好甜。你叠起坐垫当枕头，孩子似的缩着身子。"

"是这样吗……"弁天手搭枫树树干，缓缓绕圈。

"当时我想这女孩是谁，我不知道星期五俱乐部的新成员竟是个妙龄女子，还以为是千岁屋老板的女儿因为看管狸猫太累睡着了呢。铁笼里关了只出色的狸猫，表情丝毫不显惧色。正当我和那只狸猫对望时，你正好醒来，来到我身旁和那只狸猫说话。"

"那么久以前的事，我早忘了。"

"你对那只狸猫说：'你就要被我吃了，真可怜。'接着还补了一句，'不过，我还是会吃了你。'"教授闭上眼，莞尔一笑，"那时我就坠入情网，迷上了你。我懂你的心情，你和我志同道合……"

"老师，您误会了。"弁天望着红枫说道，"我不记得自己说过这样的话。"

"是吗？"教授伸了个大大的懒腰，"可是我记得。"接着他又喃喃说了些什么，打起了盹。

弁天一脸哀戚地绕着枫树走。"弁天大人？"我叫唤，但她不搭理。天狗香烟燃起红光。由于弁天一直绕着枫树打圈子，白烟形成一股旋涡，紧紧包覆着树身。四周顿时烟雾弥漫。弁天修长的身影在浓烟中忽隐忽现，烟头的火焰不时可见，宛如一头蠢动的喷火怪兽。

我拨开密布的浓烟走向弁天。"你在做什么？"我问道。弁天的倩影在浓烟形成的厚墙另一端，我才走向前，她又转身钻进浓烟深处。

"你别过来。"弁天在烟雾中说，"你要是再过来，我会吃了你。我是说真的。"

我立刻停下脚步，被烟呛得咳嗽，问道："或许是我多管闲事，你怎么了？"

"都是月色太美，令我有点感伤，想泡个澡。我要回去了。"

"你也太任性了吧！你打算把我们丢在屋顶上吗？"

"矢三郎，要送老师回家哦。"

烟雾变得更加浓密，接着陡然刮起一阵旋风。

不久，一切动静全部停止。夜风吹散了浓烟，视野逐渐清晰开阔。枫树底下已不见弁天踪影，只有烧尽的天狗香烟烟头。

明月在秋日夜空中绕行，夜气渗入肌骨。

我倚着生锈的扶手，眺望夜景。公寓大厦的阳台上，有名女子坐在折叠躺椅上赏月；一群身穿西装的男子，在屋顶点着神社灯笼的小神社里参拜；另一栋大楼顶楼的酒吧里，一名舞伎和身穿茄子装的人一起跳舞。在这无声的屋顶世界，眺望如此奇特的景致，我觉得自己仿佛成了天狗。

教授低吟一声醒来，微微打战地问我："弁天小姐人呢？"

教授说他肚子饿了，从一个和他很不搭调的大手提包里取出许多以锡箔纸包妥的饭团，堆在我们两人之间。在他的邀请下，我拿起饭团，有包煎蛋的和包海带的。教授的手提包里还带了酒，他那双毛茸茸的大手，一手握着饭团，一手握着装有日本酒的酒杯。

"我很会做饭团，好吃吧？"教授笑道，"我很喜欢饭团，因为冷的好吃，烤过的也好吃，随时随地都能享用。"

我们俩大快朵颐起来，我还向他讨了些酒喝。

"弁天小姐不会回来了吧？"

"我们总说这是'弁天小姐的中途退场'，她总是毫无预警地突然消失。"

"她总是叫人摸不透。"

"你应该是大学生吧，你和她是什么关系？"

我当然不能告诉他，我和弁天是认识多年的狸猫和半天狗，只好编了一套故事，煞有其事地细说我和弁天认识的经过。教授点头听着，无限感慨地说："总之，她真是个与众不同的美人呢。"

"老师，您也十分与众不同啊。"

"哪里哪里。"

"像您对吃的执着就非比寻常。"

教授吞下口中的饭团应道："我对吃的确执着。我尝遍各种东西，半是为了研究。"

"老师连狸猫也吃……"

"何止是狸猫，我来往于世界各地，不论是昆虫、植物、动物，还是鱼类，我无所不吃。"

"好吃吗？"

"既然要吃就得吃得可口，这是饕客的义务。说白了，就是每条命都得津津有味地吃——非得抱持这种态度才行，这是我追求的境界。所以我才什么都吃，但有毒的东西可吃不得……吃了会要人命的。不过，我只是井底之蛙。你不妨试着放眼世界，就会发现人类还真是什么都吃，对吃的执着实在令人惊叹，我不得不佩服，并深深体会到，吃是一种爱的表现。人类竟然会吃如此五花八门的东西，竟会爱如此多样的事物！我实在很想大喊一声：人类万岁！"

"可是，被吃的一方可就喊不出万岁了。"

"被吃的一方当然很不是滋味，我也不希望有熊或狼啃我的脑袋，没人喜欢成为别人的食物。不过，被吃的终究会被吃，而且我也想吃。说来可怜，我很喜欢狸猫，但也喜欢到想吃掉它们。不只是狸猫，我们也会吃那些可爱的动物。虽然可怜，但它们真的好吃。这是很大的矛盾，也是爱。虽然我也不是很清楚，但应该是爱没错，这就是爱啊。"

"人类不必担心会被煮来吃，才会说得这么悠哉。"

"你好像是站在被吃的那一方呢。不过，你说到重点了。我们
人类确实不必担心被吃，我们没有天敌，死后会被烧成灰，被微生
物吃掉，化为尘土。不过，这样的结果我反倒觉得有些落寞。直接
被微生物吃掉，实在很落寞，既然一样是死……如果不会太痛，我
宁可让狸猫吃进肚里。比起在医院皱巴巴地老死，当狸猫的晚餐有
意思多了。死在医院根本不会给任何人带来养分，这实在叫人落
寞，要是能让狸猫填饱肚子，那远比死在医院里强得多。"

"要把老师吃掉，这工作狸猫可做不来。"

"说得也是……而且我一定很难吃，真悲哀啊。"教授又拿起一
个饭团吃起来，"就算狸猫吃了自己也会觉得难以下咽，这么想的
人类，真是悲哀啊！"

"我从没听到过有人因为这样而感到悲哀。"

"以前有只狸猫曾对我这么说，我至今仍记得当时的情景。啊，
你一定以为我在骗人吧！这也难怪，狸猫会讲话，根本没人会相
信，所以我从没对任何人说过这件事。"教授笑眯眯地说，"不过，
它真的是一只出色的狸猫。"

那夜，弁天第一次造访星期五俱乐部的聚会。

教授为了看落网的狸猫，特地前往千岁屋的包厢。包厢里摆了
一盏模仿方形座灯的电灯，窗外可欣赏鸭川河畔的夕阳景致。包厢
角落铺了报纸，上面放着一个铁笼。一名陌生女子以堆叠的坐垫当

枕头，缩着身子躺在铁笼旁假寐。她的睡脸可爱迷人，教授看得心慌意乱，他小心翼翼走向铁笼，生怕吵醒她。

笼里一只大狸猫蜷缩着身子，毛皮在灯光下无比油亮，体形颇为壮硕。它察觉到教授的动静，转头望向他，眼中不显一丝怯意，也没发出低吼。它凝望教授的双眼相当沉稳，感觉颇有思想。教授对它展现的威严大为赞叹。

"你真了不起。"教授说，"在狸猫社会里，你一定是只有名的狸猫吧。"

那只狸猫坐起身，像在聆听教授说话。教授从手提包里取出饭团，放进笼里。狸猫将鼻子凑近闻了闻，张口便嚼。教授一直蹲在笼子前看狸猫吃饭团，同它说话。

"今晚我们要吃你。你一定不愿意这样，但我们的尾牙宴规定得吃狸猫锅。既然你生为狸猫，就有可能被人类吃进肚里。虽然有点自私，但能够吃你，我觉得很开心。毕竟这也算是一种邂逅。"

教授如此说道，那只狸猫静静注视着他的脸。

"你为什么如此镇定？不会感到不安吗？"教授问。

这时狸猫突然开口了。

"我想做的事都做了，孩子也都大了，虽然幺儿还小，但他有几个哥哥，接下来就靠他们互相帮助，好好活下去。我撒的种已经长成了，已经完成狸猫的义务，接下来能过多少日子，全看老天爷恩赐。换句话说，算是我多赚得的。现在就算被你吃进肚里，我也无所谓了，想吃就尽管吃吧。"

"奇哉怪也。"教授低语，"我怎么觉得听到你在说话，这是我的幻想吗？"

"我的确在说话。"

"伤脑筋，别吓人好不好。"

"我只是觉得，和你说话应该没关系，或许该说是我生涯最后一次的恶作剧吧……这是傻瓜的血脉使然。"

两人又聊了半晌。狸猫始终保持镇定，唯独有件事一直令它挂心——"不知我好不好吃。"

教授向他拍胸脯保证："你放心，我负责。我一定把你煮成香喷喷的狸猫锅。"

"那一切就劳您费心了，要是搞砸这难得的火锅宴，就太对不起大家了。"

"你是只出色的狸猫，保证可口。尽管放心吧。"

教授说完，狸猫满意颔首。

"希望在踏上黄泉路之前，能请教您的大名。"狸猫说。

"我叫淀川长太郎。"

狸猫闻言，满意地长叹一声，低语："果然是您。"

"咦，你认识我？"

"内人曾受您照顾。"

"也让我知道你的大名吧。"

狸猫在铁笼里挺直腰杆，摆出十足的架势。

"吾乃伪右卫门，下鸭总一郎是也。"

这时，以坐垫当枕的那名女子正好醒来，问教授："你是谁？"教授回头，食指抵在唇间"嘘"了一声，复又转身面向铁笼，不过那只肚子里塞满饭团的狸猫已蜷缩着身子，悠哉地打起呼来。教授觉得自己刚才就像被狸猫给迷骗了。

"您是布袋先生吗？"女子低头鞠了一躬，"今晚请多多指教。"

"啊，原来如此，你就是寿老人说的那位，我不知道新成员是女性呢。"

她微微一笑，"我是弁天。"

弁天起身站到教授旁边，窥望笼里的狸猫，喃喃说道："睡得很舒服嘛。"她静静凝望那只狸猫，接着又低声说，"你就要被我吃了，真可怜。不过，我还是要吃了你。"

那只威风凛凛的大狸猫，亦即我父亲下鸭总一郎，就这么呼呼大睡，直到进了他们的五脏庙都不曾开口。

明月在夜空绕行，秋夜渐深。

教授朗声大笑。"如此古怪的故事，你不会相信吧？"

"为什么不信。"

"真高兴。看在你我的交情上，才告诉你这件事。"

"我们今晚才认识。"

"我觉得你我的相识是命运的安排。俗话说，百年修得同船渡，为了庆祝今晚的相遇，来干杯吧！"

"您好歹是位大学教授，三更半夜在这种地方喝酒好吗？"

"没关系的，这是傻瓜的血脉使然。"教授笑道，"你看，好美的月亮啊！"

每当我们兄弟惹出什么麻烦事，父亲总会笑着说："这是傻瓜的血脉使然。"当教授说出这句话，我仿佛看到了父亲，真是奇妙。我对这位吃了父亲、理应憎恨的仇敌有股莫名的好感，从他毛茸茸的大手传来和父亲相同的气味。

教授频频打哈欠，揉着眼睛说："唯爱哭鬼和瞌睡虫难敌也，我看弁天小姐是不会回来了，我们也该下去了。我好想念我的床啊。"

不过要下去可没那么简单，我们爬到途中正手足无措时，正巧发现一把长梯。总算顺利回到御幸町路。不过按理说，大街上不可能凭空生出梯子来，这未免凑巧得太可怕了，于是我朝大楼之间的暗处问道："海星，是你吗？"

"快回家睡觉吧，傻瓜！"黑暗中海星回应，"可没有下次了。"

"谢谢。"

正当我试着探寻这位从未露面的前未婚妻所在的位置时，走在前头的教授转头唤道：

"喂，寺町路往这里走对吧？"

穿过悄静的寺町路，我在河原町与教授道别。他坐上出租车，要我有空一定要去研究室找他。他在大手提包里急急忙忙地翻找名片，但遍寻不着，最后好不容易从包底找到一张，已经皱得不像样。教授细心地摊平名片，恭敬地交给我，名片上写着"**农学博士淀川长太郎**"。

"再见了，后会有期。"

我站在河原町路，目送教授坐的出租车消失在夜晚的街道。

我走过四条大桥，在夜色中前往六道珍皇寺。

一路上，我一直在想淀川教授与父亲的事。当父亲得知即将被妻子的救命恩人吃下肚时，不知是什么心情。我想，他应该不会很难过吧。或许这只是我的自我安慰吧。但淀川教授与父亲的对话场面，不知为何令我感到莫名怀念。

六道珍皇寺的古井一片漆黑。

二哥变身成青蛙，就此挥别狸猫一族，在此井底长居不出。我很久没和他见面了。今天发生了好多事，我很想见二哥一面。"喂——"我出声叫唤，但没有回音。我索性变身青蛙，跃进井中，在井底溅起一阵水花。黑暗中二哥"哇"地惊叫一声。

"哥，是我啦。"我从水里探出头来。

"搞什么，原来是矢三郎。你还活着啊，我担心死了。"

"我这不是活得好好的嘛。"

二哥点燃一根小蜡烛，井底登时明亮起来。角落有一座隆起的小土坡，上头还有个形似小人国神社的迷你建筑。一只小青蛙坐在旁边，朝水面上的我挥了挥手。我游向那座岛，爬上岸。

"你也打算离俗当一只青蛙吗？"二哥叹了口气，"要是两个儿子都当了青蛙，老妈一定会哭得很伤心。"

"我只是借宿一晚。"

"那就好。"

我与二哥并肩坐在水边，望着荡漾的井水。我娓娓道出今天的经历。

"真是热闹的一天啊。"二哥说，"我真佩服你。"

"哥。"

"什么事，矢三郎。"

"我不懂，为什么我不恨那位教授呢？或该说，我很喜欢他……弁天大人明明将父亲煮成火锅吃下肚，为什么我还迷恋她？"

"那是你傻瓜的血脉使然啊。"二哥笑道,"况且身为狸猫,有时难逃被吃的命运。人类吃狸猫并没有错。"

"哥,你真了不起。当真是了悟世事。"

"不,老实说,我只是不懂装懂。毕竟我只是只井底之蛙。"

"你又用这招来逃避。"

"才没有呢,我还差得远。"二哥潜入水中吹着泡泡,"我现在想起老爸,还会流泪呢。"

蓦地,我们察觉古井上方有人走近,二哥跳出水面熄去烛火。有人正静静地朝井里窥探。我靠向二哥。

"又有人来找你诉说烦恼了?"

"不,是弁天大人。"二哥说,"她总是不说话。"

我们在黑暗中并肩而坐,竖耳倾听弁天的呼吸声。不久,咸咸的水滴落入井中,沾湿了我的鼻尖。

"她总是独自一人在此哭泣,井水都被她弄咸了。"

两只青蛙从井底仰望圆形的天空。弁天不发一语,任凭咸咸的泪水淌落。

"她为什么哭?为什么事感到悲伤吗?"我问,"难道真的是因为月色太美?"

二哥仰望不断飘落的泪水,说道:"小孩子哭,是没有理由的。"

（伍）父亲离去之日

只要活在世上，就免不了会遇上分离。

不论是人类、天狗，还是狸猫，都一样。

分离的形式形形色色，有悲伤的分离，也有让人谢天谢地、犹如解脱的分离。有人举办盛大的饯别酒宴，热闹地道别；也有人无人送行，冷冷清清地独自离开。有漫长的分离，也有短暂的分离。有人说了再见后，又很不好意思地突然返回；相反地，有人看起来只是暂别，却迟迟不归。当然，还有一去不复返，一生仅此一次的真正告别。

我刚出生不久，还在纠之森举步学走时，父亲常与我们暂别。父亲下鸭总一郎是统管狸猫一族的大人物，诸事繁忙。他常外出，与妻儿守候的纠之森道别，其中有短暂的分开，也有长达数周的漫长分离。正因如此，当那年冬天我们得知父亲被煮成尾牙宴的狸猫锅，就此与世长辞时，费了一番功夫才意识到这次是真正的别离。

父亲与这世界告别时，将他伟大的血脉规矩地分成四等份。

大哥继承了他的责任感，二哥继承了他悠哉的个性，幺弟继承了他的纯真，我则是继承了他的傻劲。而将我们这群个性截然不同的兄弟凝聚在一起的，是母亲比海更深的母爱，以及伟大父亲与我们的告别。

父亲的辞世，将我们这群孩子紧紧联系在一起。

时序来到腊月，行道树的枯叶纷纷落尽。

就算是狸猫，面对京都的寒冬一样冷得屁股打战，可千万不能瞧不起我们，笑我们："明明有浓密的皮毛，还这么没用。"

为了抵御从屁股直往上蹿的寒意，我整天窝在面向下鸭本路的咖啡厅里，坐在暖炉旁舒服地打盹。今天我依旧变身成模样萎靡的大学生，兴致来了就睁开眼睛，欣赏从大片玻璃窗外射进来的冬阳。今后会愈来愈冷，不过能在自小住惯的京都和家人一同迎接腊月的到来，实在谢天谢地。

因为盂兰盆节的"五山送火"事件，我惹恼了弁天。那之后我只身前往大阪工作，藏身大阪，其间多次返回京都，足足花了三个月才平息那场风波。十一月底时，我陪弁天前往岚山欣赏黎明的红枫，她朗声大笑吹散了红枫，我奉命收集了足足一包袱的枫叶。岚山枫叶之所以一夜落尽，全是弁天所为。也许是这场盛大的恶作剧一扫秋日的忧愁，弁天显得开朗许多，我也总算得以从大阪的二手相机店搬回京都。

路上遇见族人，他们总是连声向我道贺，我所到之处净是欢喜的泪水和花束，"落跑矢三郎"归来的消息席卷整个狸猫一族。我到寺町路的红玻璃向店老板问候时，他对我说：

"我还以为你已经被煮成火锅吃掉了呢，不过这也是早晚的事。"

"您这话可真恶毒。"

"趁还能喝酒时多喝一点，好好享受活着的喜悦吧。"

因此，我这阵子每天都舒服地睡大头觉。

当然，我并非每天都在睡梦中虚度。我早下定决心，要找回在"五山送火"之夜遗失的风神雷神扇，好奉还弁天。我每天在鸭川以西游荡，潜入空屋、钻进草丛或是在神社发呆，全力投入没有回报的搜索活动。这天也是从早忙到晚，同样无功而返。我独自在咖啡厅进行检讨。

我聆听着炉火传来的细微声响时，玻璃门突然打开，一名矮小少年走了进来。对方两颊油亮，活像少年侦探团里的少年小林[1]。我缓缓压低身子，试图躲在桌下，无奈对方早一步发现了我，快步跑来。

"哥。"幺弟哭哭啼啼地说，"救我！"

我们四兄弟都拜红玉老师为师。"红玉老师"是绰号，他的本名是"如意岳药师坊"。他因为伤了腰，被鞍马天狗赶出自己的地盘如意岳，后来他辞去教职，终日窝在出町商店街后方的"桝形住宅"公寓，是个个性古怪别扭的天狗。

红玉老师心中的懊悔可想而知。

他昔日翱翔天际的飞行能力已经大幅衰退，现在仅能在榻榻米

1　"少年侦探团"是在江户川乱步的推理小说中登场的侦探团，由儿童组成，辅佐明智小五郎。团长小林芳雄是明智的徒弟。

上跃出数寸远，几乎与凡人无异；享受爱情的能力也早已丧失，没有执行力的空虚欲望让年纪一大把的老师更加迷恋弁天，然而意中人弁天始终避不见面。现在会来探望他的，只有几只傻瓜狸猫和四处广招信徒的宗教团体。他自然会懊恼。对自己无能的愤怒，使老师终日板着一张脸，在这间只有四叠半大的小房间，发泄他不知从何而来的傲慢。

在红玉老师失势沦落的这出戏中，我也插了一脚，以致难辞其咎。我之所以照顾老师的生活起居，就是这个缘故，然而再也没有比"落魄的天狗"更难伺候的种族了。我逃往大阪，其实半是为了摆脱照顾老师的差事。那之后我将老师的事交给幺弟，若说我没在心里盘算慢慢将这烫手山芋塞给幺弟，那肯定是违心之论。

只可惜，我那没什么才干的幺弟实在应付不了任性的老师。

我和幺弟一起走出咖啡厅，穿过出云路桥，走在冷风飕飕的贺茂川畔时，可爱的幺弟摇头叹息地告诉我，老师坚决不肯洗澡。

红玉老师最讨厌洗澡了。

他究竟有多讨厌洗澡？从他为了让自家的脏浴缸无法使用，竟然亲自加以破坏，就可看得出。如今这时代，就连住在下鸭森林的狸猫也会因为在意毛发分叉而使用护发素，但老师连把手帕沾湿擦拭身体都不愿意。他把爱用的香水一股脑儿往脖子上倒，完全不把身上的污垢当回事。邀他上澡堂，他总有说不完的牢骚借口，例如天气不好、屁股痒、腰痛、看你的表情不顺眼云云。若想硬拉他出门，他就会拿又大又重的不倒翁砸人。

每当我们束手无策，公寓房间弥漫着一股宛如发酵般的怪味时，老师会频频往身上洒香水，那时，光是待在房间里便让人泪流不止。事态已不容迟疑，势必要和老师一战。我之前常押红玉老师上澡堂，每次都必须做好扯毛流血的心理准备。

幺弟走在我身旁，一脸快哭出来的表情，"哥，我真没用。我没有带老师去洗澡的才能……"

"用不着哭，矢四郎。这种才能根本不需要，你应该学学其他才艺才对。"

"老师会吹天狗风呢。"

"噢！没想到老师还有这种力量。"

"他用天狗风把我的毛吹成一团。再这样下去，我都快变爆炸头了。"

"竟然用所剩无几的本领对付这么小的孩子，老师实在有辱天狗之名！看我不把他扔进滚烫的洗澡水里才怪！"

"哥，你不能欺负老师哦。"

"我知道。"我轻拍幺弟的头，"我只是嘴巴说说而已。"

我们穿过挤满购物人潮的出町商店街，转向一旁的巷弄。

爬上公寓楼梯，我敲了敲门唤道："我是矢三郎。"一踏进屋内，我便被浓雾般的香水味给呛着，泪水直流。幺弟咳嗽不止，露出了狸猫尾巴。我提醒幺弟："喂，尾巴，尾巴！"幺弟赶紧屏住气息，但蓬松的尾巴似乎很想露脸，他一副屁股长虫犯痒的模样。

我拨开堆叠如山的松花堂便当盒和红玉波特酒的酒瓶，踏进四叠半大的房间。红玉老师蹲在从窗户射进的阳光下，身上披着一件新棉袄，正用喷壶给书桌上的仙人掌浇水。

我打开抽风机，敞开窗户，让冷空气进入屋内。老师头也不抬，很不高兴地说："是矢三郎吗？从'五山送火'之夜之后就没看到你，跑到哪儿鬼混去啦？你这个不懂尊师重道的家伙！满脑子只知道玩。"

"我并不是玩去了，不过我的确很久没来问候您了。"

"问候就不必了。你不来，我落得清静。"

"您又说这种话了，要是寂寞的话大可直说啊。"

"混账东西！"

一碰面就针锋相对，我将话题转移到"上澡堂"的交涉，结果毫无意义的激战持续了一个小时。我施展犀利舌锋批判老师的肮脏；老师则怒火四射，一面放屁一面大声说些狗屁不通的歪理。幺弟吓得躲在厨房角落。双方来去交战之间，窗外天色渐暗，四周变得益发寒冷。

"为什么我非得在狸猫的陪同下上澡堂！"红玉老师青筋暴露，朗声喊道，"门都没有！"

"您不喜欢和我们一起出门吗？如果对象是弁天大人，您就愿意吧？"

"那当然！我求之不得！"

"真是好色天狗。既然这样，我就变身成性感惹火的弁天大人吧。"

"你敢，我就拧死你！"

"有办法的话你就试试看啊，臭脾气的死老头！"

老师脱去蓬松的棉袄，单膝立起，伸长脖子。一道红光射进被杂物包围的房内，老师的脸在红光映照下宛如鬼面，只见他白眉怒扬，目光炯炯。"竟敢如此放肆！"老师猛兽般低吼着，"要是惹恼我，小心我用天狗风将你们吹得七荤八素！"

"放马过来！"

我退到料理台前，变身成巨大黑牛，以抵挡老师的强风。幺弟索性放弃变身，奋力朝我扑来，紧抓着我的后腿。只听见老师大喝一声，我们踩稳脚步，闭上眼睛。我做好身上的毛被吹扯的觉悟，准备抵挡即将席卷而来的天狗风。就是现在！强风快来了！快了！快了！可是我都做好了心理准备，强风却始终不来。

蓦地，一阵轻柔的春风拂面而过。

我惴惴不安地睁眼一看，只见红玉老师单膝跪地，呆望着四叠半大的房间一角。尘埃漫天飞舞，我和幺弟默默注视着眼前的景象。终于，地上一个卷筒卫生纸滚动起来，松脱的白纸朝天花板盘旋而上。有趣，但无害。红玉老师的愤怒制裁不过是将这间四叠半大的房间弄乱罢了。

整卷卫生纸被吹上了天，充满了四周。被卫生纸活埋的老师双肩低垂，暗哼一声，一一撕扯榻榻米上的卫生纸，仔细折好。然后他端正坐好，用力擤了擤鼻涕。

我维持黑牛的模样，在厨房等得坐立难安。方才两人如此激动，最后却以如此无趣的结果收场，实在令人难为情。老师为了掩饰难堪，继续擤着鼻涕，我则是叫了几声"哞"来掩饰尴尬。毛茸茸的幺弟则在房里走来走去，把自己埋在气味芳香的卫生纸里拼命嗅闻。

"矢三郎，你在那里玩什么啊？"老师擤完鼻涕，望着红轮西坠的窗外，"别再哼哼叫了。"

"老师，您发了一顿火，想必流了不少汗吧？"

"嗯。"

"偶尔泡个澡也不错哦。"

"嗯。"

老师终于同意出门了。

由于附近没有澡堂，所以我得带红玉老师行经寺町路，前往位于御灵神社北方的一家澡堂。这条漫长的路程老师不可能自己走，我得向大哥商借伪车夫和自动人力车。

幺弟以手机联络后得知，大哥和母亲一同前往加茂大桥西侧的台球场了。连日忙着策划政治谋略，大哥十分烦躁不安，母亲决定带他出去散散心。大哥听到要用父亲珍贵的遗物接送这位偏执的老头，似乎不太高兴，但他毕竟是红玉老师的徒弟，而且向来重仁义，自然不会吝惜出借人力车。

不久，大哥一副小少爷的模样赶来，将人力车停在公寓前。

大哥一脸不悦地下了车，接着改由红玉老师爬上车，我和幺弟在后头推着他。"老师，好久不见了。"大哥低头行礼。红玉老师拉紧棉袄衣领，喊了声冷，瞪向大哥。

"矢一郎。"

"在。"

"你心里一定嫌麻烦对吧。"

"一点都不会。"

"说实话。"

"我句句属实。"

红玉老师暗哼一声,脸上泛起笑意,补上一句:"算了。我们走吧,还磨蹭些什么!"

来到寺町路,自动人力车一路咔啦咔啦地往北走。傍晚的天空,像棉花拉长般的白云染上淡淡的桃红。我们沿着寺院长长的围墙前行,不久看到直入云霄的焦褐色烟囱。随着接近澡堂,老师开始坐立不安,不断叨念着:"真是麻烦,真是麻烦。"

到了澡堂,老师钻过暖帘,直直往女汤走去,我们急忙制止他,把他押进男汤更衣室。可是都来到这里了,红玉老师还是不肯入浴。他一会儿望着张贴的通缉犯告示或置物柜上的电视,一会儿坐进按摩椅,不然就是窝在厕所不出来。我们连哄带骗安抚他,等到成功把他推进满室热气中,大哥和我早已累瘫了。我们四人鱼贯进入浴室,里头的客人不住打量我们。

我、大哥、红玉老师并排而坐,各自清洗身体。幺弟觉得稀奇,四处东看西瞧,以为他会乖乖光着屁股泡在浴池里,没想到他一会儿钻进蒸汽室,一会儿把脚伸进冷水池,大呼小叫地嚷道:"吓!哥,这浴池是冷的呢!"

"矢四郎,那本来就是冷的。"

相较于雀跃不已的幺弟,老师则板着一张脸,"我为什么得和你们这些毛球一起泡澡啊。"

"我们已经变身成人类,不必担心掉毛。"

大哥专心地刷洗身体,如此说道。老师嫌打肥皂泡泡麻烦,命大哥替他服务。

"既然要洗澡，真希望是弁天帮我刷背。"老师任性地说，"真想和弁天一起泡澡啊。啊啊，真想和弁天泡澡啊！"

大哥在老师瘦弱的背上搓出泡沫，压低声音说："老师，您怎么可以将淫邪的欲望展现得如此露骨！至少要守住自己的颜面啊！"

"身为你的徒弟，真是颜面无光。"我叹息道，"就算你和弁天大人一起来，也不能进女汤啊。"

"少啰唆。"老师挥动手巾，啪的一声打中我的侧脸。真是痛煞我也！

"矢三郎，你前些日子不是和弁天一起去了星期五俱乐部吗？看来，你有缠着弁天不放的毛病。你这小毛球，该不会是爱上弁天了吧？"

"哪儿的话，狸猫爱上人类可怎么办？上演禁忌之恋吗？"

"你不是从不把规矩当回事吗？像你这种个性古怪的家伙，心里打什么主意，别以为我不知道。"

"您总在这种奇怪的方面高估我。"

"我不是担心你的安危才说这些，不过，你要是敢小看她，当她是一般人类小姑娘，可要小心被她吃了。如果她没偏离魔道，好好自我精进，一定能成了不起的天狗，早晚会继承我的衣钵，成为第二代如意岳药师坊。"

我们刷洗完身体，泡进浴池，恍惚地望着天花板。天花板涂成绿色，造型相当奇特，中央凹陷处安了一扇天窗。光线微微射进室内，映照出烟雾袅袅的水汽。

一次洗净从晚夏一直积到初冬的污垢，红玉老师心情畅快不少。他坐在气泡直冒的超声波浴池里，轻声说道："弁天一定会让那些讨厌的鞍马天狗大吃一惊。"他的脸上绽放笑容。

"我父亲也曾摆了鞍马天狗一道。"大哥说。

"总一郎是吧，确实有这么回事……"红玉老师泡在热水里，望着从澡堂窗户外射进来的光线，"他确实是只不容小觑的狸猫。"

话说从前。

父亲与叔叔夷川早云争夺狸猫一族的龙头宝座，最后我父亲获胜，赢得"伪右卫门"的称号。在被星期五俱乐部那班怪人煮成狸猫锅之前，他是京都狸猫一族的首领。在他漫长的光荣时代，"伪如意岳事件"可说是巅峰代表作。在这之前，从没有狸猫能施展出让天狗大吃一惊的绝技。

事件的开端，是鞍马天狗与红玉老师的争执。

天狗个个脾气古怪，少有志同道合的伙伴，其中老师和鞍马天狗更是水火不容。尽管个性温和的岩屋山金光坊极力居中调停，始终不见成效。有一年，在一年一度于爱宕山召开的天狗聚会中，红玉老师嘲笑那三名总是形影不离的鞍马天狗，挑衅地说："几颗山上的树果还在这儿装腔作势。"一场难得的盛会就此成了鞍马山派与如意岳派互吹天狗风的大混战，结果别说促进友谊了，根本就是进一步加深了彼此的嫌隙。后来鞍马天狗与红玉老师都被宴会主人爱宕山太郎坊给臭骂了一顿。

那件事之后，鞍马天狗始终对那天的争执怀恨在心。于是他们展开车轮战，轮番潜入如意岳，接连召开"药师坊拼斗大会"，企图让红玉老师疲于应付。他们不分昼夜豪饮，并篡改歌词，高声哼唱羞辱红玉老师的曲子。老师被气得晚上睡不好，甚至忘了到学校教课，终日恨得咬牙切齿。面对这场灾难，我大哥不知如何是好，二哥则是索性跷课到新京极看电影。

不忍看老师如此痛苦，决定挺身而出的，正是我父亲。他展现了豪迈气概，竟摇身一变成为如意岳。这便是"伪如意岳事件"名称的由来。

那些鞍马天狗被诱入真假难辨的冒牌如意岳，在山上设宴玩乐，浑然未觉。不久，当他们打算返回鞍马，竟发现走不出这座山。他们想飞，却被茂密的枝丫挡住去路；想下山，却总在相同的地方打转。此外，还饱受怪事袭击，像是从树洞掉出无数个不倒翁，遇上一群由能歌善舞的鸡组成的舞团"豪华鸡"，以及一只从烟雾弥漫的树林穿越而出的白色巨象，等等。鞍马天狗方寸大乱，在伪如意岳中四处逃窜。一星期后，他们个个狼狈得与野人无异，乖乖地向红玉老师磕头谢罪。

红玉老师与鞍马天狗的纷争到此也告一段落。

不过持续一个多星期变身成大山，完成这一生一次的壮举后，我父亲已经精疲力竭，后来在纠之森里足足躺了一个月之久。向来对狸猫不屑一顾的红玉老师，专程拎着礼盒前来探望。当时，他还差点踩扁一只在枯叶上打滚的小毛球，那就是年幼时爱在父亲身边打转的我。

"悠哉躺在床上度日，当狸猫可真是轻松啊。"

这是红玉老师开口的第一句话。

我父亲从枯叶铺成的床上坐起身，笑着说："我又干了傻事。虽然开心，但这次实在玩过头了。"

"凡事要懂得适可而止，你好好静养吧。"

"多谢关心。"

红玉老师心底想必很感谢父亲。而我父亲也明白他的心意，对自己为了保住老师名誉卖命一事，从未说过要他知恩图报之类的话。

红玉老师讨厌洗澡，可是一旦泡进浴池便久久不肯出来。

我劝他说："差不多该起来了吧。"结果老师发火说道："是你叫我洗澡，我才专程来的，难道我就不能悠哉地洗个澡吗！"四处游荡的幺弟这时已经泡昏了头，开始呼呼喘气，眼看随时就要在众人面前露出尾巴。我只好请大哥帮忙照顾老师，急忙带着幺弟逃往更衣室。

我们在藤椅坐下，看着电视喝咖啡牛奶。

"好甜哦。"

"真的很甜。"

"哥，咖啡和牛奶明明都不好喝，为什么咖啡牛奶这么好喝呢？"

"那是相乘效果。"

"香肠效果，那是什么？"

"就是命中注定的相遇。一旦遇上了，一切都会顺利进行。"

幺弟心领神会，喝着咖啡牛奶。

"虽然老师嘴巴上那么说，他其实很喜欢哥吧。"

"呵呵，这我早知道了。"

"哥，你也很喜欢老师，对吧。"

"喂，这种事你可别跟别人乱说哦，有损我的名声。"

"哥，你去大阪那段时间，老师总是问我：矢三郎他怎么了？有没有被弁天吃了？"

"那可真是感谢他啊。"

接着我们坐着发呆，幺弟还打了个嗝。

变成青蛙终日窝在井底的二哥曾问我："你还记得老爸对你说的最后一句话吗？"泡在井水中的二哥一直想不起父亲最后说过的话，并为此懊恼。

那天我在做什么呢？

我回想那个冬日的清晨。

我跟在父亲屁股后面走出纠之森，来到小河边，父亲扬起鼻子嗅了嗅，我也跟着嗅闻四周的气味。弥漫在森林中的气味改变了，那是渗进了京都各个角落的冬日气息。我和父亲一面嗅闻，走在无人的河畔。那是我和父亲共度的最后一个清晨。

一如往常的一天。

父亲带着大哥外出。二哥沉溺于扮不倒翁的游戏，然后像平常一样不知跑哪儿去了。幺弟在母亲身旁撒娇，我去向红玉老师学艺。虽然有人提醒过我，星期五俱乐部的尾牙宴将至，要多加小心，但我并不觉得这件事有多可怕。太阳下山后，和父亲一同外出的大哥独自返家，也没人感到不安。处理完祇园的事，父亲说"有个重要的约会"，和大哥分开。父亲是狸猫一族的首领，突然另有要事是家常便饭。入夜后，二哥也回到纠之森。他不知上哪儿玩乐去了，喝得酩酊大醉，不理会大哥的训话，像布袋和尚般嘻嘻笑着，后来在大哥的叨念下沉沉睡去。母亲也抱着幺弟入睡。

但我睡不着，就记得那晚自己在森林里一会儿跑一会儿走。

来到参道上，我茫然地眺望点着灯火的下鸭神社。半晌，大哥走过来对我说："快去睡吧。"我没听他的话，一屁股坐下。大哥也没多说，径自坐在我身旁。就这样，我和大哥一起望着参道深处温暖的亮光，不过并不觉得特别心神不宁。我只记得自己坐着发呆，不记得当时是否想着父亲。

那一夜，父亲没有回家。

在大型壁扇的吹拂下，我和幺弟看着电视。突然，门外的鞍马口路一阵喧闹，然后一群男子鱼贯而入。

可怕的是，他们全长一个模样，同样挺个圆肚，下身只套着丁字裤，上身披着白衣。坐镇柜台的中年妇人惊呼一声。来客依序将入浴费叠在柜台上，走进澡堂，宛如输送带上传送而来的成排大福[1]。尽管人数众多，但全都不发一语，只能听到他们的呼吸声。看到如此诡异的画面，在更衣室擦拭身体的客人急忙穿上衣服，纷纷逃离澡堂。

不久，这个诡异的团体挤满了更衣室。他们仰望着格子状的天花板，嘴巴呈倒 V 字，肚皮贴着肚皮，沉默无声。我和幺弟在他们的圆肚推挤下，被挤进浴室。挤满更衣室的那群男子隔着玻璃门瞪着我们。

"干什么？"红玉老师在浴池里嚷道，"你们这群狸猫又要干什么傻事了？"

---

1 豆馅团子。

"夷川亲卫队是吧？"大哥走出蒸汽室，甩动着布手巾。

"夷川亲卫队"是夷川早云那对双胞胎傻瓜儿子的手下，是群为了免费畅饮伪电气白兰聚集而来的不良帮派。夷川家的大当家早云是我们的叔叔，但他一向视下鸭家为敌，金阁与银阁对父亲的教诲奉行不二，动不动就来招惹我们兄弟。在夷川亲卫队变成的大福男瞪视下，我动都懒得动一下。光是送红玉老师上澡堂就累得我人仰马翻，现在竟然连金阁和银阁也跑来凑热闹，造成了相乘效果。

"大哥，你做了什么吗？"

"他们应该是奉叔叔的命令来逼我退出的吧。这个月要选出下任伪右卫门，以目前的局势来看，难以预料我和叔叔谁会胜出。"

这时，大哥突然发起飙来。"只有我一个人在四处奔走！因为没人肯帮我！我的弟弟全都那么不中用……"

"又来了。"

"你也是，见我身陷困境也不来帮忙，自己逃到大阪去。"

"我是因为有生命危险，身不由己。"

"归咎起来，都是因为你——"

"等等，大哥你看。"

这时，就像从麻糬间的缝隙挤出来似的，走出两名高大的男子。来人穿着莫名其妙的银色内裤，上头分别写着"**夸大广告**"与"**天地无用**"。连四个字的意思都不懂就堂堂穿在身上，向人昭告自己的愚蠢，正是那对傻瓜兄弟的作风。那两个身穿银色内裤昂然而立的男子，各自报上名号。

"我是金阁。"

"我是银阁。"

"不用说我们也知道。"大哥不屑地说。

金阁抖了抖他浑圆的肥肚。"既然如此，你应该也知道我们前来的目的吧。"

"你以为我会乖乖退出吗？"

"我早料到你会这么说，不过根据我冷静的计算，你根本没有胜算。你应该不知道，吉田山支持我们夷川家，还有……宝池也站在我们这边，八濑也陆续有人拥护我们。"

"御所支持我，南禅寺也不会站在你们那边，既然南禅寺这么做，银阁寺也会跟进。高台寺和六波罗也一定会支持我。"

"有可能，有可能……"金阁突然结巴起来，"……真的？怎么会这样？和我知道的不一样，真是惊天动地啊！"

"哥，不可以认输。"银阁道，"跟他拼了，我们有秘密绝招。"

"没错，我们有秘密绝招。"金阁奸笑。

"什么秘密绝招？"

"因为是秘密绝招，当然不能随便让你们知道，我不会告诉你的，你还是投降吧。有能力掌管狸猫一族的，只有我父亲，而我日后将继承他的衣钵。你们下鸭家这群丢人现眼的儿子，已经没你们的事了。没错！"

"没错！"

受辱的大哥大发雷霆，变身成老虎，张开血盆大口。

金阁与银阁有些狼狈，玻璃门后的亲卫队也吓得肥肉颤动。不过金阁、银阁立刻站稳脚步，抬头挺胸，展示他们身上银光闪闪的内裤。

"你休想再咬我屁股，这是住在长滨的一位铁匠勉为其难做出的铁内裤。要是你一口咬下，保准你牙齿掉光。"

"这点子如何？我哥很聪明吧！"

"就算你想硬扯也没用，就连我自己想脱都没那么容易呢。"

"而且穿着肚子好冷，哥哥和我正忍受着冻肤之痛呢。"

"没错！"

"哥，我觉得危机四伏，情况不妙哦。"银阁想到自己随时有拉肚子的危险，蹙起眉头说。

"老实说，我也是呢。"金阁说完，又急忙说道，"来吧，快说，说你放弃参选伪右卫门。再不快说，有你苦头吃！"

"好啊，我们无所谓。"我们应道。

金阁和银阁一时接不上话，显得手足无措。绞尽干涸的脑汁辛苦想出的办法，竟把自己逼上绝路，这是他们自小改变不了的宿命。

不耐烦的大哥大吼一声，金阁与银阁吓了一跳，赶紧护住屁股。他们的思绪都在屁股上头，以致变身术失了效。澡堂的角落，顿时出现两只躲在铁内裤里的狸猫。

"你们这两个家伙！"

大哥飞扑向前，金阁与银阁钻出铁内裤，连滚带爬地在湿滑的瓷砖地上逃窜。大哥轻轻咬住金阁的屁股，甩头将他抛出，金阁尖叫一声"呀——"飞向空中，落进浴池。红玉老师被溅起的热水淋了满身，咆哮道："真是烦死人了！"看得目瞪口呆的银阁成为下一个目标，和哥哥金阁一样飞向空中。好一幕似曾相识的光景。

大哥收拾了他们两人，朝更衣室瞪了一眼，原本挤满更衣室的男子逐渐缩成了小老鼠，像退潮般消失无踪。看来亲卫队只是徒具虚名罢了。

大哥恢复成少爷模样，从冒泡的浴池里拉起金阁。

"喂，金阁。你不知道浴池的规矩吗？第一，在浴池里不能使用毛巾。第二，不能刷洗。第三，在泡汤前一定要先冲洗身子。突然跳进浴池是不对的，像你这种连泡汤规矩都不懂的傻瓜，当得了京都的狸猫首领吗？"

"可是，是你把我丢进浴池的呢。不是我自己跳进去的。"

"算了，这不重要。你说的秘密绝招是什么？"

"……我不能说。"

"这样啊，不说是吧。"

大哥一把抓起金阁。金阁在大哥头顶尖叫，死命挣扎。

大哥走向蒸汽室旁的冷水池。"再不说，我就把你丢下去，盖上盖子，包你肚子发冷。"金阁护着肚子讨饶："我知道了，我说。我肚子好痛啊。"

金阁在冷水池前坐下。"是关于你父亲的事，你们知道他是怎么死的吗？"

"为什么现在还谈这件事？我父亲是被人煮成了狸猫锅。"

大哥说完，金阁摇着头不怀好意地笑着。

"你不觉得奇怪吗？像他那样厉害的狸猫怎么可能轻易被人类逮住。因为我头脑清晰，老早就觉得事有蹊跷，于是和银阁联手调查，终于被我查了个水落石出。此事一旦对外公开，保证下鸭家从此一蹶不振。"

"到底是怎么回事？"

"伯父被星期五俱乐部的人捕获那天，似乎跟某人一起喝酒到三更半夜，才会醉得不省人事，大意被捕。酒真是要人命啊。不过，那晚和他一起喝酒的人，一直到现在都闷不吭声。这种人我无法饶恕，他应该负起责任，向大家谢罪才对！毕竟他也是狸猫，而伯父是大家的首领呢。”

大哥霍然站起，血气自他脸上抽离。

“那个人是谁，快说！”

金阁抬头看着大哥，高声笑道：

“就是你那没用的弟弟，躲在珍皇寺古井里的矢二郎啊。”

大哥发出一声低吼，将金阁抛进冷水池里。“哎呀！冷死我了！”大哥不理会金阁的哀号，光着身子冲出澡堂。我也随后追去，幺弟跟在后头直呼：“哥，怎么了？”我们变身成不致有伤风化的模样，跳上自动人力车，行经寺町路往南而去，抵达今出川路时，大哥突然停车。

“矢四郎，你回森林去！”他大吼，“待在妈身边！”

幺弟本想说什么，但看到大哥骇人的表情，心里害怕，急忙下了车。将幺弟留在今出川路，我和大哥沿着御所森林往南疾驰而去。

“你为什么留下矢四郎？”

“太可怜了。”

“大哥对矢四郎真好。”

“你错了！”大哥怒斥，“这是为矢二郎着想。”

来到丸太町，自动人力车往东行驶，以惊人的速度奔驰在蓝幽幽的大街。

大哥珍惜的伪车夫发出嘎吱声响，但他不予理会，继续以超乎极限的速度在黑暗中飞奔，路上行人莫不吃惊，但在他们为之哗然以前，人力车已经绕过街角。我们横越鸭川，经过夷川发电厂，奔驰在无人的巷弄。

不久，明亮的祇园逐渐接近，我忍不住把手搭在大哥肩上，但他丝毫没有停车的意思，保持高速冲进夜里满是游客的花见小路。我这才明白大哥有多愤怒，平时的他绝不会在街上引发骚动。我们穿梭在不断尖叫避让的行人之间。

转眼来到了六道珍皇寺。

我们越过围墙，走向古井。井底一片漆黑。

"是矢三郎吗？"井底传来二哥冒泡的说话声，"连矢一郎大哥也来了，真是难得。"

"哥，你最近过得怎么样？"我问。

"我的生活圈子小，没什么新鲜事。毕竟这里是井底。"二哥呵呵笑着，"对了，听说你结束逃亡生活回到京都了，恭喜你啊。"

"你的生活圈虽小，消息倒是挺灵通的。"

"是昨天海星跟我说的。"

"哥……"

"什么事？"

我沉默不语，因为不知该说什么好。身旁的大哥手搭在井边，一脸严肃地瞪着幽暗的井底。

"矢二郎。"

"噢，大哥。听你的语气好像很不高兴，你是来训话的吗？"二哥悠哉地说，"不过我没自信能符合你的期望，毕竟我只是只青蛙。"

大哥手搭在井边，对幽暗的井底说："矢二郎，老爸在世的最后一天，我记得很清楚。那天我和老爸去见洛东[1]的长老们，是坐自动人力车去的，等到事情忙完已近黄昏，我们最后拜访的是祗园的族人。事后，老爸说有个重要约会，叫我自己搭公车回家。不过这件事并不稀奇，因为老爸一向忙碌。老爸送我到东大路，目送我坐上公车，接着他往四条大桥的方向走。他当时的模样我还记得很清楚，那是我最后一次目睹他的身影。"

"大哥。"二哥不安的低语声传来。

"我想问你，你最后一次和老爸见面是何时何地？你还记得吗？刚才，我听到一件不好的传闻，我不愿相信有这种事，才专程来这里问你。只要你说没这回事，这件事就这么算了，怎样？那天晚上，你该不会和老爸见过面吧？你和他一起喝酒了吗？你喝醉了吗？那老爸呢？老爸喝醉后，你弃他不顾吗？你快告诉我没这回事。"

大哥说到一半，闭上眼睛。他双手搭在井边，双脚张开，垂首不语，似乎已经做好心理准备，知道井底会传来什么样的回答。

一阵沉默后，传来冒泡的声音。

"大哥，你没说错。"二哥的声音传来，"是我害死了老爸。"

"啊！竟有这种事！"大哥跌坐井边，"你这个大傻瓜！"

二哥一直是京都最没斗志的狸猫，名声传遍各地。二哥不受人尊重，终日沉溺于扮不倒翁的游戏，可说一无是处。而他唯一发挥

1　京都鸭川以东的地区。

斗志的时候，就是酒席。我父亲也爱喝伪电气白兰，常找二哥上街喝酒。

那天，父亲与大哥分开时说有"重要约会"，指的便是和二哥见面的事。若是平时，父亲不会刻意用这种说法，但那天情况特殊，因为遗传到父亲的悠哉个性、过着闲散生活的二哥遇到了麻烦。

父亲与二哥相约的地点，是木屋町小巷里的一家小酒馆。由于此事不方便让其他人知道，父亲谨慎地挑了一家没有狸猫出入的小店。二楼的小包厢里，父亲与二哥对坐共饮。

当时二哥正为单恋所苦，他向父亲表明心事，请他指一条明路。二哥单恋的对象是只年轻的母狸，但对方已有未婚夫，而那个未婚夫就是我这个亲弟弟。这就是二哥的烦恼。换句话说，二哥喜欢的人，就是我的前任未婚妻——夷川海星。

二哥一直说想告别家人，离开京都。

但那天父亲还是一样反对。

虽然二哥认为对曾经骗过天狗的父亲而言，世上没有事物足以令他害怕。但父亲其实很怕一件事，那就是自己的儿子们四分五裂，甚至彼此憎恨。因为他与自己的亲弟弟夷川早云，便是如此憎恨对方。他不希望同样的不幸发生在自己孩子身上。

"你们是我分出去的四个血脉，一个都不能少。尽管大家把你批得一文不值，但凡事总存在着一种平衡，你也是下鸭家的'秤砣'之一。那些不明事理的人说的话，你不必理会。你们兄弟绝不能分开。"

"可是爸……"二哥说，"我除了继续忍耐，没有其他办法吗？"

父亲思考了半晌后应道："我替你想想办法吧，虽然不确定能成功，但一切都交给我吧。你再忍耐一阵子。"

之后，父亲与二哥决定忘却烦恼，开怀畅饮。

不久，夜已深沉，喝得酩酊大醉的父亲与二哥走出酒馆。两人走在街上，唱着傻里傻气的歌曲，父亲突然命令二哥："来玩那个吧！"

二哥变身成当时震撼京都的"伪睿山电车"，载着父亲疾驰于深夜的四条一带，叫那些沉溺于夜生活的醉汉吓得魂飞天外。二哥嘲笑警察的无能，尽情飞驰。父亲变身成布袋和尚，站在车厢前头笑得圆肚颤动。他们很喜欢这游戏，曾多次这么做，但那是二哥最后一次变身成伪睿山电车。因喝酒而发热的身体，吹着腊月的凉风；深夜的街灯打向自己的身体，折射出耀眼光芒；飞驰的快意、开怀大笑的父亲——这一切二哥都还记忆犹新。然而，他只记得这些光彩夺目的片段，接下来的记忆全都消失无踪。

隔天，二哥在纠之森醒来，因严重的宿醉无法动弹。他完全没想起父亲，就这样在床上呻吟了一天。直到第二天晚上，他才知道父亲彻夜未归。父亲后来的行踪，他也不知道。

那一夜，父亲依旧没有回来。

隔天，我们才知道星期五俱乐部在前一晚举行了尾牙宴。

当知道躺在锅里的是我们的父亲，我们自然哀恸欲绝。但当时的我完全无法想象二哥的心情。这严重的打击，使他一蹶不振。二哥当时想的是——是我将喝醉的父亲丢在街上，他才会落入星期五俱乐部的手中。

我在珍皇寺的古井旁聆听二哥的告白，想起父亲过世后二哥的种种行为。二哥当时完全失去生气，不再喝酒，还说"呼吸真麻烦"，被母亲推下鸭川。他被河水冲走，卡在五条大桥的桥墩下，我还记得抱起他时，感受到一股瘫软、哀戚的重量。然后，他一脚踢开紧抓不放的我们，就此离开纠之森。当时他那严肃、落寞的身影，我永难忘怀。

我和大哥默默聆听他的告白。

二哥从井底传来的声音愈来愈小，几乎快听不见了。

"是我害死老爸的。我就像大家说的，是只一无是处的狸猫，非但没用，还犯下不可弥补的大错。看你们那么伤心，这些话我实在说不出口，但我也无法继续若无其事地待在家里，所以我决定将一切埋藏心底，当一只井底之蛙，从此挥别狸猫的身份。"

不久，二哥轻声呜咽起来。

"我没脸见妈，我没资格当她的儿子。"

回程中大哥不发一语，一直眺望着街上的灯火。

来到出町柳时，我们才想起红玉老师被留在澡堂。

"得赶紧去接他才行。"大哥揉着眼睛，疲惫至极地说。

"不用了。大哥，你回去吧。我去就行了。"

我在出町桥旁让大哥下车，自己坐着自动人力车赶往澡堂。

深夜的澡堂挤满了人，鼎沸人声传到路上。我钻过暖帘，向柜台的妇人行了一礼，走了进去。更衣室里挤满了客人，从学生到老人都有，充斥着体臭、烟味和热气，人类臭味浓郁。

嘈杂的喧闹中，红玉老师顶着一张臭脸坐在按摩椅上，瞪着格子状的天花板，仿佛每一格都贴有鞍马天狗的大头照。老师左手拿柿种花生，右手握啤酒罐，大型壁扇吹乱了他的白发，那模样像极了可怕的妖怪，以致进出更衣室的客人都与他保持距离。他这副模样，倒还保有几分天狗的威严。

我蹲在按摩椅前，老师喃喃地说："你竟然将恩师丢下不管，是要我自己走路回家吗？"

"真的很对不起。"

老师破口大骂，顽强抵抗，我使劲将他拖出澡堂，推进人力车内。

自动人力车静静地在漫长的夜路上行进，我走在一旁。老师穿着棉袄，全身圆滚滚的，像个小孩子。我夸那件棉袄好看，老师回道："很羡慕吧？这是海星送我的。"

"什么？"

"你弃我不顾跑到大阪逍遥的那段日子，海星常来看我。她说天气愈来愈冷了，就送了我这件棉袄。她虽然嘴巴毒了点，做事倒是挺细心的。"

"不管对方是狸猫还是人类，只要是女性，老师就对她们特别好。"

"要你啰唆。"老师说，"……毕竟我只剩这点乐趣了。"

我们一语不发地走着。

寺町路昏暗冷清，感觉永远都走不完。夜空清澈，星光斑斓。我默默地走着，口中呼出白色的雾气。当年在清晨的纠之森，静谧无声的森林里，父亲也一样口吐白色的雾气。那天早上小河的潺潺水声，父亲嗅闻冬日气息的模样，逐渐在我脑海中浮现，但画面已经变得模糊，令我无比落寞。一想起从前，便觉得自己犯下了无法挽回的错。真不敢相信自己过去竟然浑然不觉，我愣在夜色中，几乎停下脚步。

"矢三郎，"老师说，"你怎么啦？今天话特别少呢。"

"我在想我父亲。"

"抚琴？你在胡说些什么啊。"

"老师，不是抚琴，是我父亲。"

"这样啊。原来不是抚琴，是你父亲啊。"老师长叹一声，"总一郎怎么了吗？已经到另一个世界去的人，任凭你怎么想念也没用啊，所以我才说你傻。"

"我才知道，最后和我父亲见面的人是矢二郎哥哥。听说我父亲和二哥一起喝酒，喝得烂醉如泥，因此落入人类手中。"

"他是落入火锅中吧。"

"说得也是。"

"不过，只要活在世上，不论天狗还是狸猫，早晚都会陨落。就连自由飞翔于天空的天狗也有掉在屋顶的一天，这世界就是这么无趣。狸猫掉到火锅里没什么好大惊小怪的，我认为总一郎并没有掉错地方。"

"这我知道。"我口气强硬地应道。

老师也许是不高兴，沉默了半晌，不久他突然温柔地说："总一郎最后见到的人，可不是矢二郎哦。"

我父亲被煮成狸猫锅的那一夜，红玉老师独自在寺町路的红玻璃喝酒。由于弁天一去不归，老师大生闷气，猜想她也许会露脸，便到她有可能会去的几家酒馆游荡。当然，红玉老师并不知道当时弁天人在星期五俱乐部，大啖用我父亲煮成的狸猫锅。

据说就算全京都的狸猫都聚在红玻璃，店内照样不会客满。位处地下的店面一路往内延伸，从未有人到过尽头。愈往内走，空间愈小，最后就像昏暗的走廊一般细窄，墙边摆设着铺有天鹅绒的椅子和木桌，垂自天花板的吊灯投射出昏黄的光线。那里总是寒气逼人，一年四季都烧着炉火，盛传这条走廊一路通往黄泉。

那天店内满是人类以及变身成人类的狸猫，喧闹无比，红玉老师手持酒瓶一路移往深处的座位。弁天不在身旁，老师很不痛快，那些饮酒作乐的人类略微吵闹，老师便无法忍受，直想朝他们吹天狗风。

老师一路走到店内深处，坐在火炉旁取暖，独饮红酒。

店内的喧闹传不到这里，能听见的只有火炉的细微声响，以及不时从深处飘来的神秘祭典音乐。老师觉得曾听过那音乐，好像是刚出生洗产汤[1]的时候听过。那么久远的事，我怎么可能知道。况且我们狸猫又不洗产汤。

老师思念着弁天。当时弁天常不知会老师一声便自行外出，和不认识的人鬼混。老师听说她曾坐睿山电车前往鞍马山，很担心她会上鞍马天狗的当。

正当老师悬着一颗心黯然独酌，幽暗的地上有个毛茸茸的东西闪过。老师"咦"了一声，望向那东西，发现吊灯下一只目光炯炯的狸猫端坐在地，抬头望他。狸猫油亮的狸毛颤动着，老师猜想应该是走廊太冷的缘故。

---

1 刚出生的婴儿第一次洗澡用的洗澡水。

"这不是老师吗？您好。"狸猫说道。

"是总一郎啊。"红玉老师笑道，"这里很冷对吧，要不要喝一杯啊。"

"那我就恭敬不如从命，陪您喝一杯。"

我父亲先爬向桌子另一头的椅子，接着爬上桌，双手动作很不灵活。看我父亲一直维持这种不方便的模样，没有要变身的意思，红玉老师感到不解，便询问原因。我父亲回答："因为我已经无法变身了。"红玉老师在杯里倒入红酒，递给我父亲。我父亲战战兢兢地捧着酒杯，伸舌舔着红酒。不久，他拭去嘴角的酒滴，说道，"这是我最后一杯酒了，谢谢您。"

老师望着坐在桌上的父亲。

"总一郎，你死了吗？"老师问。

"说来惭愧，就在刚才，我被煮成了火锅。"

老师取来我父亲喝剩的酒，一饮而尽。"你竟然干这种傻事！"

"您别这么说，这是每个人都会走的路。"

"所以我才一再告诫你，要胡闹也该适可而止。"

"我毕竟是狸猫，没办法想得那么周全。再说，这也是傻瓜的血脉使然啊。"

接着，父亲提到了许多事。

他谈到小时候向红玉老师学艺的事；后来和弟弟夷川早云交恶，被老师训斥的事；和母亲的相识都是多亏了老师的事；还有惩治鞍马天狗的事，希望四个孩子都能向老师学艺的事，以及希望老师特别关照矢三郎的事。

"老师，一切就有劳您费心了。"

"那小子脾气古怪，那股傻劲和你一个样。不过，他好像傻过头了。"

"的确……不过，我就是欣赏他这点。或许会给您添麻烦，但还是望您多多关照，日后他定能助老师一臂之力。"

"嗯。"

父亲从桌上跃下，对老师说："我也该走了。"

"总一郎，"红玉老师说，"和你分别，我觉得很遗憾。这话我只跟你一个人说。"

"您这么说，我很欣慰。这趟黄泉路，有了很棒的饯别礼。"父亲呵呵而笑，皮毛颤动。

父亲站起身，朝红玉老师伸出毛茸茸的手。老师也弯下腰，回握他的手。结束道别的握手，父亲挺直腰杆，潇洒地说："老师，那再见了。下鸭总一郎先走一步，请您见谅。我这一生虽然曾经惹出许多麻烦事，但过得精彩愉快。如意岳药师坊老师之厚恩，总一郎感激不尽。"

红玉老师目送我父亲踏上那条一路通往另一个世界的长廊。昏暗的长廊上，我父亲油亮的皮毛渐行渐远，终至消失了踪影。老师独自留在原地，啜饮红酒，不久，又传来那奇妙的音乐。那是道别的音乐。

"连到最后一刻都还是那么傻。"老师说，"他当狸猫真是可惜了。"

就这样，我父亲离开了人世。

我送红玉老师回到出町商店街的公寓后，从他房里摸走一瓶红玉波特酒。

我将自动人力车停在出町桥旁，走向鸭川三角洲。天空空阔无云，从北方一路蜿蜒而来的贺茂川与高野川河面映照着市街的灯光，荡漾着迷蒙的银光。寒夜里悄无人迹，我坐在三角洲前端独饮红酒。随着酒意渐浓，头部开始隐隐作痛，我垂着摇摇晃晃的脑袋，低语着："哥哥……爸……"冷风飕飕。

我再也受不了刺骨寒风，决定返回纠之森。

穿过苍翠树林夹道的参道，前方出现神社的灯火。满脸愁容的母亲与幺弟就坐在朦胧的灯光下，他们一看到我便挥了挥手，母亲招手要我快点过去。我走下自动人力车，母亲焦急地问："发生什么事了？矢一郎垮着一张脸回家，什么都不肯说。"

"我们去了二哥那里。"

"然后呢？吵架了吗？"

我什么也没说，走进树林。

我恢复狸猫的姿态，踩着枯叶。母亲和幺弟紧跟在后。

大哥在床上缩成一团，安静不动，但似乎还没睡着。我靠近他，注意到床铺四周弥漫着泪水的气味。我轻唤一声"大哥"，不知接下来该说什么好。大哥依旧缩着身子背对着我，但似乎在听我说话。

"老妈很担心，你好歹说句话吧。"

不久，大哥翻过身来，长叹一声，喃喃地说："妈。"

母亲应了声："什么事？"走近大哥，"怎么啦？"

"妈，你知道吗？"

"知道什么？"

"矢二郎一直窝在井底的原因。"

母亲湿滑的鼻子闪着光，她望向我。我不发一语地点点头。母亲再次将视线移向大哥，沉思片刻。我感觉得出母亲的心就像湖水一样平静。我想，老妈果然早已知情。

"他是我儿子，如果连我都不明白他，他就太可怜了。"母亲说。

大哥蓬松的狸毛不住颤动，没有回应。

母亲靠向大哥，悄声地说："矢一郎，算是妈求你，不要再责怪矢二郎了。"

母亲平静的声音感染了森林冰冷的黑暗，渗进我和幺弟心中。幺弟的鼻子不断在我的背上磨蹭，我的背就像抵着怀炉一样温暖。我和幺弟不发一语，聆听母亲说话。

"我都知道了，我懂那孩子。"母亲反复地说，"你是做哥哥的，就该懂他的心情。"

"妈，我知道。他是我弟弟，我当然懂他。"大哥蜷缩着身子说，"就是因为懂，我才这么痛苦。"

（陆） 夷川早云搞的鬼

父亲死后，栖息于京都的狸猫都说我们四兄弟是"没能遗传伟大父亲血脉的傻瓜儿子"。口无遮拦的狸猫说话有时也挺一针见血的。不过竟说父亲的血脉没人继承，就此烟消雾散，这话听了实在叫人光火。狸猫多少都有股傻劲，说得直接一点，就是这股傻劲证明我们继承了父亲的血脉。我父亲当上狸猫龙头后，傻劲发作得更严重，最后导致他被煮成火锅。

　　母亲曾告诉我们——"你们的老爸是只了不起的狸猫，他一定是挂着微笑，从容地化为一锅鲜美至极的火锅。你们将来一定要成为像他那样的狸猫。"但她也说，"可千万不要自己送上门去变成狸猫锅哦。"

　　因为傻得严重，才更显崇高。我们以此自豪。跳舞的是傻子，围观的也是傻子，既然同样是傻子，那就跳舞吧。我们一直努力跳好这支舞。

　　我们体内流着浓浓的"傻瓜血脉"，但我们从不引以为耻。在这太平盛世下讨生活，我们尝到的一切酸甜苦辣，都是拜这傻瓜的血脉所赐。我们的父亲、祖父、曾祖父以及下鸭家的历代子孙，体内都流着傻瓜血脉，以致有时会忍不住迷骗人类、诱骗天狗，有时自己掉进煮沸的热锅。然而，这不该引以为耻，反而该引以为傲才对。

尽管噙着泪水，还是引以为傲。这关系着我们四兄弟的名誉！

冬日渐深，路旁落叶忙碌地东飞西跑。

选出狸猫一族下任首领的日子迫在眉睫，我大哥终日忙着拜访大佬，在来路不明的秘密地下集会（譬如"夷川早云批斗大会"）发表演说，参与复杂古怪的狸猫一族传统仪式等等，忙得根本没空合眼。

叔叔夷川早云是下鸭家不共戴天的仇人。由于他一手掌控了伪电气白兰工厂，在酒香的诱惑下许多狸猫选择支持早云。但就连这些醉狸也都异口同声地说："一旦早云当上首领，肯定会干尽坏事，四处捞油水。他现在已经吃得一肚子肥油了，不知到时肚子会变得多圆哩。"

这正是大哥的胜算。因为我大哥生性古板，不懂得如何捞油水自肥到令人惊讶的地步。

御所、南禅寺、祇园、北山、狸谷不动院、吉田山，不论哪个地方大哥与早云的支持率都在伯仲之间。而听取多方意见做最后定夺的，是鸭东的长老。他们个个老得不能再老，外形活像黏在坐垫上的棉团。

今年冬天，只要有三只狸猫聚首就一定会讨论的话题有二：

一是首领的选举，二是星期五俱乐部的狸猫火锅。

俗话说"三个臭皮匠，胜过一个诸葛亮"，但对于星期五俱乐部的残暴行径，没人想得出好办法。对京都的狸猫而言，"狸猫火锅"已是定期在岁末上演的天灾。这当然是错误观念，因为星期五俱乐部其实是人祸，但狸猫们却抱持着一种认命心态，浑噩度日。

"人类吃狸猫并没有错。"二哥曾经这么说。

我想他的意思是"合乎天理人情"，问题是我们这些在京都隐藏毛茸茸的屁股度日的狸猫，怎么可能体会得到"天理"这一层面呢。

简而言之，那是因为大家都是傻瓜。

每年岁末，京都的狸猫就会抱持一种乐天的心态认定：我不可能会被吃。一旦有狸被抓去下锅，大家便狸毛颤动，嘤嘤哭泣，但没多久就忘得一干二净。虽然每年都会上演同样的戏码，但族人彻底发挥与生俱来的得过且过态度，一直对眼前的人祸视而不见。尽管如此，还是会担惊受怕，所以有不少狸猫一听到星期五俱乐部的名号，立刻就脱下处之泰然的虚假外皮。你不妨试着在街角大喊一声："星期五俱乐部来了！"必定每只狸猫都会陷入恐慌，倒地装死。

要达到晓悟天命、坦然接受命运的境界，大家还差得远呢。

就连说出这番话的我，也好不到哪里去。

不过，我已经受够这种不抵抗主义了。好歹可以想想办法吧？

我打算前去查探星期五俱乐部的动静。

母亲面带忧色，大哥则说："你别多管闲事。"而幺弟早已吓得簌簌发抖。

178

"我去找淀川先生，向他打听打听。"

"不会有事吧？"

"放心吧，主动深入敌区反而安全。"

我变身成最拿手的萎靡大学生。

百万遍[1]一带到处都是萎靡大学生，没人会注意我。

我走出纠之森，横越高野川。过了百万遍，我依照淀川教授给我的那张皱巴巴的名片找路，他的研究室似乎位于农学院。走进北边的校门，黄色的银杏叶落满一地，随冷风飞舞。我冷得直打哆嗦。这一年的课程即将结束，在校园内徘徊的学生减少了许多，感觉相当冷清。

淀川教授的研究室位于农学院校舍三楼的角落。

我敲了门，走进贴墙摆满桌子的宽敞研究室。中央摆着一张褐色餐桌，上面有个电热水瓶，淀川教授和一名身穿白衣的男学生相对而坐，两人张大嘴巴在啃一截树干。真不愧是对吃特别执着的淀川教授，下午三点的点心时间竟然在啃树干！我佩服得五体投地。但仔细一看，我发现他啃的原来是尺寸超乎点心规模的巨大年轮蛋糕。

"你的点子很有趣，铃木。"教授边嚼边说，"不过，屁用也没有。"

"就是嘛，屁用也没有。如果光是有趣就行，那人生就轻松多了。"

说完，两人相视而笑。

1　位于京都府京都市左京区的十字路口，名称来自俗称"百万遍"的知恩寺。

我出声叫唤，两人这才望向我。教授嘴里塞满年轮蛋糕，发出
"噢"的一声，脸上登时散发光彩。他将一大块蛋糕吞进肚里，朝
我唤道："噢，是你啊！"

"我带那天拍的照片来了……"

"照片？我们拍照了吗？"

"就在屋顶上……"

"啊！那可珍贵了！那可是我和她的珍贵合照呢！"

学生诧异地问："老师，是两人独照吗？难不成是玩火的成人
游戏？不会是不伦之恋吧？"

"铃木，什么是不伦之恋？我是不玩火的。"

"没关系，听不懂就算了。我无意打探老师的私生活，先告辞
了。还有许多屁用没有的事在等着我呢。"

那名学生匆忙起身，将一块年轮蛋糕塞进口中。"再这样下去，
我就得在研究室过年了。"

铃木离开了研究室。

我拿出相簿。

那些照片记录了弁天、教授和我三人共度的那个秋夜；我们从
星期五俱乐部溜出来，在寺町的上空散步。有张照片是淀川教授站
在屋顶上的枫树旁开怀大笑，与脸上挂着慵懒笑容的弁天一同入
镜，那可是连摄影师我都为之陶醉的得意之作。在岩屋山金光坊的
二手相机店打工期间，我也不忘钻研摄影技巧。

教授像个纯情少女般尖叫不断，眼中散发着光彩。

"好美啊！红枫美，弁天小姐更美，简直就像仙女下凡！"

我们聊着那晚的回忆以及弁天的美丽，然后我趁机问他："你

的狸猫锅准备得如何？"

教授蹙眉摇头，长叹一声。"很不顺利，上回明明那么顺利。要是我被俱乐部除名，就太对不起我老爸了。"

星期五俱乐部的成员会轮流大显身手，准备尾牙宴的火锅。不过，这里所说的"大显身手"并非指实际下厨烹煮，而是要取得上等的火锅食材。俱乐部有七名会员，所以每位会员每七年就会轮到一次，得各自绞尽脑汁弄到狸猫。如果这群会员都是傻瓜，京都的狸猫就太平了，遗憾的是，他们个个都是高手。据我所知，星期五俱乐部的尾牙宴，狸猫锅从未缺席。而今年，轮到淀川教授来引渡那只可怜的狸猫。

"吃狸猫实在太不文明了，干脆趁机取消算了。"

"这怎么行。"

"您不是很喜欢狸猫吗？用不着刻意吃这么可爱的动物吧。"

"我不是说过了，就是因为喜欢才想吃。"

"您不会心痛吗？"

"心痛归心痛，但吃还是照吃。因为吃也是一种爱的表现。"

"那，这您怎么看，您不是救过一只狸猫吗？就是回山上时一再回头看您的那只狸猫。如果把它煮成狸猫锅，您肯吃吗？"

"亏你想得出这么残酷的事，你真是个大坏蛋。"教授皱着眉头，"这个嘛……不到那时候还真不知道。"

"看吧，别的狸猫您就吃，这只狸猫您就不吃，如果您真的对狸猫一视同仁地喜爱，就不会允许这种差别待遇。可见，您是个机会主义者。"

"我只说不知道自己会怎么做，又没说不吃，也许我还是照吃不误。况且，爱这种东西原本就不合理，本来就不公平。"

"狡辩！狡辩！"

"我年轻时可是诡辩社的希望之星。不过，这问题确实不容打混带过啊！"教授低语，"话说回来，你为何这么替狸猫打抱不平？"

"老师您还不是一样，为何对星期五俱乐部如此执着，退出那种团体不是很好吗？"

"你别乱说，因为你是学生才能说得这么轻松，成人的世界是错综复杂的，很多事不是表面上看到的那样。"

"看来人类社会的结构还真是千奇百怪呢。"

"有些事还是别知道的好，非知道不可的事早晚会知道，不用知道的事最好别懂。"

"总之，祝您一切顺利。"

"嗯，我会努力的。"

老师虽然这么回答，但眼神飘忽。看来他八成捕不到狸猫吧。

我松了口气。

从乌丸路的商业街转进六角路，再走一小段路，便可来到西国三十三所[1]第十八番札所[2]——紫云山顶法寺，通称"六角堂"。这间寺院远近驰名，不过寺内还有一处名胜，那便是一块呈六角形的石头，人称"要石"或"脐石"。"脐"代表京都的中心，据说昔日

---

1 西国三十三处观音灵地。日本近畿地区一带散在的三十三处作为观音巡礼灵地的名刹。
2 札所，信徒朝山进香时在该寺院或佛堂领取护身符（日文"札"）之处。

桓武天皇在此建都时，是以这块石头作为基点划分街道的，因而有此称号。

"都是一千两百多年前的事了，能信吗？"

说这种话的人如果知道真相，一定会更难以置信吧。

因为这世上根本没有什么脐石。

那顶法寺院内那颗孤零零的六角怪石究竟是什么？其实那并非脐石，而是"伪脐石"，是狸猫变成的。

想必不少人会惊呼一声："怎么可能！"

没错，我小时候也这么认为，心想："那根本就是普通石头嘛！光秃秃的，没半根毛，跩什么跩！"

当时我正值血气方刚的年纪，动不动就发怒，心思像玻璃艺术品般纤细敏感。

那时我还是只天不怕地不怕的小狸，被长辈寄予厚望。有天，我决定夜探顶法寺，用尽方法恶整"脐石大人"。

我从寺町的旧家具店偷了一根孔雀羽毛，替脐石搔痒；接着还放上大冰块，摆上可爱母狸的照片，把叫人垂涎三尺的鸡肉串装盘奉上。这一切纯粹是出自好奇心。我想倘若"脐石大人"真是狸猫，想必会按捺不住，露出狸猫尾巴吧。最后，就在使出禁忌手段——拿烟熏脐石大人的时候，我遭到了逮捕。

我年幼无知的罪行为狸猫一族带来莫大冲击，长老们狠狠训了我一顿，赏了我一记"灼热铁锤"。这四个半世纪以来，从未有幼狸被骂得这么惨。我吓坏了，在床上足足躺了半个月。

当时情景，至今仍历历在目。

我在脐石大人面前点燃松叶，扇着圆扇生火，没多久石头在浓烟的包围下像个布丁般摇晃起来，表面突然冒出褐色的密毛，变成一块蓬松的"坐垫"。后来，看得目瞪口呆的我突然被人用网子罩住，押在地上，以致无缘看到脐石大人的遭遇。

在那次禁忌的恶搞之后，足足过了半年我才获准踏入顶法寺的大门，不过再次看到的脐石大人仍旧像颗普通石头。

还记得那年夏天的某个黄昏，我跪在寺内痛哭流涕地为自己的无礼道歉。

由于脐石大人地位崇高，狸猫一族的首领轮替时必须拜会脐石大人，向他报告。狸猫一族的重要人物也会齐聚于六角堂。

我在附近的便利商店站着看杂志，直到约定的时间将至，才慢慢沿着六角路往西走。街上充斥着冬日清凉的空气，天空一片蔚蓝。我来到位于东洞院路街角的一家咖啡厅，推开店门入内，母亲与大哥已经一脸正经地坐在里头。大哥变身为身穿和服的少爷，母亲则是一身黑衣的宝冢美男子。

大哥似乎等我等得不耐烦，翻起了旧账。"希望脐石大人别生气才好。"大哥面有愠色地说。

"在那之后脐石大人重新受到了大家重视，我想他应该很高兴才是。"

"妈，你想得太天真了。你这样说，又会让矢三郎得意忘形。"

孔雀羽毛和鸡肉串的攻势，都无法让脐石大人举手投降，他耐力极强，否则不可能日复一日都保持石头的模样。但他精妙的变身术反而替自己招来了不幸，在那之前，京都的狸猫表面上尊敬脐石大人，其实是"敬而远之"，心里根本当他是"路边的石头"。不过自从我证实脐石大人是如假包换的狸猫，族人便对他刮目相看，认为脐石大人真了不起，又开始勤于拜访。

"脐石大人被松叶烟熏总算值得了。"

大哥听我这么说，勃然大怒。"所以我才说你没救了，你在六角堂可千万不能说这种话。"

不久，在伪电气白兰工厂实习的幺弟也赶到了。"这么晚才到。"大哥臭着张脸。"对不起。"幺弟道歉。"今天工厂不是放假吗？"经我这么一问，幺弟鼓起腮帮子愤愤不平地说："金阁他们故意找事叫我做，存心整我。"

"原谅他们吧。"母亲温柔地安慰幺弟，"傻人总是做傻事。"

"说得一点都没错。"大哥和我也说道。

全家人达成共识后，纷纷起身，准备出发去六角堂。

在贴有千社札[1]的大门前，挤满了京都一带的狸猫。挤不进寺内的族人就群聚在面向六角路的停车场或钟楼，有的假扮成寿司店送外卖的小弟，有的扮成穿袈裟的和尚、京都圣母女子大学的学生，或外国观光客等，犹如一场变身博览会。

一群身穿西装的男子挡在门前，指挥着想进入寺内的族人。他们手上别着黄色臂章，上头以寄席体字形写着**"夷川家"**。想必是金阁、银阁手下的夷川亲卫队吧，真碍眼。不出所料，当我们一家人准备进入寺内时，他们百般刁难，说是不相信我们变身的模样，硬要我们出示作为下鸭家族的身份证明，简直不可理喻。

1　到神社或寺院参拜时，贴上写有自己名字的木牌作为纪念。原本是木牌，江户时代以后大多改用纸张。

"去死吧你！"母亲喊出她的口头禅；大哥气得青筋暴起，火冒三丈；我不发一语，以身体顶撞男子们的胸膛；幺弟被他们弹开，在地上打了个滚。

"滚回家去！"

"你才滚回家去呢！"

没意义的言辞交锋不断持续，门前益发混乱，好在这时南禅寺的当家赶来，训了夷川亲卫队一顿，这才稳住了场面。

通过大门时，个性温和的南禅寺当家笑着对大哥说："矢一郎先生还真是辛苦啊。"

"让您见笑了。"

"我对夷川家也很头疼，但今天大家还是以和为贵。"

清澈的冬日晴空射下的阳光穿过大楼间的低地，光束的尽头可见六角堂。

向外伸出、威严十足的屋檐下，线香轻烟缭绕，不时被往下刮的冷风给吹散；六角堂前有株高大的柳树，垂柳随风摇曳着。

环顾院内，有人摇晃着身子呆呆望着垂柳；有人模仿地藏菩萨；有人被院内池塘的天鹅紧咬正放声大哭；有人在屋檐下铺好垫子享用便当；有人攀爬覆满青苔的樟树等等，尽显狸猫本色。

坐镇柳树旁的脐石大人依旧悄静无声，狸猫一族的大人物极力摆出一本正经的表情，展现威严。我大哥被母亲推着，拨开人群走了过去。夷川早云抬起头来，瞪着大哥。

我们站在拥挤的院内一角，静观其变。有只鸽子从净手池那里飞来，母亲挥手驱赶。

"真讨厌！别乱拉屎！"

那只鸽子一时不知该往哪儿停，只好飞往他处。

我茫然仰望耸立于六角堂北方的池坊大楼，这栋大楼的北方有一栋面向乌丸路的大楼，名叫"洛天会大楼"。里面所有人都是京都的天狗一族。

大楼屋顶上种有一棵美丽的老樱树，每当春暖花开，便会在乌丸路的商业街撒落花瓣。我第一次与弁天邂逅，就是在那阵樱花雨中。

倚在红玉老师身边欣赏落"樱"缤纷的弁天，还未展露比天狗更像天狗的一面，楚楚动人。如今回想起来，当时的她就像幻梦一场。那时我常代替父亲前去拜访红玉老师，结果我这只狸猫不知分寸地迷恋上半天狗弁天。

"老爸那时很少去找红玉老师，可是他们明明交情不错啊。"

"你和矢一郎不是常代替他去？"

"可是，老师一定觉得很寂寞吧。他想必是碍于面子，才没说希望老爸去看他。"

"红玉老师也真是的，谁叫他要带弁天大人回来，你老爸最怕她了。"

"我倒觉得那时候的弁天大人很可爱，没想到像老爸这么厉害的狸猫竟会怕她。"

"有件事，现在应该可以告诉你们了……"母亲说，"其实红玉老师曾带弁天大人来过森林，结果你老爸突然无法变身，不管他怎么试都没用。似乎是因为弁天大人在场，他不安得无法变身。他可是京都变身术最厉害的狸猫呢。"

"这我倒是第一次听说。"

"我对你们都没提过，知情的只有红玉老师和弁天大人。"

"就像老妈会因为打雷而原形毕露对吧？"

"于是你老爸决定不再和弁天大人见面。那时红玉老师整天将她带在身边不是吗？"

"所以他才会派我和大哥去是吗？"

"就是这么回事。"母亲长叹一声，"尽管老师会寂寞，但那是他自作自受，我想你老爸一定比他更难过。"

一支吹着金色喇叭震天价响的队伍，穿过寺门而来。

走在队伍中央的，是接下我父亲位子、掌管狸猫一族的大狸猫——八坂平太郎。

他一直处心积虑地想将伪右卫门的位子推给别人，一心希望到悠闲的南国旅行。身上那件与冬日天空极不搭调的夏威夷衫，一再强调了他的主张。他之所以一副若有所思的模样，是因为他的心早已飞离狸猫一族在南国的沙滩上奔跑，满心幻想着没入海平线的夕阳、扑向岸边的浪花，以及嬉笑着互掷椰子的年轻男女。

继平太郎之后，小心翼翼地被安置在松软坐垫上的长老陆续被抬进来。这些长老错过了与这世界道别的时机，甚至丧失了变身的能力，却得以从狸猫的桎梏中解脱，恣意享受毛球生活。我们以毛球之姿来到这世上，老了之后又变回毛球。想起其间的变化，不禁觉得寓意深远，不过也可能毫无意义可言。

"关门！"

为了排除闲杂人等，夷川亲卫队关上大门。

一群狸猫摩肩接踵地挤在狭窄的院内，没事发生才怪。

结果开会前就闹出一场骚动。院内一只鸽子开了个玩笑，将一颗毛球叼在空中，负责扛坐垫的族人们紧张得大呼小叫，以致其他六颗毛球也纷纷滚落地面。众人合力捕捉那只鸽子，从它嘴里抢回长老，不过当事人倒是若无其事地说："我没事，我没事。"真不愧是长老。话虽如此，要将长老们重新安置好可一点都不容易，因为他们全都一副毛球样，根本分不清谁是谁。

院内好不容易恢复平静，一身夏威夷衫的八坂平太郎站到了脐石大人面前。大哥和早云就座，长老们围着他们两人而坐，外围则挤满了其他狸猫。

"请肃静。"

八坂平太郎拍了拍他的圆肚。"会议即将开始，会议开始前，要先感谢紫云山顶法寺的各位精心安排这场盛会，也要向百忙之中抽空莅临的长老们致谢。此外，承蒙脐石大人惠赐训词，我将在会议开始前朗读，诸位请起立。"

院内狸猫纷纷起身。

"'天候日渐转凉，小心风寒。风寒乃百病之源！'谨此。"

院内众狸猫一同行礼后就座。

八坂平太郎向脐石大人行了一礼后，环视院内族人。

"回想前任首领下鸭总一郎，他的骤逝为我族造成了前所未有的冲击、前所未有的损失，那叫人肝肠寸断的思慕之心至今未曾稍减，此刻齐聚此地的诸位，想必亦是心同此念。下鸭总一郎是绝无仅有的伟大狸猫，是我族的典范。像在下这种平庸之辈，有幸代为掌管伪右卫门一职，委实戒慎恐惧。在下之所以能够勉强任此重责，全因有今日莅临的诸君，以及京都里里外外各方人士的支持。
在此深表感激。"

掌声如雷。

平太郎轻咳几声，朝我大哥和早云使了使眼色。

"本次，下鸭矢一郎以及夷川早云两位将竞选新任伪右卫门，
在此正式向脐石大人报告。"

我大哥和早云站起身，互瞪一眼，然后朝院内族人鞠躬。顿
时，吆喝声和口哨声四起。平太郎往肚子上使劲一拍，大喊一声：
"肃静！"

接着，大哥与早云朝脐石大人深深一鞠躬，移步向前，轻抚一
下脐石大人。

掌声四起。

大哥与早云退回位子，平太郎露出满意的笑容。

"这么一来，我们已经向脐石大人报告了此事。关于今后的行
程，想告知各位几件事，征询各位同意。首先，长老会议计划于
十二月二十六日晚上，在木屋町的仙醉楼举行。各位可有异议？"

院内狸猫不置可否。

"那就视为没有异议了。接下来还有件事，依照惯例，在决定
狸猫一族首领时会邀请鞍马天狗大人莅临出席，担任见证人。但
原本预定出席的鞍马帝金坊大人突然派人前来告知，说肚子不太
舒服，不克出席。我提议请其他天狗大人出席，帝金坊大人便说：
'那就让药师坊去吧。'因此，此次希望邀请如意岳药师坊大人担任
见证，各位有异议吗？"

许多族人面露不解，但仍无人提出异议。

平太郎颔首。

"那就当作一致同意。那么，长老会议就定于十二月二十六日晚上，在木屋町仙醉楼举行。当天会邀请如意岳药师坊大人莅临。谨此。"

院内鸦雀无声。平太郎一脸困惑地看着不肯离去的众人，过了好一会儿才猛然回神，重新宣布：

"今天就讨论到这里，散会。"

院内狸猫顿时浪潮般依序拜倒，礼毕后大家热烈地展开议论。

市内红枫几乎散尽，从盆地远望群山，净是红橙两色，看起来柔软蓬松。尽管群山显现暖色，但街上却日渐转寒。鸭川三角洲上的松树也为了因应京都的冷冽寒冬，由人们在树干缠上草席。

望着那些松树，我想起每次大哥一自暴自弃就会四处拆除树上的草席。身为下鸭家的当家，喜欢对没用的弟弟"训斥激励"的大哥，有一段时间曾沉溺于这种徒劳的坏习惯。对被连累的松树来说是灾难；对我也是灾难，因为我得重新将草席缠妥。

选定伪右卫门的日子就定在十二月二十六日，正好是我父亲被煮成狸猫锅的日子。

随着那一天的到来，母亲益发显得紧张不安。

尽管在我的劝解下，她到加茂大桥西侧的台球场散心，但始终提不起劲。就连我拿宝冢的照片给她看，她也只是随口虚应一声。只要大哥和幺弟离开森林，她就担心他们是否能平安归来，我离开森林的时候也是。

　　某天，幺弟迟迟未返家，我和母亲在下鸭神社的参道上来回踱步，等他回来。母亲脖子上还挂着手机，因为幺弟离开工厂前曾打了通电话回来，后来便没了消息，已经过了很长的时间。

　　"好在矢二郎是只井底之蛙。"母亲望着参道入口说。

　　"为什么？"

　　"因为青蛙不必担心被煮成狸猫锅啊。如果矢二郎不是青蛙，我又得多替一个人操心，那我一定会发疯的。"

　　"干脆叫矢四郎别再去工厂见习了。就算没钱，生活照样能过啊，毕竟我们是狸猫。"

　　"这怎么行！"母亲甩着尾巴生气地说，"是你老爸特地拜托人家让他见习，我不能为了自己方便就撤回这项决定，再说要是半途而废，一定又会被夷川家的人冷嘲热讽，光想想就不甘心。况且，真是那样的话，谁来出钱替我买宝冢的戏票啊。"

　　"这点小忙我还帮得上，我手上还有一些在相机店打工的薪水。"

　　"不过，矢四郎说了，要是半途而废他会很不甘心。"母亲笑眯眯地说，"真叫人敬佩。"

　　"他不会永远都是小孩。不过，换作我，要在金阁和银阁的工厂上班，三天都受不了。"

　　"你老爸也明白这点，才没要你去工作。不过你也别再成天游手好闲，好好学习吧。好好学习，顺便赚钱，替我买宝冢的戏票。"

　　"可是妈，你最近不是很少去看戏吗？"

　　"现在可不是看戏的时候，我打算等过年后再去。"

　　这时幺弟出现在参道入口，跑了过来。

　　母亲长长吁了一口气。

大哥这阵子早出晚归，也让母亲担心不已。也许是感应到十二月二十六日是人生关键的一天，大哥秉持着绝不放弃的精神东奔西走，做足准备工作。母亲担心他的身体，便带着我和幺弟到商店街的杂货店采购了一大堆提神饮料，逼着大哥喝下去。

"妈，喝这么多会流鼻血的。"大哥哀号讨饶，"我喝不下了！"

"流鼻血正好。"母亲在他面前摆满了提神饮料，强词夺理地说，"毕竟现在是关键时刻啊！"

冬至那天，一早便下起蒙蒙细雨，将京都街头染成灰蒙一片，让人屁股发冷。

尽管狸猫长着密毛，还是拿冬雨没辙。大哥和幺弟一早便出门去了，但我可没那么勤劳，这种天气还在路上走弄湿屁股，实在愚蠢之至，窝在雨淋不到的树下打发时间，方是明智之举。

我钻进枯叶里，吃着大福，全心保护自己的屁股不被淋湿，这时母亲突然叫我。

"刚才矢一郎打了通电话给我，要你去一趟红玉老师的住处。"

我将身体深深埋进枯叶中。"我很忙，走不开。"

"你只是在替屁股保暖不是吗？"

"妈，屁股发冷是百病根源啊。得好好保暖才行！"

"听说红玉老师不愿出席伪右卫门的决选会议，又在闹别扭了，让众人伤透脑筋。"

"说要请老师出席的是八坂先生，我还以为他早安排好了。"

"才不是呢，那是临时决定的事。大家都很头疼，跑来拜托我，认为老师或许肯听你的话。"

"他们就是这样，有需要时才给我戴高帽！我和老师的关系又没那么好。"

"我说了会马上叫你去，你就去吧，快点！"

母亲吹走枯叶，把我踢出树下。狮子会将孩子推入深谷，狸猫则会将自己的孩子从温暖的枯叶床铺中踢向冬日的寒雨。生为畜生道，真叫人无可奈何。要是我继续发牢骚，母亲一定会扬脚踢我屁股。

"我知道了，我去总行了吧。"

"真受不了你。你大哥伤透脑筋，你却在这里悠哉地暖屁股。"母亲气冲冲地说，"顺便到出町商店街买提神饮料回来，要给矢一郎喝的。"

我向舒服的床铺告别，从纠之森走向出町商店街。

我走上葵桥，望向北方，远山覆满仿佛棉花拉成的白云，灰色河水在桥下滚滚而流。我小心地握好伞，尽可能不让屁股淋湿。

信步走出雨声淅沥的出町商店街，我转进巷弄。公寓前，一群族人从老师房里一路排到外头的楼梯，挤得水泄不通。这群狸猫虽然都经过变身，但一次跑来这么多，老师一定很不开心，原本谈得拢的事这下也谈不拢了。我朗声唤道："大家好，我是矢三郎，抱歉来迟了。"族人间一阵哗然，你一言我一语地说："噢，是矢三郎来了。"

我拨开众人，爬上阶梯，走进老师狭小的房间。

红玉老师穿着泛黄的内衣背对我，盘腿坐在四叠半大的房间内，瞪着挂轴拔鼻毛。房间摆满了狸猫们献上的红玉波特酒，以酒瓶为分界，从厨房到玄关挤满了狸猫大人物，个个低头叩拜。

"啊，失敬。"

"别踩、别踩，矢三郎。"

我不小心踩到的人，原来是我大哥。

"大哥，情况怎么样了？"

"各种方法都用尽了，刚才又补上了一些礼品，已经无计可施了。老师该不会是想把我们榨干吧？"

这时红玉老师开口道："我听到喽，矢一郎。"大哥大吃一惊，又拜倒在地，其他狸猫则不约而同地退向玄关。我压低身子前进，端正地跪坐在门槛前。

"老师，下鸭矢三郎拜见。"

"你来干什么？我又没叫你来。"

"您就别闹别扭了，就当作参加尾牙宴，去露个脸如何？"

"少啰唆。难得的好酒要是掺进了狸毛，我可是会没命的。"

"其实您很开心吧。"

"什么！"

红玉老师一脸通红地转过头，原本挤满厨房的狸猫纷纷像退潮般逃逸无踪，只留下我一人。就连大哥也夹着尾巴逃走，真是没用。不过老师八成是想起先前想在房里刮天狗风，结果只是白白浪费卫生纸的难堪往事，所以他只是瞪着我，并未发飙。我也没有刻意变身成牛，白费力气。

老师暗哼一声，又转头面向挂轴。

房里悄静无声，除了滴答雨声什么也听不见。我默默望着老师微驼的后背，泛黄的内衣下透着凹凸的脊骨。

不久，老师点了根烟，吐出浓烟，抱起一旁的不倒翁，语气平静地说：

"矢三郎。"

"在。"

"去帮我买棉花棒。我耳朵一痒就烦躁，很想吹起旋风。我是说真的哦。"

"我明白了，我立刻去准备。"

"为什么我非得参加你们狸猫的会议？"

"请您务必出席！若无老师的莅临，会议便无法召开，京都内外的狸猫都在等着聆听老师训话呢。"

"我看是鞍马嫌麻烦，把这工作推给我吧。"

"坦白说，确实如此。"

"我猜也是。"老师抱着不倒翁装哭，放了个响屁，"意思是，选定狸猫首领这种无聊工作正适合我对吧，鞍马那群小鬼竟敢将这种工作推给我，我从前可是一手掌控国家命运的如意岳药师坊啊！你们也一样，只是想趁机利用我罢了。随便找一位天狗，保住面子，解决燃眉之急。你们就是打这个算盘对吧？你们当中，有谁是真的尊敬我？你说啊？你们哪个不是在毛茸茸的肚子里暗中对我吐舌头？"

老师说到这里突然住口，垂首不语。

老师过去是否真能操控整个国家的命运，这句话得打个折扣，就连他是否能操控鸭川以东的命运，都让人怀疑。

我跪着移膝向前。

"人称如意岳药师坊的大天狗，岂需要毛球的尊敬？老师的威风岂是因为有狸猫的尊敬？您是因为受人尊敬才如此威风吗？应该不是因为这种无聊理由吧。因为是天狗，老师才如此威风，就算狸猫和人类对你吐舌头，您还是毋庸置疑的伟大天狗，不是吗？"

老师抱着不倒翁，沉默不语。

"刚才您说的话，矢三郎会埋在心中守口如瓶。"我说，"所以就请您全忘了吧。"

老师暗哼一声。"叫他们备好酒等着，我如果兴致好就会去。"

我想老师一定会来。我在毛茸茸的肚子里暗自吐舌头时，老师轻抚着不倒翁说："矢三郎，你一定在想我绝对会去，对吧？"

"不愧是老师，您猜到了吗？"

"你们这些毛球的想法，我早就了然于胸。真是一群傻瓜。"

我拜倒在厨房的地板上。

结束与老师的交涉，一走出去族人便成群涌上，暗暗吞着口水等候结果。众人问道："如何？"我回答："老师答应了。"那些大人物松了口气，你一言我一语地说："真是累人啊。""这下终于准备妥当了。""太好了。"

大哥拍拍我的肩说："干得好。不管多没用的狸猫，也是有优点的。"

"这话太失礼了吧！"

屁股被冷雨淋湿时，就该好好泡个热水澡。

今天是冬至，澡堂提供柚子澡，我真走运。

离开红玉老师的公寓后，我前往澡堂，泡进浴池。

光线从头顶上的玻璃窗投射下来，我望着满含柚子香的热气形成旋涡，专心地泡热屁股。大哥说只要闻到柚子味就会打喷嚏，不泡柚子浴。也因为这样，尽管他爱摆架子，还是不顾体面经常服用浅田饴[1]。我之所以不会感冒，就是因为每年都认真地勤泡柚子浴，但大哥每次都拿"傻瓜不会感冒"这种迷信当例证，令人听了就有气。

趁着澡堂没人，我恢复原形在浴池里漂荡，让屁股浮出水面，装成柚子。每次这样玩乐，便觉得屁股外面的世界一切太平。每次发生大事前，我都有这种感觉。

我父亲往生极乐后，与夷川家的纷争因为争夺伪右卫门的宝座而逐渐白热化，如今终于来到了最后阶段，但我已经有些厌烦了。狸猫是喜爱天下太平的动物，特别是泡在热水中的时候，就像满出浴池的热水，对天下太平的热爱也满溢而出。至于狸猫一族的天下太平是什么？其实不过就是躺在鸭川的河堤上望着蓝天发呆，原本应是唾手可得才对。

对现代的狸猫而言，有谁真的是以当上伪右卫门为目标的？狸猫生活不受拘束，随心所欲；至于伪右卫门的生活，每次一有纷争，都得不分昼夜赶赴现场发号施令。将两者置于天平的两端，圣洁正直的狸猫总会扪心自问——"伪右卫门这称号的确响亮，但值得为它舍弃安逸的生活吗？"

而我大哥为了取得那无人渴望的宝座，陷入了选战的泥淖。但他只有一群没用的弟弟，所以只能孤军奋战，实在很可怜。于是我

---

[1] 江户时代一位名叫浅田宗伯的汉方医师研发的喉糖，以"良药甘口"为推广口号，流传至今。

作了首歌替他加油，权当赎罪。

　　　　要是能当伪右卫门就好了。

　　　　矢一郎今天也一样卖力。

　　　　虽然紧要关头不中用，

　　　　但为了京都的狸猫，

　　　　他上刀山下油锅也不怕。

"这什么无聊的烂歌啊！"

我离开浴池，一面高歌一面刷洗身体，女汤那头突然传来泼辣的叫骂声，令我大吃一惊。

"原来是海星啊，你也来这里悠哉地泡屁股吗？"

"别跟淑女谈论屁股的事，你这个色鬼！"

"你要是不想感冒的话，就得保护好屁股，别让它受寒。"

"不必你唠叨。"

喧哗的泼水声传来，看来她正在浴池泡屁股，一时间女汤不再传来叫骂。除了海星，似乎没有其他客人，四周悄静无声。我洗完身体又回到浴池。男汤里狸一只，女汤里也狸一只，两只狸不发一语地泡在浴池里。海星泡进不断冒泡的超音波浴池以增进健康，她轻声哼起歌来。

"好舒服的澡啊，啦啦啦。"

"好舒服的澡啊。"我也说，"柚子浴也很棒。"

"没错。"海星难得坦率地回答。

"好久没来看脐石大人了，他还是石头的模样。那么长的时间，他竟然能一直保持石头的模样，真不简单。"

"如果是你一定办不到，肯定马上穿帮。"

"我有心就办得到，我有自信不会输给我大哥和我妈。像我这么不容易穿帮的狸猫，可说是提着灯笼也找不到。"

海星嗤之以鼻地笑道："对了，记得你曾火烧脐石大人，真是过分！"

"不是烧，是熏。"

"还不是一样。"

"过去的事就别再提了。对了，上次在六角堂可不得了，长老居然被鸽子给叼走了。"

"我早知道了。"

"你不是没去吗？"

"傻瓜，我也在啊。我藏在樟树上。"

"真叫人吃惊，你到底打算什么时候才露面啊？"

"谁要让你看啊。"

"要是你肯到男汤来就好了。"

一块浑圆的肥皂越过男汤和女汤的隔板，飞了过来。我迅速把脸盆扣在头顶，展开防御。等女汤的肥皂全飞进了男汤，海星也发完飙了，她又悠哉地继续高歌："好舒服的澡啊——"

"下星期就要决定伪右卫门的人选了，这一天总算要来了。"

"矢一郎先生一定无法当上伪右卫门，我向你保证。"

"为什么？"

"因为他才干不够。"

我让屁股浮出水面，沉默不语。

"请转告矢一郎先生，请他多加小心。"海星又说，"我是为了他好。"

"干吗，那对傻瓜兄弟又打什么坏主意了吗？"

"别骂我哥傻，你这臭毛球。……不过，确实是这么回事。"

"反正也不会是多了不得的计划，不过还是谢谢你告诉我。"

海星叹了口气。"我那对傻瓜哥哥手法愈来愈细腻了，他们使了很多奸计，不让我知道。要是太小看他们，有你苦头吃的。"

"哼，那两个家伙。"

"矢三郎，你可别变得像天狗一样得意忘形哦。"

"我哪会变成天狗，我是狸猫啊。"

"……还有一件事。"

海星说到一半，突然闭口不语。她将脸盆翻面敲打，传来一阵叩叩叩的悠哉声响，回荡在挑高的天花板上。等了许久，一直没听到她说下去，我唤道："怎么了？"

"对不起。"

我那位从未现身的前未婚妻，确实这么对我说了。

自有记忆以来，我这位前未婚妻从未说过半句展现婉约柔情的话，此刻她的话令人费解。与其说费解，不如说是诡异。尽管我追问不休，海星始终像不倒翁般默不作声，等我发现时她早已离开女汤。我在天色渐暗的冬日晴空下追了上去，可是那只泡完热水澡的母狸已没入薄暮幽暗的小巷，消失了踪影。

接下来好一阵子，海星自我眼界中消失。

　　不，她根本没在我面前现身过，所以应该说：她好一阵子没跟我说话。

　　圣诞节将至，街上愈来愈热闹，我在街上徘徊，到鸭川桥下、黑暗的巷弄深处、旧家具店的日式衣柜里找寻海星的踪影，但遍寻不着。她在女汤里声似叹息地说的那句"对不起"一直萦绕在我心中，叫我愈想愈不对劲。我暗忖：那绝不是普通的道歉。可是那又代表了什么呢？我百思不解。

　　不久，圣诞夜来临。

　　没人规定狸猫不能跟着人类一起庆祝圣诞节。再说，我族狸猫最喜欢像圣诞节这种无来由喧闹的节日了。母亲负责准备圣诞蛋糕，我到肯德基买炸鸡，幺弟去鸭川沿岸的家用品中心买灯饰。

　　当夜幕笼罩纠之森，幺弟使出浑身解数让电流贯通灯饰，缠在枝丫上的五彩灯泡开始闪烁。

　　"真厉害。矢四郎的这项特技得好好发展才行。"母亲感佩地说，幺弟露出骄傲的神情。

　　这时，大哥返家。伪右卫门的决选会议就在后天。大哥皱着眉头说："这么重要的时候你们还……"我告诉大哥，这是为了祈求他选举胜利而办的，说完狂放拉炮，好阻止他反驳。

　　狸猫很爱吃炸鸡。根据统计，在京都肯德基出入的客人当中有一半是狸猫。就连臭着一张脸的大哥一见炸鸡也眉开眼笑，在幺弟点亮的灯饰下，我们手舞足蹈地大啖炸鸡。

　　"我一定要继承老爸的衣钵。"吃完鸡肉大哥顿时活力百倍，反复如此说道，"可恶的早云，你看着好了！"

　　"你要小心星期五俱乐部哦，千万不能喝醉酒在外头闲晃。"

"我知道，妈。"大哥昂然挺胸。

对方愈是抗拒的事，我就愈想做。

结束毛茸茸的圣诞派对后，我决定送圣诞礼物去给红玉老师。我在一乘寺的古董店买来一根顶端装饰了小酒瓶、造型特殊的拐杖，要是酒瓶里有红玉波特酒就更完美了。其实我原本打算送他那把已被弁天遗忘的风神雷神扇，可惜找了好几个月仍一无所获。

我前往老师住处时已是夜阑人静时分，出町商店街的店家都已拉下铁门，只有酒馆继续营业。我将细长的礼物夹在腋下，快步前行。

桝形住宅的公寓大门并未上锁，这位独居的天狗实在太大意了。

走进里头，发现被杂物堆掩的房间里闪烁着五彩的缤纷灯光，缠满灯饰的圣诞树摆在房间角落，一点都不像是天狗的住处，更不像一位自诩曾掌握国家命运的大天狗的住处。红玉老师盘腿坐在塑胶制的圣诞树前，抱着不倒翁喝得烂醉如泥。红、蓝、黄三色的灯泡轮流闪烁，映照着老师愁眉苦脸的表情。他独自布置圣诞夜的装饰，一个人干了三瓶红玉波特酒，心里一定很寂寞，其实他大可邀我来啊。

"老师、老师，"我出声叫唤，"这棵树是哪来的？"

老师不耐烦地抬起脸，擦着口水，一对醉眼四处游移。"不知道。"说完他又垂下头去。看来根本谈不下去。

我铺好棉被，将瘦弱的老师塞进被窝里。

"用不着你啰唆。"老师低语，"你不必管我。"

"我能放着你不管吗？"

我将不倒翁塞进被窝，老师立刻紧紧抱住。他肯定梦见了心爱的弁天的那对美臀。他虽是我的恩师，但好色程度实在叫人不敢领教。

我扮演毛茸茸的圣诞老公公，将礼物放在老师枕边，正准备离去，大门伴随细微的声响打了开来。随着冷风飘进屋内的，竟是弁天。她已经喝醉了，泛红的双颊美艳无比，手上还拎着一个礼盒。她发现我在场，嘴角轻扬地说："啊，我喝醉了！"

她看到房里熠熠生辉的圣诞树灯饰，惊呼了一声："哎呀！"然后坐在熟睡的红玉老师身旁，盯着闪烁的灯饰。她合上眼，就像在感受五颜六色的彩光照在脸上的触感。灯泡如同烧尽般瞬间熄灭，一个呼吸后又再度亮起。每当灯光亮起，她光滑犹如陶瓷的脸蛋便自黑暗中浮现。

"真叫人怀念，这是我买的。"

"原来如此，我正纳闷老师房里怎么会有圣诞树。"

"那是好几年前的事了，我很喜欢圣诞节。"

"我们狸猫也喜欢。想尽情狂欢，就得靠这种没来由的节庆才有意思。"

弁天拿起圣诞树下的包裹。"这是什么？"

"我送红玉老师的礼物，一根漂亮的拐杖。"

"真是大方呢。……没有我的礼物吗？"

"没有。"

"为什么？"

"弁天大人应该没有想要的东西了吧？您想要的应该都到手了吧。"

"竟然这么说，好过分。我真的想要的，一个都得不到。"

"才怪！"

弁天猛然起身，拿了一瓶堆在厨房角落的红玉波特酒。她把酒倒在两个茶碗里，递了一碗给我。心爱的弁天就在身旁，红玉老师却皱着眉头，一脸严肃地蜷缩在饱含湿气的棉被里。睡觉时总该放松一下，别再皱眉了吧。弁天一副陶醉的神情，悠哉地喝着红玉波特酒。

"真冷，年后应该马上就会积雪。"

"有时到了一二月才会积雪。"我说。

"只要一下雪，我便寂寞得紧。"

"弁天大人明明没什么烦恼，还说这种话。天下无敌的弁天大人说这种话，是没人会同情的。"

"人类和狸猫或天狗不一样，夜里常会百感交集，思绪万千。"

"狸猫也一样啊。"

"人的沉思不是狸猫能比拟的。"

"就当您说得对吧。"

"……告诉你，我被老师带来这里之前，住在山的另一头，一个大湖的湖畔。山的另一头常下雪呢，你知道吗？一定是冬将军在山的另一头下了太多雪，等来到这边时雪已经下光了。"

"是这样吗？"

弁天轻抚着红玉老师的白发，说道："我家四周的干涸农田和青翠竹林都被白雪给掩埋了，万籁俱寂，我欣赏着雪景散步。来到湖边，湖畔也堆满了雪，雪地上不见足迹，没有半个人，只有眼前一望无垠的大湖，给人冷彻肌骨的感觉。我觉得好孤单、好寂寞，但又忍不住挑没人的地方去。其实，我根本不知该何去何从，脑子里一片空白。在那之后，每当我寂寞，就会想起那幕景象，以及走在雪地中的自己。因为每年看着那样的景色都觉得寂寞，一年一年过去，寂寞与雪景在我心中已经合二为一，我的心也变得无比冰冷。很诗意吧？"

"弁天大人，您住在山的那头时不是也有家人和朋友吗？"

"那是两码事，你们狸猫不会懂的。"

"我也不想懂。要是屁股被冰雪冻着了，我可伤脑筋了。"

"你想不想尝尝那种孤单的滋味？"

"不必了，孤单的狸猫是活不下去的。"

这时，我想起身上有弁天的照片，就从口袋取了出来。"对了，这个当作圣诞礼物送你吧。"

弁天望了照片一眼。"哎呀，是淀川老师啊。不过我才不要这种照片呢。"

"别这么说嘛。我拍得很棒呢，技术不错吧？"

"我都说了不要。"

棉被里有动静，红玉老师从背后窥望我们手上的东西。"那是谁？"他睡意浓浓地咕哝问道，"弁天，你和这种人交往吗？真是可悲啊。"

"哎呀，老师，莫非您吃醋了？"

老师想从背后一把抱住弁天，但她闪了过去，迅速起身。老师将肮脏的棉被当披风披在身上，窝囊地说："再待久一点嘛。你这么久没来看我了，难道就这样走了？"

弁天指着搁在厨房餐桌上的礼盒。"我带派对的礼物来给您，今晚请容我告辞。"

"偶尔也在这里过夜嘛。"

"哎呀，怎么好意思给老师添麻烦呢。"

"什么话！说什么添麻烦！有了，来庆祝圣诞节，我送你礼物，嗯……我有什么宝贝呢？风神雷神扇……已经给你了。等等！等等！我找找看！我应该还有宝贝才对。"

"老师，您应该什么都不剩了。"

弁天如此说道，红玉老师瞪大眼睛回望她，然后说："你说得对，我已经没东西可以给你了。"

"那我走喽。"弁天手按着门把，朝老师回眸一笑，"吃醋的时候请别呛着哦，要是老师吃醋呛死了，我会寂寞的。"

留下这句话，她消失于门外。

伪右卫门决选之日。

也是我父亲的忌日。

换言之，就是我们恨之入骨的星期五俱乐部尾牙宴之日。

那天，我早早起床。阳光尚未射进纠之森，四周仍是一片昏暗。家人似乎还在酣睡，不时传来细微的鼾声。我已无心再睡回笼觉，爬出被窝，一接触黎明冷冽的空气，鼻子便一阵刺痛。四周幽静无声，连鸟鸣都没听到。

我穿过朝雾弥漫的森林，来到小河边。我以为今天我起得最早，对此扬扬得意，踩着枯叶，沿着小河，竟意外遇见坐在地上的大哥。大哥似乎正在整理思绪，只见他挺直毛茸茸的背脊，双目紧闭。我走近时，他的耳朵微微动了一下。"是矢三郎吗？"他意外地说，"真是难得啊。"

"大哥，你今天也起这么早啊？"

"傻瓜，我每天都起这么早，锻炼精神力。因为你总是睡到日上三竿才不知道。"

我坐在大哥身旁聆听小河的潺潺水声，然后保持心情平静，屏除先入为主的观念，仔细嗅闻。清净的冷空气中，掺杂着一丝父亲的气味。从远不如父亲的大哥身上，我闻到和父亲相似的气味。想起从前和父亲一起走出纠之森，嗅闻冬日气息的往事，心中突然一阵凄楚，我忍不住轻声呜咽。

"伪右卫门得一肩扛起狸猫一族的未来。"大哥突然如此说道。

"喂喂，大哥，才刚起床，你就这么正经八百。"

"被推选为伪右卫门的狸猫，必须肩负起这项重责大任。我一直以自己的方式在努力。"

"是。"

如果是红玉老师出生的年代，大哥这番话还说得过去。然而，拜人类文明开化之赐，狸猫一族的文明也随之开化，威胁狸猫的天敌和战乱也从世上消失，除去大啖狸猫锅的邪恶饕客集团"星期五俱乐部"与交通事故，已没有事物威胁狸猫。族人得以悠哉度日，不再需要伟大的"首领"。真正替狸猫一族的未来忧心，想将一切希望托付给伪右卫门的狸猫，已经打着灯笼也找不到了。大家都认为，未来不必刻意规划，只要顺其自然，命运便会自动走往该去的方向。我大哥口中的伪右卫门，是过去的伪右卫门，是他心目中的理想形象，而那，像极了生前的父亲。

"大哥，你的志向很远大。"我朝小河吐着白烟，"理想愈远大愈好，可是……"

"够了，你什么也别说。"大哥落寞地笑出声，"我知道你在想什么，你应该也猜得到我的心思吧。我也许真是傻瓜，也许我只是单纯崇拜老爸，就像叔叔所想的那样。对狸猫一族而言，伪右卫门或许已是无关紧要的角色，但我想成为老爸那样伟大的人物，为了实现这个梦想，除了当上伪右卫门还有其他方法吗？"

我们沉默半晌，坐到屁股都冷了。树梢传来阵阵鸟啭。

"大哥，你每天早起都在想这些事吗？"

"嗯。"

"偶尔睡个懒觉也不错啊。"

"或许吧。"

"总之，你今天得格外小心。"

若未前往仙醉楼，与长老们一同列席，便会被视为弃权。夷川早云似乎自认稳操胜券，但为了以防万一，他很可能使出奸计阻止大哥出席。

我将海星神秘的警告转告大哥，要他小心提防。大哥闻言，趾高气扬地说："别笑死人了！那对傻瓜兄弟要是敢耍手段，我就再咬他们的屁股一次，将他们丢进冰冷的鸭川。下次可不是轻咬就算了，我会把他们的屁股咬成四片！"

"你有自信固然好，但最好还是沉着以对。哥在重要时刻总会慌了手脚，真没面子。"

"少在那里大放厥词！"

"什么嘛，我是替你担心啊！"

正当我们吵得不可开交，母亲探出脸来，大嚷一声："别再吵了！"

不久，黎明到来，树梢闪动着柔和的阳光。

我们聚在床上，确认今天各自的行程。

幺弟如常到工厂上班，但会提早下班，先回纠之森；大哥先去拜访附近的狸猫，午后前往南禅寺与首领开会，到了傍晚，再与重要干部们一起前往木屋町的仙醉楼。同一时间，母亲与幺弟会前往寺町通，在红玻璃准备庆功宴。入夜后，待选出下届伪右卫门，大哥会前往红玻璃，决定是要举办庆功宴还是慰劳宴。接下来，我们将彻夜狂欢，吃个杯盘狼藉。

"矢三郎，你有什么打算？"

"我想上街小玩一下。"

"你可真悠哉啊。"

"我会顺便到二哥那儿一趟。今天是老爸的忌日，要是丢下二哥一个人，实在太可怜了。"

我说完，大哥沉默不语。

"矢三郎，那你顺便去跟红玻璃的老板确认一下，问问看可否邀红玉老师一起来。可以的话，你去邀老师。"

"好。"

太阳已高高升起，大哥说道："我该走了。"

大哥准备坐进自动人力车，母亲、我和幺弟前去送行。途中，母亲一度赶回房里取打火石，她在大哥背后不住敲出火花。

"听好了，你是下鸭总一郎的儿子，要有自信！"

"妈，我知道。"

"不过世事无法尽如人意，胜负取决于时运。"

"是。"大哥向母亲低头行了一礼，坐上自动人力车，"妈，我走了。请等我的好消息。"

大哥威风凛凛地自宽广的参道扬长而去。

尽管大哥威风八面地驾着父亲留下的自动人力车奔驰，但身为弟弟的我最清楚他的才干多么不足。

在明显过小的容器里，努力塞进不胜负荷的远大理想，他是从什么时候开始以其独特的风格奋斗不懈的？我这个不正经的弟弟总是吝于协助大哥达成伟大的理想，还不厌其烦地与他作对，但看着他总是搞错努力的方向，涨红着脸铆足全力，我不禁心想，这或许也是傻瓜的血脉使然。明知眼前的挑战超乎自己的能力，仍旧努力不懈的大哥常叫我心疼，令我不忍心去阻挠。

我们目送摇摇晃晃的自动人力车离去，直到车子转向御荫路消失了踪影。

望着车子渐行渐远，我突然很想叫住大哥。想冲向他身旁，拍拍他的背，替他打气。

不知道为什么，我有种再也见不到他的预感。

信步来到街上，我先造访寺町三条的红玻璃。虽然店铺尚未开始营业，但板着张臭脸的老板已在昏暗的店内一角忙着准备。我在沙发坐下，老板给了我一杯柳橙汁，说道："一切就看今晚了，矢一郎有胜算吗？"

"胜负取决于时运。"

"最后还是得由长老定夺啊，不过你大哥和夷川还真是怪人，竟然抢着当伪右卫门，主动将那种麻烦事揽上身，简直太变态了。"

"反正不论是输是赢，今晚我们都要设宴狂欢。"

"喂，难不成你是特地来提醒我的？一切早就准备妥当了，你以为本大爷是什么人？"

"是狸猫。"

"真多嘴，一点都不好笑。"

"还有件事，我可以请红玉老师来吗？"

老板明显露出不悦之色，说道："不太好吧。你听好了，基本上，本店是狸猫的店。天狗来了，客人会害怕的。"

"别看老师那样，其实他很怕寂寞呢。"

"怕寂寞倒还好，偏偏他动不动就爱发飙，本店严禁天狗风。"

"这点你放心，老师已经吹不动天狗风了。"

"噢，他变得那么虚弱啦？"

"嗯。"

"原来如此，那位红玉老师竟然……昔日的大天狗，终究也敌不过岁月的摧残是吧。那你就邀他来吧。不过，弁天可不能来哦。要是她来，客人都会被吓跑的。"

"这我知道。"

离开红玻璃，我先到新京极察看有哪些电影上映，又到书店站着看了一会儿书，接着又到古董店抚摸不倒翁的头，悠哉地一路南行。假日的午后，新京极到四条路一带人潮涌动。

我在四条路往东，越过四条大桥，打算去找二哥。

穿过祇园，翻过珍皇寺的围墙，潜入院内。

我走向井边轻唤一声："呀嗬！"二哥也自漆黑的井底应了一声："呀嗬！"又问，"是矢三郎吗？"

我将一块以纸巾包好的鸡块丢进井底，二哥低语问道："这是什么？好香啊。"一阵沙沙声传来。我探向井底说："炸鸡，是圣诞大餐剩下的。"

"炸鸡是吧，真高档。"

"肉很嫩哦。你老是吃虫子，嘴巴一定很干涩吧？"

"井底之蛙能吃到炸鸡，真是谢天谢地。我深切觉得，世上最不能少的就是弟弟。你们在平安夜庆祝了吗？"

"矢四郎靠自己的力量点亮了灯饰，他的本领提高了不少呢。"

"真想亲眼瞧瞧，也许矢四郎会靠狸猫发电闯出一片天呢。"

"难说，目前还只能在一些派不上用场的事上派上用场。"

"真不像你会说的话。再说了，这终究只是狸猫的本事，想要派上用场未免太妄自尊大了。"

二哥嚼着炸鸡，笑个不停。我坐在井边，喝着从自动售货机买来的罐装咖啡。

"一切就看今晚了，哥。今晚将选出下一任伪右卫门。"

"只希望一切纷争能就此平息。"二哥说，"虽然对矢一郎大哥过意不去，不过，不论是大哥还是早云叔叔当上伪右卫门，我都无所谓。只要狸猫一族就此太平就好。老爸死后，已经过了好些年了。"

"说的也是。"

"今天我醒来就一直想着老爸。"

"大家都一样。"

"我没有一天忘得了老爸的事，但今天尤其严重，一整天脑子里想的净是老爸。我一直试着回想那天老爸对我说了什么。他最后说的话到底是什么？我在井底想了好几年，反复回想那晚的事，但记忆始终在途中中断。想到可能一辈子都想不起来，我就难过。虽然我只是只青蛙。"

二哥叹了口气。

我突然想起海星，便向二哥打听。"你最近见过她吗？"

"对了，这一阵子她都没露面呢。怎么啦，小两口吵架吗？"

"吵架是常有的事，不过她最近怪怪的。"

我提及海星在澡堂的言行，二哥闻言陷入沉思。

"的确，感觉不对劲。"

"我就说吧。感觉很诡异，真受不了她。"

"经你这么一提，我也觉得海星说话确实常常欲言又止，常常聊着聊着突然就一言不发，像有东西堵在胸口似的。究竟是怎么回事呢？本以为她正值二八年华，也许有感情上的烦恼，但这几年她一直都这样，就很奇怪了。"

"真搞不懂海星在想什么，真是个怪人。"

"她确实很怪。不过，她知道我无法从青蛙变回原形时在井边哭了好久呢，她也有温柔的一面。"

"你这么说也对啦。"

"我在井底这么多年，大部分的族人都忘了我是只名叫下鸭矢二郎的狸猫。大家造访这座古井，只是为了吐露心事，我是什么人对他们来说并不重要，只有你们是为了探望我才来的。除了家人，会来这里探望下鸭矢二郎的，就只有海星了。"

"……哥，你现在还喜欢海星吗？"

井底传来哗啦哗啦的水声，想必是二哥在幽暗的井底划水吧。不久，他气呼呼地回说："没错！可是矢三郎，你不该让一只井底之蛙说这种话，这只会使我难过。"

"对不起啦，哥。"

我思索着海星那句"对不起"的含义，愈想愈觉得屁股发痒。

"不过，海星确实不太对劲。"二哥心不在焉地说，"从井底看得到的景致有限，但能看清天空和星辰，所以可不能小看井底之蛙。我的世界虽小，但夜夜看着宇宙，可是一只有宇宙观的青蛙。像这样独自望着宇宙，头脑会清明许多，增长不少智慧。如果你愿意听一只有智慧的青蛙的意见，我可以告诉你，有大事要发生了。"

我想到正前往南禅寺的大哥、人在夷川工厂的幺弟，以及在纠之森担心孩子安危的母亲。

我仰望苍穹沉思，突然看到一幕不可思议的景象。几条白色彩带球般的物体像陀螺般旋转着飞上高空，看着那奇妙的光景，我的意识逐渐远去，渐渐地听不见市街的嘈杂，直到神秘物体在高空闪闪发光，像玻璃般碎裂飞散，我才猛然回神。

一阵强风吹过珍皇寺。

我紧抓着井壁。"哇，好强的风！"

"我这里很平静。"

"那当然啊。"

"啊，你看，天空的模样不太对劲。"

包围盆地的群山外围，仿佛棉絮被追聚在一块儿，黑沉沉的乌云汇流到京都上空。万里无云的晴空转眼间被大理石般的乌云覆盖，市街被阴森云影吞没，天色犹如日暮般昏暗。

一道巨大的闪电从云间的深谷蹿出，紧接着响起一阵令屁股狸毛倒竖的雷鸣。

"雷神大人驾到了！"我大喊。

"喂喂，未免也太突然了吧！"二哥与雷声抗衡地大声说道，"事有蹊跷哦。"

"好像是有人使用风神雷神扇，可恶，他到底是在哪里捡到的！"

"老妈就拜托你了，矢三郎。"自井底传来二哥拨水的声响，"又是这样，我怎么这么不中用呢！"二哥呻吟着，"井底之蛙完全帮不上忙啊！我实在没办法。"

"没关系啦，哥。一切包在我身上。"

"要小心哦，矢三郎。"二哥说，"千万要留神，我有不祥的预感。"

我迈步狂奔。

雷声隆隆，京都市内一阵骚动。

四条大桥上的行人惊叫连连，纷纷指着乌云低垂的天空。数道闪电就像被释放的巨龙在云间奔腾，蓝光由内向外映照出来，云层好似直入云霄的诡异座灯。看来使用风神雷神扇的家伙，似乎是个不懂得拿捏轻重的傻瓜。

我回到纠之森，但在雷声四起的森林里遍寻不着母亲的身影。

母亲向来都是躲在蚊帐里等候雷神大人离去，但雨淋不进来的枯叶床上却不见吊起过蚊帐的痕迹。

我到加茂大桥一带找寻。

对岸那间母亲常去的台球场亮着橙色灯光，雷雨交加中我飞奔过鸭川，推开玻璃门走进店内。这时，近处正好有声雷响，店内的玻璃窗吃了一记雷神锤差点碎裂，店内众人莫不屏息静观雷神大人的动向。我向店员打听，但他回说："黑衣王子没来。"

我利用台球场一角的公共电话，打电话到南禅寺。隔着玻璃窗，可见遭逢暴雨飞沫迷蒙的加茂大桥。南禅寺的当家悠哉地接起电话。

"请问我大哥在府上吗？"

"原本我们要一起前往木屋町，但他突然说要回家一趟，可能是忘了东西吧。"

"多久前的事了？"

"刚打雷的时候，他差不多快到家了吧。……不过看这天气，他也可能被困在路上，这种天气搭自动人力车太危险了。"

我道了谢挂上电话，改打到幺弟的手机。

然而迟迟没人接听，我急得不得了。好不容易等到一声"喂"，却是个没听到过的声音。我问："是矢四郎吗？"但对方大喊了一声："啊！"就挂断电话。我确认电话号码，再次重拨，这回始终没人接听。

看来，一定是发生了极为可怕的事！

我离开台球场，全身湿透地走过加茂大桥。黑森森的东山连峰背后冒出巨人高的乌云，雷电大作，朝我步步紧逼。

回到纠之森后，我等在雷雨交加的下鸭神社参道上。

可是不论是参道上还是森林里，都不见家人的身影。

雷鸣是下鸭家全员集合的哨声。只要雷神大人驾到，下鸭家的孩子便会放下一切奔回母亲身边，这是我们奉行不二的信条。可是过了这么久，却迟迟不见大哥和幺弟回来，这是从未发生过的事。

这时，我看见大哥心爱的自动人力车自南方飞奔而来。我以为大哥平安归来，正松了一口气，没想到车内空无一人，而且车体损伤严重。伪车夫断了一条手臂，车轮也摇摇欲坠。不会说话的伪车夫模样凄惨，雨水不断自他身上滴落。

我吃惊得说不出话来。

听着雨水拍打树叶的声响，以及撕裂天空的雷鸣，我猛然察觉有只狸猫躲在树丛间。

"妈，是你吗？"我问。

"是我，你这个傻瓜。"

海星应道。她还是一样不肯现身。我面朝树丛的阴影处发问：

"你在这里做什么？我一直在找你呢。"

"哥哥在监视我，我只好躲在清水寺后面。"接着，海星飞快地说，"不管你等多久都不会有人来的，是我哥他们召来雷神大人，刚才夷川亲卫队已将伯母掳走。矢四郎应该在工厂，矢一郎先生刚才也被抓到了。"

"什么！"

"我爸爸打算让矢一郎先生被煮成火锅，和伯父那时一样！"

"原来如此，"我说，"我果然没想错。"

"没错。"海星语带哽咽，"害伯父被煮成火锅的，正是我爸爸。"

打在森林的大雨化为细小飞沫，弥漫在下鸭神社的参道上。

每当闪电的蓝光闪过，雷声便会撼动森林，海星细小的声音也显得遥远。我竖耳倾听来自树丛深处的话语，遥想父亲落入星期五俱乐部手中的那一夜。

那天晚上——

那天父亲和人约好在祇园聚会，带了大哥一同前去。聚会结束后，大哥看着父亲在八坂神社前的公车站牌目送自己离去。那之后，父亲到木屋町的酒馆和二哥会合，一起喝酒。父亲还命喝醉的二哥变身成伪睿山电车，给夜里的市街带来一颗震撼弹，然后，他叫二哥先回纠之森。而二哥遗失了那之后的记忆。

和二哥畅饮过后，父亲同样酩酊大醉。他步履蹒跚地独自走在深夜的大街，目的地是先斗町的京料理铺千岁屋。

身穿和服的夷川早云坐在千岁屋的包厢里，等候父亲到来。

酷爱服用仁丹[1]的早云，从画有锦雉蒔绘的印笼[2]中取出仁丹送入口中，嚼得香味四溢。他豪华的印笼附有细绳，前端挂着漂亮的弁财天女雕像。不过早云并未发现，那个雕像是海星变身而成的。

早云利用从伪电气白兰工厂赚来的大笔钱财，买了许多雕像和印笼，存放在工厂的第一仓库。海星平日最喜欢偷偷把玩他的这些

1　"森下仁丹"出售的口气清新剂，银色小颗粒状。
2　收纳印章及印泥的容器，江户时代之后常作存放随身药物之用。

收藏，那天，她同样自仓库的密门潜入，将父亲重要的收藏排成一列赏玩。不料早云突然返回，情急之下，海星变身成弁财天女的雕像。谁知早云偏偏选中了海星变成的弁财天女，带着她外出。

不久，我父亲抵达千岁屋。

"让你久等了。"一见到早云，父亲的红脸绽放笑容。

"大哥。"早云也笑着向父亲行了一礼。

宽敞冰冷的包厢里除了早云和父亲，别无他人。方形座灯造型的电灯投射出朦胧灯光，包厢角落暗影憧憧。他们隔着玻璃门欣赏鸭川沿岸的夜景，举杯共饮。

昔日父亲与叔叔遵照狸猫一族的惯例，都向红玉老师学艺。起初兄弟俩还感情和睦地一同修行，为何落得兄弟阋墙，如今已不得而知。不过就在我父母共结连理的同一时间，叔叔成为夷川家的养子。矢一郎与矢二郎诞生后，父亲与叔叔为了伪右卫门的宝座再度起了争执，兄弟间嫌隙渐深。叔叔冷眼看着我父亲取得伪右卫门的位子，自己则全力提升伪电气白兰工厂的效益，不久，他开始自称夷川早云。

这场尽弃前嫌的酒宴，是早云主动邀约的。

"过去带给你许多不愉快。"

"过去的事就别提了，大哥。当时我们都还年轻，大嫂和伪右卫门的事也都过去了不是吗？如今我也称得上是只堂堂的大狸猫，也有了自己的孩子，我不会拘泥于那些小事的。"

"真高兴听你这么说，你的确出人头地了。"

"哪里哪里，大哥才是呢。"

父亲瞥了包厢角落一眼，一脸讶异地问："那里是什么东西，看起来像是笼子。"

"的确像笼子。"早云说,"要叫人把它收走吗?"

"不,不必了。只是觉得奇怪,这种东西怎么会放在这里呢?"父亲说完伸了个懒腰。

"大哥,你醉了吧。"

"不必担心,我是不会醉的。"

但父亲的确是醉了。

否则,他不会对早云设下的陷阱浑然未觉。

"这样啊,那我想早点进行和解仪式,今天我还找来了见证人,待我们正式和解后再来开怀畅饮吧。"

"瞧你说得那么夸张,只要我们两人达成协议不就行了?"

"不,大哥。如今我们都是背负狸猫一族命运的大人物,一切都要谨慎处理。"

"我明白了。"

只见早云轻唤一声,隔开隔壁包厢的拉门像是等候多时般地拉了开来。

榻榻米上铺有红地毯,上头摆了桌椅,立在四个角落的高脚灯绽放耀眼的光芒。坐在椅子上的鞍马天狗们松开领带,一语不发地喝着红酒,瞪着父亲。前面也曾提到,我刚出生时红玉老师与鞍马天狗之间曾有争执。那场"伪如意岳事件"对狸猫来说虽是一项壮举,但对鞍马天狗而言,却是莫大的耻辱。

鞍马天狗眼神骇人地瞪着父亲,簇拥着一名身材苗条的年轻女子,她正叼着烟吞云吐雾。

她与鞍马天狗是如何搭上线的我不清楚。学会飞行的秘法后,她尽情享受空中漫步之乐，想必是那时候鞍马天狗主动找上她的吧。那之后，她时常溜出红玉老师的住处，前去拜访鞍马天狗，并渐渐在京都的酒街打响名号，令老师妒火中烧。

她熄去手中的香烟站起身，走进父亲所在的包厢。

"恭请铃木聪美小姐以见证人的身份莅临。"早云说。

我父亲瞪大眼睛望着铃木聪美。竟在意想不到的地方遇到了自己唯一的克星，父亲手中的酒杯不住颤抖。而她只瞪了一眼，父亲的酒杯登时脱手掉落，洒洒在榻榻米上。在莫名的恐惧下父亲动弹不得，合上眼睛，他的身形逐渐萎缩，同时全身冒出密毛。

不久，高级坐垫上出现了一只端坐着的狸猫。

"铃木小姐您怎么会在这里？"狸猫问，"没想到会在这里遇见您。"

"谁叫你都不来见我，你就那么怕我吗？"

"……老师知道这件事吗？"

"可怜。老师他什么都不知道。"

坐垫上的狸猫弓着背，似乎已看破一切。

弁天抱起狸猫，朗声高笑。

"厉害！厉害！"隔壁包厢的鞍马天狗齐声喝彩。

那年岁末，星期五俱乐部因为前任弁天引退，空出一个席位。星期五俱乐部最资深的成员寿老人，推荐了在先斗町结识、与他意气相投的铃木聪美入会。然而想要入会，她必须接受一项考验，那就是准备尾牙宴的狸猫火锅。

我父亲被关进了笼中，早云神色倨傲地睥睨着他。

"永别了，大哥。我们再也无缘相见了。"

父亲望着早云离开的背影，平静地问："弟弟，这就是你要的吗？"

父亲就这么不知情地一脚踏进了由狸猫、人类、天狗联手设下的陷阱，被丢进了铁锅。

之后发生了什么事呢？

星期五俱乐部的酒宴准备妥当；夷川早云一扫多年怨怼，成为狸猫一族实质的首领；铃木聪美加入星期五俱乐部，成为弁天；弁天彻底展现天狗的才能，唆使纯真的我发起魔王杉事件；红玉老师降落失败，跌落屋顶时伤了腰，几乎丧尽天狗的法力；鞍马天狗在天狗的地盘之争中大获全胜，将宿敌红玉老师赶出如意岳。

天狗、人类、狸猫三方的命运，就在那一夜，那个包厢里纵横交错，因为我父亲掉入铁锅而各自走上不同的方向。

听着海星道出始末，我垂首不语。

海星的名字是我父亲取的，他很疼爱海星，海星也很仰慕我父亲。因为意外的契机，她在天狗的包围下目睹了自己父亲犯下"狸猫不该有的恶行"，然而当时她只是只小狸，又能有何作为？也正因为这样，她才会频频去探望窝在井底的二哥，但面对从小一同长大的堂哥，她始终说不出"我老爸害你父亲被煮成了火锅"这句话。不久，二哥因为当青蛙当得太像样，再也变不回狸猫。海星错失一吐心中秘密的机会，忍不住在井边哭泣。

暗影深处传来海星的声音："对不起。"

"虽然我早猜到是这样，可是没想到事实居然真的和我想的一模一样，反叫人吃惊。"我说，"我大哥被抓到哪里去了？我妈呢？"

"我不知道……呀！"海星突然尖叫一声，"放开我！"

只见草丛一阵摇晃，接着又平静下来。"怎么了？"我出声叫唤，但没有回音。

我正欲走近草丛，树林间陡然冒出几盏写有"夷川"两个大字的灯笼。在灯笼环绕下，夷川早云那张阴邪的脸出现了。夷川亲卫队撑着蛇目伞，替他挡掉了自树梢倾注而下的雨水。

早云走上参道，我后退几步，小心翼翼地与他保持距离。

"矢三郎。"早云露出阴森的笑容，"别理会海星说的话，她只是睡昏头了，分不清梦境与现实，才会说出那种话。她是我细心呵护长大的，个性比较敏感。"

夷川亲卫队在参道散开，团团包围住我。

"不管今晚胜负如何，我都要设宴邀请下鸭家一同庆祝，大家一起到我家聚聚。就只剩你一个人不知道在哪里，我正为此伤脑筋呢。"

"谢谢您的邀请，不过今晚我们已经在红玻璃包下宴会场地了。"

"你真是搞不清楚状况呢，你们的宴会已经派不上用场了。"

一名亲卫队员走近我，想为我撑伞，我一把将他推开。

"我全身湿透，而且不懂礼数，这场难得的宴席请恕我不克出席。"

"你逃不掉的，要是因此受伤就太傻了。我差不多该前往仙醉楼了，别浪费我的时间。"

夷川亲卫队步步进逼。"别靠近我。"我低声吓阻，"谁敢靠近我，我就咬他屁股。"

我露出森森白牙，夷川亲卫队吓得频频后退，双方展开对峙。

这时，树顶传来一个悦耳的声音："夷川，你在做什么？"

抬头一看，在闪电光亮的照耀下，弁天飞降在参道上。也许是飞行时被雨淋湿，她的头发已经湿透，更增添几分妖艳。"好大的雨，真叫人头疼。"弁天说。夷川亲卫队对她敬畏三分，纷纷与她保持距离。

"弁天大人，您今天心情可好？"早云说。

"一点都不好。"弁天应道，抚了抚头发，"我在上头躲雨，正好看到矢三郎，想请他变成雨伞借我一用。"

"只要是为了弁天大人，变成雨伞也愿意。"我精神抖擞地应道。

"可是……"早云欲言又止。

"怎么了，夷川，你有意见吗？"

"我们正准备去参加和解酒宴，弁天大人要是带走矢三郎，我可就伤脑筋了。"

"你伤脑筋关我什么事？难道你要我就这么淋成落汤鸡回去？"

"不，我没那个意思。"

"那我就借用一下喽。"

我变身成雨伞。弁天冰冷的手握住伞柄，撑开了伞，然后转动着我这把矢三郎伞，迈步离去。倾注在参道上的大雨，打在我身上。

"好大的雨啊。"

"托您的福，我才得以脱困。谢谢您。"

"我做了什么吗？"弁天吟唱般说道，"用不着道谢。"

　　弁天在不曾停歇片刻的雷雨中快步前行，来到鸭川河堤，尽管雷声大作，她仍是神色自若。河堤上不见行人，鸭川化为灰色洪水，显得极为冰冷。我沉默无语。

　　"怎么啦？"弁天突然开口，"你今天可真安静。"

　　"你曾经受夷川所托，设下陷阱对付我父亲对吧？……为什么你一直不说？"

　　弁天睁大眼，仰望着变身为雨伞的我，"因为你没问啊。"

　　"你们人类真坏……"

　　"我是天狗。"

　　"不，你是人。不管怎样，你都是人。"

　　弁天淘气地微微一笑，手伸出伞外盛接雨滴，"你生气了，所以才不说话是吗？"

　　"不只是这样，我大哥似乎也被夷川他们抓走了。今天不是星期五俱乐部的尾牙宴吗？我大哥也许会被煮成火锅。"

　　"哎呀，这么说来，我今晚要吃的不就是你大哥吗？那可不妙啊。"

　　"你能救我大哥吗？"

　　"我不知道。"

　　"为什么？因为是狸猫，你不肯救是吗？"

　　"因为我是人类啊。"弁天一脸狡猾地呵呵笑着。

　　"如果你不肯出手相救，那也没办法，我自己想办法。星期五俱乐部在哪里举行？"

　　"先斗町的千岁屋。不过，请不要用武力硬闯哦。你总是喜欢胡来。"

　　来到河原町今出川路的东北角一带，弁天伸手拦了一辆往南的出租车。她随手将矢三郎伞挂在一辆违规停放的自行车的把手上。出租车停下，车门打开，弁天突然蹲下身子对我说：

"淀川教授说今天下午要去领狸猫，听说他联络上一位狸猫猎人，约好今天取货。"

"原来如此，淀川教授是吧。"

"再来你就自己想办法吧。我是个人类，对我来说不过是有只狸猫被煮成火锅罢了，不痛不痒。"

弁天轻拨黑发，坐进出租车。

我目送她往南而去，盘算着得赶快找到淀川教授才行。

如果教授在大学的研究室，我只要偷偷跟踪他到交易现场，再以武力摆平即可。事不宜迟，得赶往研究室才行。我刚走过加茂大桥，便看见一名中年男子捧着个大包袱，步履蹒跚地从大桥东侧走来。旧西装、凸起的啤酒肚、活像布袋和尚的脸，那确实就是要领狸猫的淀川教授。

"简直就像特地安排好的嘛！真是天助我也！"

我大为振奋。

我变身成拄着拐杖的老人，穿过年终将至挤满人潮的商店街。由于下着滂沱大雨，拱廊内湿气很重。淀川教授捧着大包袱，不时与路人擦撞，缓步而行。

不久，教授来到寺町路。

那里有家名叫竹林亭的店，教授在屋檐下用力嗅闻一阵。这家店大门狭窄，年代久远的格子门旁立着一尊巨大的信乐烧陶狸，模样趾高气扬。教授先摸了摸它的肚子，然后打开格子门入内。

竹林亭是家荞麦面老店。

红玉老师还没隐居在出町商店街之前，时常光顾这家店。如今老师过着舍弃俗世的独居生活，在厨房里煮着恶心的怪粥度日，对他而言，这家荞麦面店和我的接济是最重要的生活支柱。弁天也常在这里露面，她喜欢吃店里的鸡蛋盖饭。我也曾被她带来这里，鸡蛋盖饭真的很可口。

我仔细观察四周的情况，跟着走进店内。

入内一看，右手边摆着一个暖炉，店内相当温暖。左手边设有一个放周刊的书架，上面摆了公共电话与黑白两色的招财猫。电车般细长的店内，两旁的墙边摆放着四人坐的桌椅。

教授转过头看到我，一脸瞠目结舌，似乎吓了一跳。但他不可能会知道跟着他走进店内的老人是我。我故意喃喃说些莫名其妙的话在角落的位子坐下，抬头望向墙上长长一排的菜单木牌。

竹林亭种类繁多的菜单相当有名，尽管挂着荞麦面的招牌，但店内连天津饭[1]都有卖，而且还相当好吃。我望着木牌，喊了一声"我要点餐"，但厨房里悄静无声，不像有人在。

这时教授突然起身，走进厕所。

过了一会儿，老板才从厨房露脸，我告诉他："请给我一份鸡蛋盖饭。"接着，我吃起端上来的鸡蛋盖饭，但教授迟迟不从厕所出来。我不知道他们何时会进行交易，根本无心细细品尝，大口大口地扒饭。

---

1 蟹肉炒蛋烩饭。

教授始终没现身。

也不见要将狸猫交给教授的人。

事有蹊跷。

我坐立难安，决定再打通电话给幺弟。

我站起身，拿起格子门旁公共电话的话筒。可能是吃得太饱，我觉得全身慵懒无力。听着话筒传来的嘟嘟声，我转头望向电话旁那尊模样傲慢的招财猫。我把话筒拿在手上，发现沉甸甸的招财猫背后写着"**卷土重来**"四个字。我想这句话和招财猫未免太不搭调了，打了个哈欠，继续等候。这时，幺弟的手机终于接通了。

然而，接听的人并不是矢四郎。

接电话的人只说了一句："卷土重来。"

同一时间，身后也传来一个声音说："卷土重来。"我愣了一下，转过身去。不知何时，教授已站在狭长的店内深处，手中握着幺弟的手机。教授朝我恶心地飞眼，露出冷笑。

响板声响。

在这声信号下，扯出三色的拉幕挡住出口，拉幕上也以大字写着"**卷土重来**"；挂满墙的菜单木牌发出纸牌翻转的声响，依序翻过面来。

上头的文字全写着："**卷土重来**"、"**卷土重来**"、"**卷土重来**"。

卷土重来——意思是一度败北的人，重整旗鼓，再次进攻。

教授脸上的冷笑愈来愈狰狞，两颊渐渐长出细长的猫须，细小的眼睛就像被撬开似的陡然圆睁，眼珠骨碌碌地转动，发出黄光。那个得意扬扬、掩不住笑意的笑容，看了叫人再痛恨不过。

我愤而转身攻击拉幕，但拉幕弹性十足，就像分别被涂成黄绿色、柿子色及黑色的蕨饼[1]。我一再被反弹回来，一时无计可施。同时，又觉得全身关节酥痒，使不上力。我这才想到可能是鸡蛋盖饭遭人下药，但已经太迟了。

我瘫软无力地坐倒在地，紧紧攀附着拉幕，使不上力。

荞麦面店隆隆作响剧烈摇晃，天花板传来一个声音说："你变得真像呢，哥。"

伪淀川教授抬头望向天花板，笑着应道："干得好，银阁。"

我低语一声："去死吧你！"自懂事以来，我从没看得起这对族人中数一数二的傻瓜兄弟，但今日却完全上了他们的当，我羞愧得真想自己跳进铁锅。

金阁睥睨着倒地的我，露出冷笑。

他从包袱巾里取出铁笼，高高举起，朗声宣布：

"诸位，我们一雪前耻的日子终于到了！"

1　口感像凉粉的日式点心。

有顶天家族

当我误入金阁与银阁的陷阱、瘫倒在伪荞麦面店的地板上时，幺弟也瘫倒在伪电气白兰工厂第一仓库的地板上。

他是怎么被关进去的呢？

事情得追溯至那天中午，正好是我在四条河原町一带玩乐的时候。

幺弟从圣护院莲华藏町的伪电气白兰工厂肮脏的三楼窗户往外望，可见在柔和的日光下静静闪着波光的夷川水坝，以及如半岛般凸出水坝的京都市上下水道局排水渠事务所。对岸冷泉路的行道树枯叶落尽，显得无比凄清。

金阁与银阁躺在黑色的皮沙发上拍着肚子，抽着难闻的雪茄，命令幺弟："到第一仓库去，把堆在里头的老旧配电盘装进箱子，好好整理一下！"幺弟马上察觉他们又要找麻烦了。

大正时代，京都中央电话局的职员试做出伪电气白兰，至今曾历经多次改良，每当制造方式改变，便会多出许多派不上用场的配电盘、茄子形烧瓶、真空管及特殊的冷却管等物品。伪电气白兰的制造法是不传秘方，而且善后工作非常花时间，工厂里这些派不上用场的物品，向来都堆放在第一仓库。由于狸猫欠缺整理分类的观念，据说仓库最深处还堆着第一号伪电气白兰的发明者甘木先生的柳条包，里头塞满了他的苦战历程。

第一仓库里，以令观者瞠目结舌的杂乱方式，堆满了伪电气白兰的制造历史。幺弟一个人绝不可能应付得来。

"快，还不动手。"金阁说，"我们下午要筹备晚上的活动，忙得很。"

"没亲眼看你认真工作，我们走不了。"银阁说。

幺弟决定把这当成一种磨炼。这是他了不起的地方，也是他犯傻的地方。

幺弟卷起袖子，走向第一仓库。比幺弟高出数倍的沉重铁门，要金阁、银阁及幺弟三人合力才打得开。

"配电盘和旧机器有时会因为手机电波误启动，要是害你受伤就麻烦了。"金阁讨好地说，"你把手机放在那边吧。"

幺弟将手机放在仓库旁的一棵大银杏树下。

一踏进那个乱七八糟的杂物堆，幺弟便感到一阵绝望，但还是试着投入工作。他从身旁的杂物堆挖出配电盘装进箱子时，发现四周愈来愈暗，回头一看，那扇巨大的铁门正慢慢关上。幺弟急忙往回跑，但已经迟了一步。一声无情的轰然巨响过后，他被关在漆黑的仓库里。极度的恐惧使他露出了狸猫尾巴。

金阁与银阁在门外捧腹大笑。

"下鸭家的孩子果然都是傻瓜。"金阁说，"这就叫'大意失荆州'。"

"哥，可以用风神雷神扇了吗？要用力扇吗？"

"银阁，你得冷静沉着一点，等掌握了矢一郎的去向再说吧。他应该在南禅寺吧？还有，海星在哪里？要是她胡来，可会害计划泡汤的。"

"等抓到矢一郎和伯母，就只剩矢三郎了。那家伙可不好对付呢。"

"还没上场怎么就先怕了，老爸会抓住他的，如果不行，我再想办法。"

"哥，你最近变得好聪明，聪明得我都有点害怕呢。对了，那只井底之蛙要怎么处理？"

"那家伙就不必管了，反正他一点用处也没有。"

金阁、银阁就此离去。

幺弟冲撞铁门，大喊大叫地向外头求救，但第一仓库是杂物仓库，平时没人会来。明知家人有危险，他却无法和家人联络。

不久，一阵地鸣般的巨响令仓库为之震动，就像有人扔石头砸屋顶般不断传来声响。

是雷雨来袭。

一想到母亲四处躲避雷神大人的模样，幺弟便坐立难安。时间一分一秒过去，他大喊大叫拍打着铁门，累得筋疲力尽，最后窝在配电盘堆里放声大哭。

"妈！哥！"

打在仓库屋顶的雨声包覆了他。

大哥不知道幺弟遭此无情对待，在雷雨交加中，驾着自动人力车赶往纠之森。

大哥今天计划先去南禅寺一趟，再前往木屋町的仙醉楼。但在结束南禅寺的聚会后，他冒着雷雨匆匆赶回纠之森，因为担心母亲。

然而，就在他经过夷川发电厂时，一只圆滚滚的幼狸突然蹿出冷泉路。

自动人力车为了闪躲幼狸，整个翻覆，大哥被抛到车外的滂沱大雨中，膝盖重重撞向地面。大哥哀号一声，恢复狸猫原形，被夷川的手下掳获。造成那起事故的小狸猫，原来是躲在树后的夷川手下滚出的玩偶。

大哥被夷川亲卫队的人关进小铁笼，装车运走。

不久，大哥被载往位于木屋町纸屋桥西侧的一栋商住楼，一楼是空荡荡的水泥壁面，单调无趣；看不出年代的木质台座上，陈列着褪色潮湿的旧杂志，墙上挂着一只空鸟笼，营造出诡异的气氛。乍看之下，像家无心做生意的旧书店，几乎不见半个客人。其实这家店的收入来源不是旧杂志，而是伪电气白兰。

夷川亲卫队捧着装了大哥的铁笼，打开店内深处的一道门。

里头是一间简陋的房间，一个灯泡从天花板垂挂而下。屋里满是酒瓶。工厂制造出的伪电气白兰，就是像这样夜夜被运往京都各个销售处。

大哥发现仓库角落，有只和他一样被关进铁笼的狸猫。

是母亲。

夷川亲卫队将泪流满面、懊悔不已的大哥放在冰冷的水泥地上，离开仓库。

母亲被关在铁笼中，合着眼，一副心里已有觉悟的表情。大哥使劲摇动铁笼，大叫："妈！妈！"母亲微微睁眼。

"矢一郎，你也被抓了。"

"妈，我马上救你出去……"大哥极力挣扎，但始终无法自铁笼挣脱，也无法保持适合变身的从容心境，"出不去，可恶！"

"一旦进了笼子就一筹莫展了，矢一郎。"母亲长叹一声，"因为雷神大人降临，你才想回来找我，是我害了你。都是我太惧怕雷神大人，才会导致这样的结果。"

"这些已经不重要了。"

"矢三郎和矢四郎不知怎么样了，希望他们别受苦才好。"

"这是夷川的阴谋！"大哥大发雷霆地说，"身为狸猫竟然做这种事！去死吧你！"

然而不管他怎么发怒，仍无法撼动牢固的铁笼分毫。大哥和母亲被关在寒冷的仓库里，不安地度过了漫长的时间。母亲频频打喷嚏。

终于，大门开启，夷川早云和一名老人走了进来。两人都身穿高级和服，神色从容。大哥目光炯炯地瞪着早云，对方则一派轻松地回望着他。

"都备好放在这里了。"早云说，"您需要多少？"

老人一脸富态，环视伪电气白兰酒瓶的眼神极为冰冷，我大哥察觉出对方是个神秘莫测的人物。老人伸长脖子，环顾堆在房内的酒瓶。"因为有弁天小姐在，得准备十人份才行。"

"对了，我刚见到了弁天小姐。哎呀，真是叫我为难啊。"

"是吗？"

"弁天小姐有时玩笑开过了头，真叫人伤脑筋。"

"那也是没办法的事，这就是她可爱的地方。"

聊到这里，老人目光瞥向仓库一角的两个铁笼。"哎呀呀，这地方怎么会有狸猫呢？"

早云拍着大哥的铁笼，"这是说好要交给淀川教授的。"

"原来如此，布袋先生果然是请别人帮忙……真没用。布袋先生最近一遇上狸猫的事就不积极，这样不行呢。"

"所以我才得这么卖力啊。"

老人眯起他那对蛇眼，打量着早云。"早云，原来你也做这种生意啊，你还真不是普通的坏。"

"您过奖了。"

"今晚有两只狸猫是吧，还真丰盛。"

老人话音刚落，夷川旋即脸色大变，挡在老人与母亲的铁笼中间。"不行，这只不行。"

"只有一只是吗？"

"就算是寿老人您开口，这只狸猫也不能给。"

"原来你中意它啊。"

"……没错。"

老人歪着脸笑道："算了。"他选好伪电气白兰后，吩咐早云，"将这些送到千岁屋去。"早云送那名神秘的老人到门外。

"妈，你可有什么好点子？"大哥说，"……看来，我会被拿来下锅。"

"我岂会让你被煮成火锅。可是，偏偏现在又束手无策。"

"能救我们的只有矢三郎了，但他搞不好也被抓了，否则早云不会这么从容。"

"现在死心还太早。"母亲坚决地说,"还不能确定他也被抓了,矢三郎身手利落,天不怕地不怕,我想他一定不会有事的。"

我辜负母亲的期待,被关在小铁笼里。

可口的鸡蛋盖饭里被下了药,这种恶行真是把狸猫的脸都丢尽了。如果喜爱鸡蛋盖饭的弁天知道了,一定会大发雷霆。

我原想变身成龙,狠咬金阁的屁股,但此刻我就像一块毛茸茸的豆腐,被折得方方正正的,使不出变身术。狸猫一定得保持从容的心境才能变身,但我现在这副德行,如何保持从容的心境呢?此刻的我,只能微微抖动身体,转动眼珠。

"喂,金阁。"我说,"放我出去。"

那个顶着一张神色倨傲的招财猫脸的冒牌淀川教授坐在铁笼上,弓着背俯视着我。他得意扬扬地鼻孔翕张,哼了一声。

"你脑袋有问题啊?你是傻瓜吗?"

我板起脸,无话可说。

"你这个傻瓜,想必还搞不清楚发生了什么事,我来告诉你吧。我早看出你打算尾随在淀川教授身后,救矢一郎脱困。"

"早看出了!"自天花板传来银阁的声音。

"没想到你这么容易就上当,真是可悲啊。下鸭家的人就是这么没用!想也知道,这一切未免太巧了吧?你是傻瓜吗?真是个不折不扣的傻瓜啊。淀川教授可能那么巧刚好经过加茂大桥吗?你这就叫作机会主义,你一定在心里想'真是天助我也',对吧?"

"早看出了！"

虽然八成是凑巧，但他确实说中我的心思，我无话反驳。

"虽然弁天大人搞砸我爹的计划，但好在有我们这些优秀的孩子，我爹一定会好好夸奖我们的。话说回来，我的变身术很厉害没错，但你竟看不出我是冒牌的教授，未免太不长眼了吧，你不是和教授很熟吗？"

"金阁、银阁，等我离开铁笼，我会把你们的屁股打成八片，两人加起来一共是十六片！"

我瞪着冒牌教授的屁股，视线在伪荞麦面店店内游移。我怒火中烧，试着找寻银阁的屁股所在的位置，金阁见状笑得更得意。

"我们穿着长滨的铁匠心不甘情不愿打造的铁内裤，才不怕你。"金阁说，"而且这次里头还塞了怀炉，屁股不会冷，真是天衣无缝的计划啊！我真是天才，真可谓天网恢恢，疏而不漏！"

"这些都是我哥想出的点子，真是准备周到！准备周到！"

"认输了吧，矢三郎。"

"还早，我才不认输。"

"你就是爱逞强。去年起我就运用冷静清晰的头脑，审慎拟定这项计划。可怜的矢一郎，我爹应该会将他交给淀川教授吧。至于你那老是露出狸猫尾巴的弟弟，则被关在工厂的仓库里，门外锁了一个镜饼似的大锁，谅他插翅也难飞。你娘也在我们手中，你则被关在银阁肚子里的铁笼中，这样你还不认输？还有谁能救你？"

"还有我二哥，矢二郎。"

"你还真傻呢。你说，那只井底之蛙能做什么？你们下鸭家已经四分五裂，接着就只等天黑了。"金阁双手合十，合上眼睛。

"南无阿弥陀佛。要被煮成火锅的矢一郎，你好好往生极乐吧，南无阿弥陀佛。"

"混账！你们再傻也该有是非之分吧！"

"像你这种傻瓜也想教训人，谁理你啊。矢一郎被煮成火锅，我爹成为伪右卫门，而我终将继承他的衣钵，背负狸猫一族的未来，我就是那个既聪明又厉害的后继者，这事一点都没错！"

"一点都没错！"伪荞麦面店摇晃不已。

金阁坐在椅子上，悠哉地喝起茶。

"干脆来讲电话吧，讲到电池耗尽为止。"说着，他拿出幺弟的手机，打电话给海星。海星在纠之森被捕后，被带回伪电气白兰工厂软禁。

"你就委屈一点待到晚上吧，现在不行，我们正在竹林亭教训矢三郎。……啊，拜托啦，别这么说嘛，哥哥会伤心的。"

手机里传来海星的叫骂声："你就尽管伤心吧，最好心痛得死了算了！"

"拜托啦，别说得这么难听嘛。你可是还没出嫁的大闺女啊，听好了，你要好好珍惜自己……"

面对没完没了的臭骂，金阁再也无法忍受，挂断了电话。他愣了半晌，打开风神雷神扇，瞪着上头风神大人的脸。

"我是为她着想才这么做的。"金阁说。

"看来，你妹妹一点都不尊敬你嘛。"

"要你多嘴。"

时间就像垂落的麦芽糖，缓慢但切实地流逝着。

我转头望向墙上的挂钟。时间一分一秒过去，大哥被下锅的时间正不断逼近，连我也不禁想——今天也许就是大哥的末日了。我强忍心中的憾恨，看时钟的指针在我面前缓缓行进。

　　那时候，大哥也正瞪着仓库角落的时钟指针。

　　在摆满伪电气白兰的仓库里，母亲和大哥被关在笼子里，现场能动的只剩时钟的指针。母亲的脸紧抵着铁笼，双目紧闭。大哥不安地唤道："妈，你不要紧吧？冷不冷啊？"

　　"我没事，我不冷。"

　　"看你一动也不动，我很担心呢。"

　　"我是在保存体力，现在乱动只会让屁股痛而已。"

　　这时，早云又走进仓库。

　　灯泡摇晃，照耀着面无表情的早云。大哥抬头仰望早云，早云手里拿着一张折好的包袱巾。"淀川教授来了，把你交给他后，我将前往仙醉楼。狸猫一族的未来就包在我身上吧。"早云说，"永别了，矢一郎，你就乖乖躺进铁锅吧。"

　　"去死吧你！"大哥扭动着身躯，"我不会让你称心如意的！我才不会那么容易让人丢下锅呢！"

　　"你母亲的性命握在我手中，要是你逃走，你猜她会怎样？"

　　"你到底要多卑鄙才甘心！"

　　"你说再多也没用。"早云捧起大哥的铁笼。

　　大哥的脸抵在笼子上，望着从水泥地仰望他的母亲。母亲眼中泛泪，但仍未放弃希望，像是要给大哥勇气，频频朝他点头。尽管事态如此紧急，母亲仍不放弃希望，这正是为人母的魄力。

早云带大哥离去前，母亲对他说："夷川，没想到你变了这么多，我深感遗憾，你大哥一定也这么想。要是他知道自己的弟弟变得这么狠心，一定很难过。"

"我大哥是吧？"早云转头望向母亲，"我大哥他早知道了。"

"狸猫不该这么心狠手辣，那是天狗和人类才做得出来的事！夷川，夷川，算我求你了，别再折磨我的孩子了。"

"你叫我夷川是吧。"

"你明明就是夷川啊。"

早云回头，"那么，你和我大哥的孩子与我又有何干？"

早云捧着大哥走出仓库。大门关上前，大哥听到仓库里的母亲喊道："要是有机会逃走，你就尽管逃吧！"

淀川教授撑着伞，站在空荡冰冷的店门前。

"嗨，谢谢了。"教授说，"就是它吗？"

"我依约替您准备了。"

早云如此说道，将大哥连同铁笼交给教授。教授双眼微湿，望着笼内的大哥。大哥也回望教授清澈的双眸。

"好漂亮的狸猫啊。"教授叹了口气，"不过，今晚我们会吃了你。"

大哥听了毛骨悚然。

在教授手中，大哥不断想着母亲和弟弟们的事，感受到一股前所未有的孤寂。那深不见底的孤寂，几乎将他吞没。大哥想，老爸当时想必也感受到了这股孤寂吧。大哥试着保住狸猫的威严，但终究按捺不住，脸紧抵着铁笼悄声哭泣。

包覆铁笼的包袱巾松开，雨水打向大哥的脸庞。

教授发现包袱巾松脱，在高濑川沿岸的林木旁蹲下，每当雷声响起，教授便会发出哀声。这时，急着想将包袱巾系好的他突然停手，温柔地望着大哥。

"抱歉，害你淋湿了。"教授说完，用包袱巾擦拭大哥的脸。

这时候，幺弟在昏暗的仓库里哭湿了脸。

他哭哭啼啼地在冰冷的黑暗中爬行，拨开堆积如山的杂物，撞上一个触感熟悉的东西。原来是制造过程中发生意外时会告知危险的老旧警示灯。幺弟以他的特技注入电流，警示灯顿时闪起黄灯。在灯光的帮助下，幺弟进一步拨开杂物，竟意外发现一整箱伪电气白兰。他喝下生平第一口酒液，一股暖意自他腹中源源蹿起，令他活力大振。

但不管怎么使劲，他还是无法独力推开那扇铁门。

历经多次徒劳无功的挑战，幺弟背倚铁门颓然垂首。这时，雷雨声中有个细微的声音唤道："矢四郎，矢四郎。"同时传来挠抓铁门的声响。微启的铁门缝隙间，射入手电筒的光线，照在猛然抬头的幺弟脸上。

"海星姐！"幺弟将脸贴在铁门缝隙，"救我出去！"

"铁门上锁了，而且门太重，我推不动。"

"可是我得去救人啊。"

"我知道，你先冷静。仓库角落有个暗门，你快去找，只要从内侧解开门闩，就能离开这里。"

海星说完，离开铁门。

幺弟借着警示灯的亮光沿着仓库墙壁探寻，发现一个少了秒针的大型时钟钟盘，可能是以前工厂用的时钟。幺弟费了九牛二虎之力将它取下，找到一个仅能容幼狸通过、锈迹斑斑的小门。他使劲打开门，大雨喷湿了他的脸。太阳明明还没下山，天空却昏暗得犹如日暮，雷电交错。幺弟以狸猫的姿态叼着一小瓶伪电气白兰，穿过狭窄的小门。

海星握着手电筒站在雷雨中，幺弟将一切希望寄托在她身上。

"我哥他们呢？"

"矢一郎先生被星期五俱乐部的人带走了，金阁和银阁刚打了电话来，说在教训矢三郎。"

"我妈呢？我妈在这里吗？"

"伯母也被抓了，但不知道关在哪儿。"海星推着幺弟的背，气喘吁吁地说，"她不在工厂里，我爹一定是将她关到其他地方去了，可能是伪电气白兰的销售处。"

"可恶的家伙！"

"如果救出矢三郎，可能就有办法。"

这时有人高声叫道："不行啊！小姐！"写有"夷川"二字的灯笼将海星和幺弟团团包围，"请您快回房间，否则我们会挨早云先生骂的。"

灯笼渐渐逼近。海星抱起全身湿透的幺弟，在他耳边悄声说道："快去竹林亭！"

"只有我一个人，一定会被金阁和银阁修理得很惨。海星姐，你跟我一起去，好好说说金阁和银阁好不好？"

海星瞪着逐渐逼近的灯笼。"我无法离开工厂，你一个人去！"

就在夷川家的手下一同扑向海星时，她使劲将变成一团毛球的幺弟往上一抛，幺弟在雷声隆隆的空中画出一道圆弧，腾空飞去，在大银杏树旁溅起了泥水。幺弟急忙变身成少年模样，不过又被震耳欲聋的雷鸣给吓着，差点多次露出狸猫尾巴。

海星朝着想回头的幺弟背影大喊：“收好尾巴！快跑！”

幺弟握着伪电气白兰的酒瓶，在雷雨中拔腿狂奔。

来到川端路，层层交叠的乌云将街道染成一片灰蒙。

看到眼前暗淡的景象，幺弟顿时失去斗志。矢一郎在星期五俱乐部手中，母亲下落不明，矢三郎掉进金阁与银阁的陷阱中，他已是孤零零一人。面对毫无胜算的局面，悲苦的泪水掺杂着冰冷的雨水，顺着他脸颊滑落。

他想喝口伪电气白兰提振勇气，但突然停下了手。如同黑夜降临般昏暗的河岸地，不时被电光照亮，金阁兄弟在铁门外说过的话，自幺弟脑中掠过。“那家伙不必管了，反正他一点用处也没有。”

二哥真的一点用处也没有吗？

我真的是孤零零一人吗？

难道我真该就此绝望？

幺弟紧握手中的伪电气白兰，转身奔向珍皇寺。

幺弟想到了一个没人料得到的妙计——借用井底之蛙的力量。那是被逼上绝路、自暴自弃、苦其筋骨后，上天所赐予的一生一次的启示。要是那时他没在雷雨中转身行动，下鸭家也许会就此灭绝。

幺弟飞奔而去，跑得上气不接下气，来到珍皇寺的古井，他探进幽暗的井底，大喊一声："哥！"然后不断呜咽喘息，一时说不出话。

"喂喂，矢四郎，你在这里做什么？"二哥不悦地问，"雷神大人发怒了，你怎么没陪在妈身边呢？"

"哥……大家都被夷川家抓走了。"幺弟说。

"什么！果然是他们搞的鬼！"

"现在我只能靠你了。"

"可是我只是只井底之蛙，你说我能做什么？"

"我想到一个好方法。哥，你朝我张开嘴巴。"

"喂喂喂，现在可不是悠哉喝雨水的时候啊。"

"你张开嘴巴就是了。"

幺弟喘着气，打开伪电气白兰的瓶盖，从井边探出身，窥望井底。一道闪电划过，照出一只张大嘴巴的青蛙。"要全部喝光哦。"幺弟将酒往井底倒，顿时香气四溢，微微泛着橙色的酒液自瓶口流出，拉出清澈优美的线条落入张大了嘴的二哥口中。

自从知道不能恢复狸猫身份后，二哥再也不曾提起从前最爱喝的伪电气白兰，如今幺弟将整整一瓶酒倒进他口中。

幺弟屏息等待二哥的反应。

井底传来自父亲过世后便不再听到过的豪爽声音，二哥朗声说道："卷土重来！"

漫长的时间过去了。

挂钟的指针指向五点，发出当当钟响。眼中的钟盘突然渗出水来，原来是我哭了。

狸猫再怎么乐天，有些事还是无法一笑置之。我想着："永别了，大哥。"在加茂大桥一带东奔西走找寻母亲、差点发疯的大哥，变身成布袋和尚板着脸的大哥，在澡堂替红玉老师刷背的大哥，意气风发地驾着自动人力车疾驰的大哥，他的身影逐一浮现在脑海。"到底是怎样的因果报应！"记忆中的大哥揪扯着头发大吼，"为什么我的弟弟都这么没用！"

这些年来，大哥领着我们这群没用的弟弟奋斗着，为了继承父亲的衣钵，他一直努力不懈。万万没想到就在他即将成为狸猫一族的首领、继承父亲遗志时，竟成了火锅料，步上和父亲同样的命运。"你们绝不能变成狸猫锅。"老妈明明一再这么交代，结果我们四兄弟还是让母亲难过落泪了吧。

"你在哭吗，矢三郎？"金阁说，"你大哥是只好狸，真令人遗憾。我都有点想哭了呢。"

"骗谁。"

"我没骗你，被他咬中屁股的疼痛我没忘，我的屁股可是差点被咬成四片呢。……可是，他的确是只做事认真的狸猫。"

"那你救他啊。"

"这可不行，我们得听从我爹的指示。狸猫要维持生计可不容易。"

金阁说完，抬头望向时钟。"天快黑了。"

就在这时候，伪荞麦面店突然剧烈摇晃，好像被人搬移一般。我连同铁笼滑向地面，金阁也一个踉跄跌坐在地，招财猫打了个滚。店内的桌子不住摇晃，椅子翻倒，挂钟落地，传来玻璃的碎裂声。

"怎么了，银阁？"止不住翻滚的金阁问道，"怎么摇得这么厉害？"

"我也不知道，哥。我好像正以飞快的速度在跑呢，屁股晃个不停，好可怕！"

"冷静一点，银阁！小心变身术穿帮！"

"好可怕哦！哥，我受不了了！"

银阁惊声尖叫，我们眼前的世界为之歪斜。

金阁大叫："万万不可！"然而，变身术一旦解除便无法立刻复原，伪荞麦面店顿时就像魔芋般扭曲变形，我感到头晕目眩。不久，桌椅、暖炉、菜单木牌、招财猫，都在变形的伪荞麦面店里滑行，被吸进深处的厨房。金阁抱紧被冲走的物品，大喊"万万不可"做着最后的挣扎。但他只是白费力气，墙壁、天花板宛如水彩颜料被洗去般，逐一被吸进厨房——世界就此倒转。

我们坐上睿山电车。

电车似乎在寺町路上疾驰，金阁与银阁的脸抵着车窗，你一言我一语地说："怎么回事！"然后打开车窗大喊救命。我正纳闷是怎么回事，一名少年跑来替我打开铁笼。

我滚出笼外，伸了个懒腰，大叫一声："啊！舒服多了！"

"哥，我们来救你了。"矢四郎笑眯眯地说。

"矢三郎，坐得可舒服？"变身成伪睿山电车的二哥说道。

伪睿山电车行经京都御所森林，一路向南疾驰。

惊慌失措的金阁、银阁紧贴着车窗，吓得魂不附体，一不小心露出毛茸茸的脚。我和幺弟一同扑向前，动手脱下他们用来保护屁股的铁内裤。

"住手！色狼！别脱我们的内裤！"

"敢这么做你们一定会后悔！住手！"

银阁踩到幺弟，跌倒在地，我顺势脱去他的内裤，一口咬住他屁股。银阁放声大叫："哥，我屁股裂了！"银阁放声大哭，抱住金阁，制住了金阁的行动，幺弟趁机抢下金阁的铁内裤。我又一口咬下。不用说也知道，我当然是仔细地咬了两下。

"好痛！好痛！屁股裂成八片了！"

两只狸猫在车内四处逃窜，我们拎住他们的脖子，以其人之道还治其人之身，将他们塞进铁笼里，然后忍不住直呼痛快。

"好挤哦。"金阁呻吟道，"矢三郎，别这么粗鲁嘛。"

"这句话应该是我说才对。"

从夏天一直找到现在的雷神风神扇终于重回我手中。"原来是你们拿去了！"我踢飞铁笼，金阁、银阁发出惨叫。

"我在葵桥捡到的。"金阁说，"这可不是偷来的。"

"少啰唆，这是红玉老师的东西，我要还给老师。"

不久，伪睿山电车驶过丸太町。

刚才还雷电大作的天空骤然变貌，待风神雷神的怒火平息，乌云瞬间飞散。太阳迅速移动，天空恢复成蓝黑色。

寺町路的灯火纷纷亮起，表示时间所剩不多。大哥此刻就像走在一块从铁锅外缘延伸出的板子上，锅里是煮沸的滚水，面临生死关头。在这千钧一发之际，不知道迟钝的大哥能撑多久。

二哥以疾风怒涛的飞快速度通过寺町路。

树叶落尽的行道树被二哥卷起的强风吹得不住摇晃，睿山电车一路由北往南挺进，吓坏了的汽车们急忙让出一条道路，路人纷纷跌进骑楼。

"让开！让开！"二哥喊道，"睿山电车大人要通过喽！"

我从车窗探出头，阵阵冷风吹过。

门灯、路灯、橱窗灯、酒馆屋檐上的大灯笼、西式餐厅的灯火、旧家具店门口的油灯、自窗外飞逝的街灯，灯光全打在伪睿山电车上，车身闪亮耀眼。伪睿山电车折射夜光，行驶在没有铁轨的马路上，所到之处就像红海一分为二，人们纷纷让路。如此令人雀跃的景象，仿佛二哥的光荣时代重现。二哥的光荣时代，也就是父亲的光荣时代，昔日父亲变身成富态的布袋和尚怂恿二哥的身影，此刻历历在目。

"真叫人怀念！"二哥全力疾驰，任凭风声在耳畔呼啸，"就是这样，就应该是这样！"

我和幺弟跪在座位上，从车窗探出身子，挥着手呐喊："呀嗬——"

"唉，怎么办，矢三郎。大哥明明身陷九死一生的危机中，我却莫名觉得有趣极了。我实在太不正经了。"

"没关系的，尽情跑吧，哥。这也是傻瓜的血脉使然。"我说，"有趣即正义啊！"

伪睿山电车突然在寺町路上蛇行起来，擦过路旁房舍的屋檐，撞飞雨樋，打破马路边的橱窗。

"怎么了，哥，不要紧吧？"

二哥沉默不语，车体摇晃一路蛇行，然后，他语带哽咽地说：

"老爸对我说的最后一句话，就是这句，那晚老爸就是这么对我说的。我待在井底怎么想都想不出，现在总算想起来了。"

我感觉得出二哥全身上下的傻瓜热血即将沸腾，听得见他心脏的鼓动。

"有趣即正义啊！"

二哥朗声说道，我和弟弟也跟着唱和。

越过二条后，寺町路的路面狭窄了许多，我们差点撞上转角的商住楼，二哥缩窄了车体勉强避开，继续往南驶去。我站在电车前头远望，穿越京都市政府的树丛旁后，宽敞的御池路就在眼前，逐渐逼近的寺町路拱廊宛如黑暗中一条通往晶亮灿然的异世界的隧道。

"哥，你打算一路冲进拱廊吗？"

"你说什么？我听不到。"

"要去先斗町，我们要去先斗町。"

"先斗町在哪儿啊？"

好在是绿灯，二哥速度未减直接通过御池路，冲进寺町路的拱廊。四周突然被耀眼的光芒笼罩。

二哥通过本能寺大门前，撞飞违规停放的自行车，刮跑摆在西服店门前销售的连衣裙，将堆在旧书店门口的美术书籍吹得页面翻飞。屋檐相连的文具店、咖啡厅、画具店、蛋糕店、平价日式料理食堂，一一飞逝而过。二哥速度飞快，所到之处莫不刮起强风，鸠居堂的漂亮扇子和信纸被吸了出来，在拱廊内飞舞。

"二哥，可以在三条左转吗？"

"这太难了。"

尽管我们人在寺町三条，但无法改变方向。非但如此，本该是笔直的寺町路竟微微右偏。二哥吃了一惊，从三条寺町派出所和蟹道乐餐厅中间穿过，转往右方，撞飞"**骑车者请下车，改推车而行**"的告示牌，而飞出的告示牌又打破速食店的窗户。"真不好意思。"二哥如此低语，擦过三岛亭的檐灯，沿着寺町路往南而行。

"哥，我们停车跑过去吧，好不好？"

"抱歉，矢三郎。我现在没办法。"

"那就先去四条路吧。"

我们改以四条为目标，但奇怪的是，一直迟迟到不了四条路。更怪的是，从三条到四条，理应是南北一路贯穿的寺町路竟有些蜿蜒，我们一再经过看起来眼熟的商店，当第二次从挂满橙光闪耀的灯笼的锦天满宫前通过时，我们才发觉情况有异。因为世上只有一座锦天满宫啊！

"哥，我们一直在同样的地方绕圈子！"幺弟探出车窗说道。

仔细一看，外头街灯依旧耀眼，但已经不见四处逃窜的行人，商店里也空无一人，气氛诡异。我使劲踩稳，发现地面微微斜倾，记得寺町路应该不是坡道才对。

"哥，不对劲。放慢速度吧。"

"矢三郎，你的要求可真多。"

二哥尽可能试着放慢速度，但他似乎管不住体内激昂沸腾的傻瓜热血，仍是一路在无人的寺町路内横冲直撞，同时，坡度愈来愈陡，以夸张的角度直逼天空而去的拱廊前方不是四条路，而是高挂夜空的圆月。

"这是伪寺町路!"

我转头望向关在笼里的金阁和银阁,他们正用幺弟的手机讲电话,窃窃私语。我冲向铁笼,从尖叫的两人手中抢下手机。

"你们到底打电话给谁!"

金阁与银阁冷笑。"怎样啊,矢三郎。难道你没听过'一波未平,一波又起'这句话吗?我打给夷川亲卫队,叫他们绕到前面埋伏了。"

"混账,你要设多少陷阱才满意!"

"怕了是吗?"金阁鼻孔翕张得意地说。

"怕了是吧?"银阁也说。

接着金阁和银阁一同放声喊道:"你们就这样掉进鸭川吧!"

"哥,不好了!"我在电车头大喊,但管不住冲动的二哥只"嗯"了一声作回应。

眼前一路绵延的寺町路陡然左拐,往鸭川直去,前方的圆月突然消失了踪影,伪睿山电车只能在伪寺町路的引导下前进。不久,一路往上的斜坡突然变得平坦,和驾驶交通工具越过山头时的感觉一样,我觉得脚底发痒。下一秒,我们往下俯冲,光芒耀眼的拱廊宛如一座巨大的滑梯,朝左方画出一道圆弧,这下二哥更加挡不住冲势。坡道再度趋缓,可是这次等在伪寺町路出口的,竟是波光粼粼的鸭川。

"哥,我们会冲进河里!"

"冬天的鸭川很冷,要先做好暖身操。"

"你们被骗了!"金阁开心地大呼小叫,"卷土重来!卷土重来!"

"喂,你们也会一起掉进鸭川哦。"

"哼，这就叫作同舟共济。"

"吴越同舟！吴越同舟！"

在街道上空一路朝鸭川而去的伪寺町路，终于来到尽头。

伪睿山电车顺势飞出，从车窗往外看，耀眼的白色隧道从寺町三条一带升起，像条蜿蜒的管子般穿越寺町、新京极、河原町、先斗町的夜景，一路直奔鸭川。

竟然干出这么夸张的事！虽然是敌人，但这等变身术确实厉害！

眼下是滚滚而流的鸭川。

"骗到他们了！骗到他们了！"金阁开心地喊道。

但幺弟毫不畏惧地回道："是你们被骗了！"

幺弟扑向一个涂成红色的吊环，以全身的重量使劲往下拉。

伪睿山电车的地板开启，冒出一个眼熟的锅炉，那是弁天的飞天房掌管飞行的中央控制装置——飞天锅炉引擎。幺弟将藏在座位底下的红玉波特酒倒进锅炉内，二哥旋即变身成不知该如何形容的物体，姑且称之为"飞天伪睿山电车"吧。

伪睿山电车稍稍擦过水面，飘浮在鸭川上空，车体似乎溅到了一些水花，二哥直呼："吓，好冷！"

我们在空中摇摇晃晃，俯瞰先斗町的商住楼以及历史悠久的各家日式料亭的灯火在鸭川沿岸排成一列。其中一处灯火，就是京料理铺千岁屋。玻璃窗内是一张张熟悉的面孔，正是准备吃我大哥的星期五俱乐部成员。

尾牙宴已经开始了。

"你们一再出怪招，到底要玩到什么时候才甘心！"

"我已经技穷，再也使不出怪招了。"金阁以哽咽的口吻应道。

我抓住金阁和银阁的脖子，一把将他们拖出笼外，抱着他们来到窗边。他们哀号道："等一下，暂停一下，暂停一下！"

"没时间等了，你们就一路流向大阪湾吧！"

我想将他们丢进鸭川，但他们顽强抵抗，毛茸茸的手紧抓着窗缘，死命摇头。

"我不要再被丢进水里了！我会冻死的，我说真的！"

"喂，星期五俱乐部正在举办尾牙宴呢。"我对垂吊在窗缘上的两人冷笑，"你们是想掉进冰冷的鸭川，还是滚烫的铁锅呢？"

金阁、银阁面对眼前的超级难题，一时做不出抉择，吊在窗沿上抽动着鼻子，但最后叹了口气。"那就选鸭川吧。"两人闹脾气似的低语，落向冰冷的鸭川。

扑通，扑通，传来两下水声。虽说这蠢样也有让人实在恨不起来的地方，但他们毕竟是可恨的敌人，我目送他们漂向遥远的大洋。眼前最要紧的，只有一件事。幺弟将红玉波特酒倒进锅炉引擎中，二哥转动车体，将车头对准京料理铺千岁屋。

"在天空飞行还真是怪呢。"

"哥，星期五俱乐部的人就在那里，直接停在那家店的后门吧。"

"你的要求也太强人所难了，我可是第一次在空中飞啊。"

"我用风神雷神扇扇点风吧。"

"小心一点哦。"

"我会轻轻扇的。"

我打开车窗轻扇一下，但似乎还是太强了，飘浮在鸭川上空的伪睿山电车冲向了千岁屋。我们心惊胆战地看着包厢的玻璃门逼近，然而飞天伪睿山电车冲势未减，竟直接破门而入。

千岁屋的二楼包厢瞬间塌毁。

榻榻米翻了过来，灯泡碎裂，烟灰缸四处乱飞，铁锅翻覆，在星期五俱乐部成员的怒吼和惨叫声中，我仿佛听见弁天歇斯底里的笑声。我们将漂亮的和室拉门撞得皱成一团，这才缓住冲力，二哥轻声呻吟："鼻子好痛。"伪睿山电车翻覆，我和幺弟连同锅炉引擎一起被抛进包厢。幺弟原形毕露，紧紧抱着滚向壁龛的锅炉引擎。

我变身成大学生，站在昏暗的包厢内。幺弟缩着身子不住颤抖，我一把抓住他毛茸茸的颈子，让他叼住风神雷神扇。"矢四郎，你马上跑去仙醉楼，阻止长老们的会议。"

"嗯。"

"尽可能拖延时间，如果不行就用这把扇子朝他们轻轻扇一扇，用完就还给红玉老师。老师应该也在仙醉楼。"

幺弟含糊不清地说着话，意思应该是：哥，那你呢？

"我救出大哥就赶过去。快走，你这模样待在这里会被吃掉的。"

幺弟尖叫一声，逃离走廊。

在灯火熄灭的包厢内，星期五俱乐部那班人不住呻吟。

二哥人呢？大哥在哪里？黑暗中，我以鼻子努力嗅闻，这时听到一个低沉的嗓音说："是矢三郎吗？"

是铁笼中的大哥。

我打开铁笼。

大哥步履蹒跚地走出铁笼，我紧紧抱住他，他很不甘心地哭着说："可恶、可恶。"他全身狸毛颤抖，拂去我的手。

"你一定很看不起我对吧。学人类喊着选举、布局，最后却落得这般下场。你不知道我有多害怕。像我这么丢人现眼的狸猫，能肩负起狸猫一族的未来吗？我应该被人类吃掉才对。"

"大哥，你讲得太过了。你想让妈再流泪吗？"

"唔，可是我实在太没用了……"

"大哥，这都是傻瓜的血脉使然啊。"我朝大哥的背使劲一拍，"模仿人类又有什么关系，只要你高兴就好。你不是要继承老爸的衣钵吗？"

"是这样吗……"

"你要打垮夷川，他是我们的杀父仇人。"

"你说什么？"

"将老爸交给星期五俱乐部的人，就是夷川早云。"

突然有个小东西跳了过来，停在大哥背上。大哥一脸讶异，他背上的青蛙说："是我啦，大哥。"

"是矢二郎啊！"

"我们快走吧，大哥。我已经派矢四郎赶去仙醉楼了，应该还来得及。妈也会很高兴的。"

"对了，还有妈！"大哥慌张地大喊，紧抓着我，"救出妈了吗？救出来了吗？"

"不，还不知道她的下落。"

"她在纸屋桥的伪电气白兰销售处仓库，被关在铁笼里。得赶快去救她才行！"

"大哥，你冷静一点。我去就行了。"

这时，包厢中央的方形座灯亮起。

"是什么人？"一个沙哑的声音响起。

　　淡淡的朦胧灯光下，有个阴森的人影映照在残破的拉门上，影子延伸至天花板。我本想和哥哥们一起冲出去，但被一条绳子缠住了脚，要解开得花不少时间。我避开方形座灯的光，将大哥和二哥推向走廊。

　　"快走吧，大哥。老妈就交给我。"

　　大哥哭丧着脸朝我点点头，背着二哥快步沿着垂吊着传统油灯的长廊离去。

　　我转头一看，一名身形富态的老人端坐在凌乱的包厢内。

　　那个陡然伸长的影子就是这名老人的。弁天面带微笑坐在他身旁。包含淀川教授在内的其他人对刚才的冲击余悸犹存，屁股对着我抱头缩在包厢角落，唯独弁天与这名老人神色自若地端坐在包厢中央。

　　弁天在老人耳畔低语，他露出和蔼的笑容，展现出一股冷眼旁观的悠然气度。看来此人绝非普通人物。他八成就是星期五俱乐部最资深的成员——寿老人。

　　"哎呀，真是一团乱啊。"老人如此说道，凝望着我，"你是哪位？"

　　"我听到轰然巨响，跑来看看发生了什么事。"我如此回应，解开缠在脚上的绳子。

　　"恰巧路过是吧？哼。"

　　老人狐疑地打量着我。只见他伸手一拉，缠在我脚上的绳子登时飞回他身边，就像变魔术一样。弁天朝我吐吐舌头，我不禁皱眉。老人一脸诧异地看了弁天一眼，问道："你们认识？"

　　"是啊，寿老人。他是个很有趣的孩子。"

"这样啊，有趣很好啊。"

之前一直以屁股对人的其他成员看到局面已得到控制，陆续从角落来到灯光下。就是之前和我一起在寿喜烧店抢肉吃的那些人。那位没见过的光头男子应该是"福禄寿"；而撞开福禄寿光可鉴人的秃头、朝我飞奔而来的，是淀川教授。教授所剩不多的头发凌乱不堪，他望着我脚下的铁笼，悲痛地喊着："啊！我的狸猫逃走了！"

教授慌乱地抓住我的肩头，忙问："到底发生了什么事？有个庞然巨物从鸭川一路冲进屋里，我都搞不清楚是怎么回事了。你看，包厢乱七八糟的，狸猫也跑了……"

"你冷静一点，布袋兄。"寿老人说。

"可是，这可是我费尽九牛二虎之力才得到的狸猫啊！"

"他只是个路过者，你这么激动地逼问他也没用啊。话说回来，街上本就可能发生一些不可解释的突发事故，没必要为此失去冷静，缩短自己的寿命。"

教授坐倒在地。寿老人语气温柔地安慰他：

"你放心吧。刚才我在纸屋桥的伪电气白兰销售处看到一只狸猫，是我一位朋友寄放的。我为了预防这样的情况发生，已经事先派人去取来了，今晚就改以那只狸猫下锅吧。"

我当时的惊讶实在难以用笔墨形容。

寿老人笑眯眯地环视包厢说："伤脑筋，这里真是一团乱啊，真扫兴，得换一处河畔才行。挑哪儿好呢？"

"终于要搭乘您那辆传闻中的专用电车了吗？"晓云阁饭店的社长毗沙门天说。

"很遗憾，电车碰巧送修了。不过，在四条木屋町南方的河畔有家饶有情趣的料理铺，名叫仙醉楼，评价可不输鸟弥三哦。我早料到也许会发生这种事，前些日子顶下了那家店。虽然今晚场地被某个团体包下了，但只要我出面说一声，他们应该会通融，让我们这几个人挤一下。"

"等、等、等一下！"我举手道，"可否也让我掺一脚呢？"

"咦，你？"

"我一直很想尝尝狸猫肉是什么滋味，还有，在吃之前，我也想看看活生生的狸猫长什么模样，我还没见识过呢。"

寿老人挑动长眉打量着我。虽然他脸上挂着微笑，但那笑脸就像贴上去的一样，眼神不带半点笑意。

"我觉得让他一起去也无妨。"弁天说，"各位意下如何？"

"既然弁天小姐都这么说了，那好吧。……啊，不好意思，因为你年纪轻，要出力的工作就麻烦你了。厨房里有几瓶伪电气白兰，请搬到仙醉楼去。"

"明白了。"

"真不愧是寿老人，临时要准备狸猫可不容易啊……我刚才都想死心了呢。"

"没什么，我只是刚好知道销售处的仓库里有只狸猫。是我朋友寄放的，我可以自行处置。"

"你朋友该不会很疼爱那只狸猫吧？要是吃了它，你朋友会不会生气？"

"不会不会，我不会让他发牢骚的。倒是布袋兄……"

一脸茫然地瘫坐在榻榻米上的教授，闻言吃惊地抬起头。

"好在有备用的狸猫。不然，不管是什么原因，只要吃不成狸猫锅，你都得自俱乐部除名哦。"

从四条木屋町沿着高濑川往南走约五分钟，便可抵达仙醉楼。

这栋木造的两层楼店面虽然占地不大，但外观优美，有种老店的氛围。后门面向鸭川，据说每到夏天便会摆设纳凉露台，屋檐吊着橘色灯笼，气派十足。

早一步从千岁屋离开的幺弟一踏进仙醉楼，便看到夷川早云在厉声斥责大哥缺席一事，众人在他的气势压制下，眼看就要宣布他为下届的伪右卫门。

幺弟见情势不利，稍稍拉开面向走廊的拉门，扇动风神雷神扇。

包厢内登时刮起一阵强风，在座的毛球长老漫天飞舞，根本不是得出结论的时候。重要干部乱成一团，忙着帮各长老归位，这时，在隔壁包厢等候的红玉老师冲了进来，怒喝一声："吵死人了！"

红玉老师心不甘情不愿地前来，但他一到便表明拒绝与狸猫同席，独自一人在隔壁包厢喝酒。他本以为很快便能决定人选，孰料狸猫竟撇下他不管，径自吵了起来。老师认为自己被看轻，而受人蔑视是伟大的红玉老师最无法忍受的事。

看到老师勃然大怒，连躲在走廊偷听的幺弟也吓得缩成一团。幺弟知道老师很不开心，不过老师一开始教训人就没完没了，这样正好，在大哥和二哥赶到之前得以争取不少时间。

不久，背着二哥的大哥抵达了。

大哥听完幺弟的说明，竖耳聆听红玉老师又臭又长的训话，称赞幺弟："干得好！"轻抚他的脑袋。

"那么，我们进去吧。你把扇子还给老师后先退到一旁去。"

大哥鼓起勇气打开拉门，只见红玉老师站在中央不断训话，那些大有来头的狸猫则围在他四周蜷缩着身子。众人抬起头看到我大哥，莫不露出如释重负的表情。"啊，矢一郎来了。""终于来了！"众人你一言我一语地说。

大哥怒气腾腾地瞪着早云；早云先是一副"见鬼了"的表情，但旋即收起脸上的惊讶，嘴角轻扬，恢复傲慢的神色。

"我们等了很久呢，矢一郎。"早云说，"你摆什么臭架子啊，还不快向长老们赔不是。"

"等等！"红玉老师打断他的话，"我还没说完！"

"老师，这个给您！"

幺弟拜倒在老师脚下，递出风神雷神扇。老师的表情立即和缓不少，低语："噢，这不是风神雷神扇吗？我听说矢三郎那个蠢蛋弄丢了。"

"我们好不容易找到了，专程前来献给老师。"

"原来是这么回事。"

大哥看老师心情变好了，向前一步说道："老师，我已经到了，应该很快就能得出结论。请您在隔壁包厢稍候片刻。"

"嗯，好吧。不过别让我等得不耐烦哦。"老师欣赏着风神雷神扇说，"惹火了我，当心我使出天狗风。"

"弟子明白。"

幺弟牵着红玉老师的袖子，走进隔壁包厢。大哥端坐在榻榻米上，向长老们深深一鞠躬。"让各位久等了，非常抱歉。但我实在是有不得已的苦衷，因为我被星期五俱乐部的人掳走了。"

众狸猫闻言，大为震惊。

"至于我为何会如此不小心，落入星期五俱乐部的手中呢？这全是夷川早云设计陷害！他为了抢夺伪右卫门的宝座，非但一一掳走下鸭家的成员，还将我关进笼子里交给星期五俱乐部的人，当真有辱一族名声！"

"此事当真？"长老们在坐垫上颤抖地说。

"他当然是骗人的。"早云气定神闲地说，"这可是指控身为狸猫的我将同胞煮成火锅，不是天狗，也不是人类，而是狸猫！世上怎么可能有如此残忍的狸猫！如此神圣的会议，你不但迟到了，还以这种谎言当借口，借机陷我于不义。这种做法实在太卑鄙了！这根本是空穴来风的恶意中伤！"

"我没骗人。"大哥道。

"证据在哪里？"

我二哥跳到榻榻米上说："这事千真万确！"长老们的眼睛从密毛深处仔细端详这只说话的青蛙。"哎呀，这不是下鸭矢二郎吗？好久不见了。"

"青蛙说的话，不足采信！"早云朗声呵斥，震撼了整个包厢，"他虽是青蛙模样，但也是下鸭家的人。他们对夷川家的憎恨向来毫不掩饰，现在竟异口同声陷害我，这是你们盘算好的吧？奇了怪了，你口口声声说我将你交给了星期五俱乐部，那你现在为何在这里？你不是应该被煮成狸猫火锅了吗？"

之后，大哥与早云的唇枪舌剑没完没了，陷入泥淖。

"嘘！隔壁好像有人来了。"

重要干部悄声警告。众人竖耳倾听，发现红玉老师所在的包厢对面来了一批人。

"听好了。"一位长老趁机说道，"你们双方各执一词，把我们搞得头昏脑胀。我们得保持头脑清晰，才能好好想清楚。矢一郎，早云，你们先别说话。"

长老们个个陷入深思。

星期五俱乐部转战另一处河畔。

像仙醉楼这样的料理铺竟会被放高利贷的寿老人掌控，当中必定有许多缘由，一念及此便令人心痛。也因为它凑巧落入寿老人手中，人类、狸猫、天狗才会挤在这家老店，仅以一扇拉门间隔。虽说是无心插柳，但这项错误导致了惨痛的代价。因为可怜的仙醉楼，那历史悠久的建筑将在这一夜灰飞烟灭，悠久的传统也就此断绝。

我从先斗町北方一路搬伪电气白兰的箱子过去，明明是冬天，我却大汗淋漓。我将酒瓶搁在土间，气喘吁吁，星期五俱乐部的人斜眼瞄我，陆续走进店内。一名像是仙醉楼老板的老太太前来迎客，向寿老人深深一鞠躬。

我跟在他们后面走进店内，担心族人会冷不防出现，一颗心七上八下。要是他们知道自己和星期五俱乐部的人同在一个屋檐下，不知会引发多大的混乱。恐怕族人会吓得露出狸猫尾巴，满地打滚，乱成一团。

我们被领往二楼一间面向鸭川的包厢。可怕的是，火锅早已备好。星期五俱乐部的成员对包厢的狭小颇有微词，服务生低头道歉："请各位包涵。"

"隔壁不行吗？"毗沙门天指着那面画有竹林和老虎的和室拉门。

"因为隔壁客人很多。"

"可是很安静啊，就像没人一样。"

"是很安静没错。"服务生含糊地应道。

我缩着身子坐在包厢角落，屏息等待母亲出现。

弁天原本盘腿而坐，这时她离开星期五俱乐部的成员，滑过榻榻米走近我。她呵呵笑着，点了根烟，支起单膝，吞云吐雾起来。

"喂，你在打什么主意？"

"不告诉你。"

"不管你要做什么，只要有趣就行，不过别太胡来哦。"

我望着拉门上那幅画有竹林和老虎的画，想着大哥。

这时，走廊上传来服务生的声音："您要的东西已经送达了。"

这世上最痛苦的事，莫过于看着自己的母亲被关在笼里送进这间备好火锅的包厢。

两名服务生毕恭毕敬地搬来铁笼，将毛茸茸的狸猫带进这间历史悠久的料理铺包厢。他们的心里想必很不是滋味吧，但是在金主寿老人面前，偏偏不能吐露心声。他们一定猜不到，其实今晚的客人大半都是狸猫。

寿老人轻轻摇晃铁笼，缩着身子的狸猫抬起头来。

星期五俱乐部的成员一脸感佩，七嘴八舌地说："噢"、"真不错"、"好漂亮的狸猫啊"。我可没办法像他们这么悠哉，差点就朝寿老人扑去，硬是忍了下来。我咬紧牙关，看着母亲，笼里的母亲发现了我，她濡湿的双眼注视着我，抽动鼻子。我向她微微颔首。

"真是一只漂亮的狸猫。你说是吧，布袋兄。"寿老人向淀川教授唤道。

但奇怪的是，爱狸成痴的淀川教授竟一副失魂落魄的表情，没回答寿老人的问话。只见教授张大着嘴，呆呆望着笼里的狸猫。

"布袋兄，你怎么了？"毗沙门天问。

淀川教授坐立不安地挪动臀部。

我本想出声叫唤寿老人。但一直悄静无声的隔壁包厢，气氛突然紧绷起来。

长老们深思过久，没多久便沉沉睡去。早云斜睨着那群摇来晃去的毛球，再度开口：

"矢一郎，你别再说这种无聊的谎言了，也不嫌丢脸。"

"亏你说得出这种话！"大哥无比惊讶地吼道，"你这家伙，竟有办法扯这种谎！"

"你竟对自己的叔叔用这种态度说话，你懂不懂礼貌啊。"

大哥一时忘了其他长老也在场。

"说什么叔叔！混账！你害我爸变成火锅，还好意思说这种话！"

在座的族人莫不受到强烈的冲击，那些睡得太熟差点寿终正寝的长老也陆续恢复活动。"你说他害总一郎变成火锅？"南禅寺的当家问，"这件事得说清楚才行！"

"等等！等等！"早云举起手回应。

"各位冷静一点，这根本就无凭无据嘛。想也知道，他是看自己扯那么多谎也起不了作用，情急之下连他父亲的事都搬了出来。不过，他拿不出半点证据。你说，有谁能证明？"

"海星是证人，也就是你的女儿！"

"她那年纪的女孩就爱幻想悲剧，把爱做梦的女孩说的话当真，你不觉得难为情吗？你真的相信我会害总一郎被煮成火锅？"

"你打算装蒜到什么时候！"

"谁叫你们一直在胡扯。这么可怕的事，没有狸猫会信的。"早云询问长老们，"诸位怎么看？你们认为我会做那种事吗？"

长老们不置可否，缓缓晃动身上的狸毛。

早云接着说："的确，总一郎被星期五俱乐部煮成火锅的来龙去脉，一直是个谜。像他那了不起的狸猫竟会轻易落入人类手中，此事确实古怪。但如果当时总一郎喝得烂醉如泥，那又另当别论了。"

早云瞪着坐在榻榻米上的青蛙。

"听说总一郎被星期五俱乐部掳获的那一晚，他曾和某只狸猫一起喝酒。总一郎之所以落入可恶的人类手中，可能就是这个原因。然而时至今日，那只可恶的狸猫迟迟未站出来承认自己的罪行，明明是他害狸猫一族的首领落入人类的铁锅，却一直闷不吭声。我听说他对自己卑劣的行径感到羞愧，一直藏身在某间寺院的井底。"

二哥怒不可遏，纵身一跃，扑向早云的脸。

"吓！"早云惨叫一声，将试图钻进他鼻孔里的青蛙扫向一旁。

二哥腾空飞出，就在即将撞向拉门摔成肉饼时，被南禅寺的当家以坐垫接住。

"我再也忍不下这口气了！"大哥的怒火达到极限，变身成一只大老虎，"管你是叔叔还是什么，我豁出去了！看我不打扁你！"

隔壁包厢传来激烈的争执声，粗重的嗓音应该是早云。"冷静一点，矢一郎！"安抚大哥的，是南禅寺的当家。而在一旁尖声怪叫的，应该是诸位长老。

寿老人望了拉门一眼。"看来，隔壁的客人开始大展身手喽。"

星期五俱乐部的成员个个竖耳聆听，邻房的喧哗愈来愈响亮，最后成了在房内回荡的巨响，还有人喊着："乱来！乱来！"

"他们在办运动会吗？"

正当寿老人如此低语，拉门上的竹林突然应声塌陷，一名肥胖的男子撞破拉门滚进我们的包厢。紧接着，一只真正的老虎撞破拉门上的纸老虎，紧追那名男子而来。那只大老虎模样可怕至极，只消看一眼便叫人胆裂魂飞。

老虎按住那名趴在地上的男子的背，吼出撼动整间料理铺的虎啸。"吓！"男子发出一声悲鸣。

"哗，是老虎呢。"我身旁的弁天悠哉地说。

星期五俱乐部的成员各自倒退数步，紧贴着另一侧的墙壁。但寿老人对这头猛虎丝毫不以为意，兀自抱着铁笼，望着我母亲。"伤脑筋，今晚可真热闹啊！"

夷川早云被老虎踩在背上，抬起头来。寿老人坐在他面前，铁笼就摆在旁边。

早云看见笼里的母亲，发出一声惊呼。

紧接着我大哥也发出惊呼，原本黄黑相间的毛皮杀气腾腾地上下起伏，此刻登时气势减弱，幸好他还勉强维持住老虎的样貌，就大哥来说已算是难能可贵。

早云朝寿老人吼道："那只狸猫怎么会在你手上？我应该是放在仓库里才对啊。"

"噢，是夷川啊。因为我们这边发生了一些意外，要向你借用一下。"

"你借来做什么？"

"煮火锅。"

"这哪叫借啊！我已经清楚告诉过你了，万不能拿那只狸猫下锅！她是我的！"

"是你的又如何？"

"唯独她不能下锅，我不容许这种事发生！"早云唾沫横飞地说，"当心我再也不卖伪电气白兰给你！"

寿老人哼了一声。"那我就用抢的。弁天小姐，你说是吧？"

"没错。"

"你们就是这样！人类实在太坏了！"

趁他们争吵，我准备趁机夺回母亲。

正当我如此盘算，站起身时，有个人把我撞飞，扑向铁笼。

淀川教授一把抱起关着我母亲的铁笼，母亲抬头望着教授，鼻子里发出呜呜声。寿老人柔声问道："布袋兄，怎么啦？"教授抱着铁笼转向寿老人，后退几步，口中含糊不清地念念有词，不住摇头。

"不行，我实在看不下去了。"淀川教授喘息地说，"它就是那只狸猫，是我亲手治疗的那只狸猫。我不能将它交给你们。"

"是你让狸猫溜走了，我才这么辛苦张罗。没有狸猫锅的尾牙宴，就像没有牛肉的牛肉盖饭，你要怎么向星期五俱乐部的传统交代？"

面对厉声斥责的寿老人，其他成员也同声附和："布袋兄，你这么做可会被除名哦。"

"除名也罢怎样也罢，我都无所谓！"

"啊！你的态度转变可真大。"

"我果然做不到，是我输了，我在思想上彻彻底底地输了。这样也好！什么嘛，在如今这种文明开化的时代，还吃什么狸猫锅！去他的星期五俱乐部，去他的传统！"

"你自己不也爱吃得很。"

"你不是说吃是一种爱的表现吗？你过去的论点怎么解释？"

"吃是一种爱的表现。但舍不得吃，也是一种爱的表现啊！"

"竟然说出这么任性的话，还如此大言不惭！"

"狡辩！狡辩！"

"狡辩又怎样！我不需要你的意见！"教授大喊，"我决定改变立场。"

"要改变立场是你的自由，但你得把狸猫留下。"

寿老人威严十足地撂下重话，被逼急了的教授踩了夷川早云一脚，使劲踢倒破裂的拉门，逃往隔壁包厢。

就这样，现场乱成一团。

隔壁包厢里，从长老到重要干部全挤作一团，一听见"星期五俱乐部的人来啦！"这声警告，包厢里登时充斥着不成声的悲鸣，方寸大乱的狸猫纷纷现出原形，包厢里冒出无数毛球，那光景就像地上铺着不断蠢动的毛毯。闯入其中的淀川教授连声嚷着："对不起！对不起！"虽是出于无心，还是踢飞了不少毛球。

寿老人昂然而立望着隔壁包厢，一脸感佩地说："真是绝佳美景啊。"

"煮多少锅都不成问题。"

挤满包厢的族人吓得在空中直翻跟斗，抱头鼠窜。

教授被流窜的毛球绊倒，跌了一跤，抛出关着母亲的铁笼。

我大哥早等在一旁，接住腾空飞起的母亲。大哥看到母亲身陷危机时，气势锐减，缩得像只病猫。此刻他救回母亲，登时勇气倍增。他将铁笼捧在腹下，朝星期五俱乐部的成员大吼一声。不过，他根本用不着这么做，因为面对眼前突然出现的动物王国，星期五俱乐部的成员一时无法接受，个个都像池里等着喂食的鲤鱼般，大嘴一开一合。

二哥在这场混乱中勉强保住小命，逃往我脚下。我拾起他，让他坐在我肩上。"哎呀，真是糟糕。"二哥说。

弁天走近淀川教授，问他："老师，你受伤了吗？"

面对老虎和狸猫也不显惧色，从容面对眼前局面的只有寿老人。他站起身，朝老虎大喝一声："给我闭嘴！"

大哥吼了回去。

前来查看状况的服务生个个吓得两腿发软，直喊着："老虎！狸猫！"

狸猫惊声尖叫，打开面向走廊的拉门想往外逃，但慌乱再加上动作笨拙，使得他们就像被扫向角落边的毛球，全挤作一团。

四处逃窜的狸猫、厉声咆哮的老虎、朗声呵斥的寿老人、关在笼中的母亲、一脸茫然的星期五俱乐部成员、吓到腿软的服务生、彻底输给自己的原则坐倒在地的淀川教授、单膝跪地向教授伸出援手的弁天、惊讶地望着这一幕的我、低语着"真是糟糕"的小青蛙——这场狸猫、人类、半天狗搅和在一起的大混战局面，究竟谁能收拾呢？

就在狸猫闹哄哄之际，包厢另一侧的拉门霍然开启。

红玉老师昂然而立。

老师满脸通红犹如煮过的章鱼，头顶几欲冒出腾腾热气，他右手紧握那把失而复得的风神雷神扇，左手抓着吊在屋顶的祝贺彩球拉绳。老师气得全身发抖，脚下踩着我幺弟。幺弟正极力阻止老师发飙。只见老师脚一扬，幺弟登时化为一团毛球滚向一旁。

大家都把老师给忘了。

老师怒火勃发，扯动拉绳，祝贺彩球打了开来。

彩纸纷飞中，写有**"伪右卫门决定"**的布条垂落。

"你们要我等到什么时候！再不安分一点，看我把你们全都吹跑！"

老师厉声怒吼，高举风神雷神扇。

这时，我脑中突然闪过一个恶魔的奸计。

虽然对淀川教授过意不去，但要收拾眼前混乱的局面，只有引发更大的混乱，让一切更难以收拾。我冲向弁天，撞倒她。她一时失去重心，倒在教授身上，一副不检点的猥亵模样。

我拜倒在地，朗声说道："报告如意岳药师坊大人！弟子当场逮到了红杏出墙的证据！"

红玉老师睁大眼睛，瞪着在我的奸计运作下搂在一起的教授与弁天的丑态。教授急忙推开弁天的身躯说道："你在说什么啊！这是误会，误会！"

"啊哈！果然是你！我看过你的照片。"老师吐了口唾沫，"区区一个人类，竟敢对弁天出手，真是不知分寸！不过，不只是你，这里的每个家伙都和你同罪。你们这些人类和毛球，别以为厚着脸皮摆出一副事不关己的模样，不把我说的话当一回事，就能平安无事。我看你们哪个都不顺眼，给我竖起耳朵听仔细，睁大眼睛看清楚！还不懂吗？我瞧不起你们每个人！"

说着他卷起袖子，高高举起那把装饰着金粉的扇子。

"吾乃天狗，正因是天狗，所以了不起。正因了不起，所以是天狗。要以和为贵，无忤为宗，对我虔诚笃敬。在伟大的天狗大人面前，你们个个都要搞清楚自己的身份！"

挥动着扇子的红玉老师，让人不禁联想起昔日他辉煌时期的身影。

在天狗的笑声中，一阵超级天狗风袭来。

仙醉楼被吹得片瓦不留，狸猫和人类手拉着手一同飞向高空。

从江户时代一直延续至今的仙醉楼历史，就此被红玉老师打上了休止符。当晚老师的冲冠之怒一发不可收拾，天狗风将木屋町一带吹得七零八落。有人拔腿快逃，有人乘风离去，不管是人类还是狸猫纷纷摸黑逃难。顺利逃走的人算是相当走运。那位因为我而背负奸夫污名的淀川教授，下场就很可怜。

红玉老师扇着扇子，一路追着他跑。

木屋町的树木被吹得严重扭曲，几欲断折；高濑川逆流，受到波及的醉汉被狂风卷向高空。淀川教授一头乱发，连滚带爬逃离暴风肆虐的木屋町，奔向灯火通明的四条路。红玉老师拄着我送的圣诞礼物——那根拐杖，一路紧追不舍，展现近年难得一见的活力。

"老师！您就高抬贵手，饶了他吧！"

尽管我在后头一路叫唤，老师还是置若罔闻。

四条路一如平时，夜晚亦明亮如昼。两侧高楼林立，证券公司、美容中心、金融公司、银行等的霓虹灯广告牌照亮夜空；举目净是川流不息的人潮、来来往往的市内公车和小汽车、排队候客的出租车。

淀川教授沿着四条路向西逃逸。

他所到之处，夜里的市街便会尖叫声四起，乱成一片。不论是打扮入时的少女、在四条河原町高岛屋百货前自弹自唱的年轻人，还是参加完尾牙宴准备返家的大学生，全被肆虐大楼间的暴风给吹倒在地。候客的出租车猛烈摇晃，市内公车差点翻覆，街上一路绵延的交通信号灯也被吹得弯折。载满廉价苹果的卡车上，无数苹果被风吹跑，撞得稀巴烂，将高级名牌店整个掩埋。凸出于大楼墙面的霓虹灯广告牌爆发出惊人的火花，逐一熄灭。

"老师还真是老当益壮呢。"攀在我肩上的二哥如此说道。

大哥和幺弟这时赶了上来。

"矢三郎，快想想办法啊。"大哥气喘吁吁地说，"老师从没闹得这么厉害过。"

"我这不是在想办法了吗？"

红玉老师终于也累了，只见他靠着拐杖不住喘息。趁着暴风暂时平息，我们打算一拥而上，制伏老师，但这时老师又扬起了扇子。

我们四兄弟连成一串被卷进暴风，被吹向大丸百货上空。大哥高喊："这下死定了！"幺弟则尖叫："好可怕啊！"正当极度恐惧的我们做好了丢掉小命的心理准备，随着风势在空中飞舞，弁天救了我们一命。

"真是胡来。"弁天说，"辛苦你们了，接下来交给我。"

她穿过旋绕的天狗风缝隙，顺利降落地面。放下我们后，她叫住走在藤井大丸百货前的红玉老师，唤了一声"师父"。老师不再挥扇，停下脚步。

"师父，这下您心满意足了吧？"

老师回身，"是弁天啊。"

"我已经明白老师您有多可怕，请就此停手吧。"

"不过……"

"我买了棉花棒，让我替您掏耳朵吧。您很久没枕在我膝上掏耳朵了呢。"

"嗯。"

"老师，过去的事可否就算了呢？"弁天手搭在老师肩上，柔声安抚，"我们回家去吧。"

红玉老师板着脸，朝淀川教授逃逸的四条乌丸方向望了一眼，点了点头，将风神雷神扇收进怀里。天狗风肆虐后的轻风吹拂着老师的白发。弁天牵着老师，姿态优雅地朝四条路上的出租车招手，旋即有一辆车停在他们面前，打开车门。

缓缓坐进车内的红玉老师，突然望向我们兄弟。

"你们还在这里瞎晃荡什么？快点回家去吧！"老师挥舞着拐杖说，"你们这些小毛球若是不知天高地厚，夜里还在外头游荡，小心被人给吃了。"

我们四兄弟朝伟大的恩师鞠躬行礼。

目送红玉老师和弁天搭上出租车离去后，我们不约而同叹了口气。

回想这漫长的一天，脑中一片混乱。不过，就算一片混乱也无所谓，虽称不上圆满落幕，好歹是平安收场。

"你打算当青蛙当到什么时候啊。"大哥对我肩上的二哥说，"这样很不方便吧？"

"不，大哥。我的感觉还没恢复，暂时还得当只青蛙。"

"伪右卫门的结果怎样？"幺弟问。

大哥皱起眉头。"都怪我，在长老面前那么胡来。不过，早云干的坏事曝光了，他也当不成。我看，一定是由八坂先生继续担任伪右卫门。他原本打算退位，到南方岛屿旅行呢。真是可怜。"

"对了，还有妈！"

经我这么一提，大哥也慌张叫道："对哦！我叫她在红玻璃等我们，不知她平安抵达了没。"

幺弟取出手机，但因为金阁之前那通电话打得太久，把电池都耗光了。只见幺弟不慌不忙地帮手机充电。"你偶尔也派得上用场嘛。"但大哥说完，又补上一句，"不，这回你可是大大派上了用场。"

幺弟打电话给母亲，我们全都竖耳聆听。

"妈，你现在人在哪里？"

"我刚抵达红玻璃。被关在笼子里半天，我的肩膀硬得不得了。你们都没事吧？没人受伤吧？"

"嗯，我们都在。换矢三郎哥哥听。"

"妈。我很好。"

"矢三郎吗？辛苦你了。"

"哈哈，没什么啦。好，换矢一郎大哥听。"

"妈，今天真是特别的一天。对不起，还有，虽然不甘心，但我大概是当不成伪右卫门了。"

"没关系啦。只要活着，总有出头的一天。"

"不好意思，现在换矢二郎听。"

大哥将手机移至我的肩膀。二哥慢吞吞地靠向手机，一时不知说什么好。

"矢二郎，你怎么不说话？"母亲问，"是不是受伤了？"

小小青蛙顿时泪如雨下。

"好久不见了，妈。一直没向您问候，请您原谅。"

"没关系，我懂我懂，你就别再哭了。"母亲平静地说，"今晚已经够多事了，我在店里等你们。"

我们四兄弟好几年没齐聚一堂了。

大哥提议："偶尔我们也敲敲肚皮鼓吧。"我没有答应。狸猫拿肚子当鼓敲已经是过去式了，再说，我只要这么做肚子就不舒服，但又不希望扫大哥的兴。我已有心理准备，今晚非奉陪不可。

大哥一声令下："开始吧！"

咚的一声，我们敲了一下肚皮，就此朝红玻璃迈进。

"总有一天，你会继承我的衣钵。"

据说父亲昔日在祇园的人群中等公车时，曾对大哥这么说。

"狸猫一族有些坏狸猫，而且你的想法比较古板，想必会遇上不少纷争。不过，每当你多树立一个敌人，就必须多结交一个朋友。有了五个敌人，就要有五个朋友。就算你不断树敌，日后狸猫一族半数都是你的敌人，但只要看看身边，你会发现还有三个弟弟。这令人再安心不过。他们日后一定会成为你的王牌。我常感到悲哀的，就是自己没有这样的王牌。我不信任自己的弟弟，弟弟也不信任我。我们兄弟之所以起冲突，就是这个缘故。当相同血脉的人与你为敌，将会是你最大的敌人，所以你们一定得时时信任彼此，兄弟感情要和睦！你要牢记在心，兄弟感情要和睦！因为你们身上都有傻瓜的血脉。"

说到这里，父亲哈哈大笑。

"虽然这不是什么值得自豪的血脉。"

今年的岁末有点热闹过了头，每个人可能都累得筋疲力尽，于是大家都窝在家里睡大头觉。京都的狸猫一族一片沉寂。

接着，我们迎接新年的到来。

过年向来都是好天气，今年也不例外，天空万里无云，京都到处都是到神社参拜的人潮。好不容易爬出被窝的狸猫抬起鼻子嗅闻，率先以鼻子感受新年的到来。

由于心情愉快，我们一家人决定一同前往八坂神社。每年我们都会到下鸭神社参拜，但八坂神社则是从父亲过世后便没再去过。

我们走在阳光普照的鸭川河堤上，从出町柳车站搭乘京阪电车。

站在四条大桥旁，一路上满是从四条河原町到祇园和八坂神社参拜的游客。身穿和服的女性，穿得圆滚滚、活像不倒翁的孩童，手牵着手的男女，男女老幼熙来攘往走在四条路上，八坂神社的大门前人潮汹涌。

"哇，好多人啊。"大哥踮脚望向八坂神社的方向，皱着眉头，"挤得进去吗？"

那一夜，大哥在众长老面前变身为老虎，大闹一场。他虽然遭到斥责，但因为情有可原，最后还是得到原谅。不过，由于混乱中无法决定伪右卫门的人选，因此暂时还是由八坂平太郎继续担任伪右卫门一职。早已准备好要前往南国旅行的平太郎气得咬牙切齿，无比懊恼。

"要是被人挤扁，那可不妙。"母亲如此说道，搂着幺弟的肩膀。

"最危险的人是我，因为我是只青蛙。"坐在我肩上的二哥发起牢骚，"矢三郎，你可别让我掉下去哦，否则我肯定会被踩扁。"

二哥还是无法变回狸猫。他暂时分住古井和纠之森两地。他说身为青蛙，还是住在井底比较舒服。

我们随着人潮走在四条路上，不久与淀川教授一行人擦肩而过。

尽管教授无端被卷入那场风波，看起来倒是没什么改变。看来，对吃执着的人特别坚强。教授身旁跟着之前和他一起吃年轮蛋糕的铃木，以及多名学生。

"啊，是你啊！新年快乐。"

"您好，新年快乐。带着学生去参拜是吧。您真受学生爱戴呢。"

"哪儿的话。"教授摇着手，腼腆地笑着，"我待会儿还得请他们吃大餐，钱包大失血啊。"

"您身体还好吧？"

"咦？我很好啊。不过，我一再试着回想那一夜，却始终搞不清楚发生了什么事。虽然吃了不少苦头，还被星期五俱乐部除名……"

"不过您平安无事，这样不是很好吗？"

"说得也是。就结果来说，确实是这样。"

"老师，快带我们去吃大餐啦。我们要吃丰盛的大餐。"铃木如此说道，催促教授。

"我得先走了，再见。有空到我的研究室来玩啊。"

与教授挥别后，我们在八坂神社的大门前捺着性子，排队等候。

好不容易进到神社院内，但东瞧西看全是黑压压的人头，院内摆设的摊位也挤满了人。我们一家人手拉着手，气喘吁吁地往正殿走去，看见前方的人潮中有一群身穿灰色西装、表情冷峻的男子，他们排成一列往前走去。

我轻戳大哥几下。"大哥，你看那里。"

大哥朝我手指的方向望去，说道："是鞍马天狗吗？"

"真不知道这间神社到底挤了多少天狗和狸猫。"二哥说，"不过，现在这时代，就连青蛙也跑来新年参拜。"

"还有天狗呢。"我说。

"天狗来新年参拜，不行吗？"

背后突然传来这个声音，吓了我一跳。

转头一看，弁天和红玉老师就站在我们面前。弁天身穿一袭红艳亮眼的长袖和服，老师则是身穿大衣，系着围巾。弁天吃着热气直冒的鲷鱼烧，红唇边还沾有红豆渣。他们已有好几年没像这样联袂到神社新年参拜了。

"哎呀，是如意岳药师坊大人，恭贺新禧。"我们低头鞠躬。

"嗯。"老师露出满意的表情。

"我最喜欢过年了。"弁天道，"总觉得有股特别的气息，全日本变得像庆典一样，我很喜欢。"

"说得对，说得对。"老师柔声附和。

"老师，您也要去参拜是吗？"母亲问。

红玉老师抬头挺胸，望着遍布正殿四周的人潮。"我原本是这么想的，可是太麻烦了。"他低语道，"我可不想在这种地方没完没了地等下去。"

"老师，我们去参拜嘛，好不好？"弁天道，"难得来一趟啊。"

老师闻言马上舒颜展眉。"说的也是，偶一为之也不坏啦。"

就这样，我们随着缓缓移动的人潮前进。红玉老师一面走，一面对我们兄弟训话以打发无聊。当真是灾难。每次他开口，弁天就在一旁呵呵笑。

"矢一郎，你的脑筋得再灵活一点。"

"矢二郎，你得先从青蛙变回原形。"

"矢三郎，你别再惹麻烦了。"

"矢四郎，你得快点长大。"

老师伸指逐一戳我们的脑袋，如此说道。

老师的训话，好像没多大用处，也没什么好感谢的，只有我大哥一本正经地听训；二哥是只青蛙，从表情看不出他是否认真在听；幺弟则是混在人群里，不断连声称是。至于我嘛，当然是心不在焉地继续发呆。

当红玉老师在新年一早展现天狗的威严时，我们来到正殿，但在香客的包围下，功德箱离我们十分遥远。我们手里握着铜板，瞄准功德箱，准备丢进去。

正当我们准备铜板时，发现身旁多了两名前来参拜的胖子。"啊！"我惊呼一声，那两名男子也望着我，惊叫一声："啊！"

"嗨，金阁、银阁，新年快乐啊。刚过年就遇到你们两个傻瓜了。"

"矢三郎，那天晚上你竟敢那样整我们。"金阁说，"我们后来得了重感冒，一直躺到昨天才好。我还以为自己活不成了呢！"

"俗话说傻瓜不会感冒[1]，不过笨蛋还是会感冒的。"

"你说什么！"

听说他们的父亲夷川早云在经历那场惊天动地的骚动后，对外只丢下一句"要去泡温泉"，便像漏夜潜逃般旅行去了，没人知道

---

1 日本俗语。指傻瓜无忧无虑，所以不会感冒。

他的去向。不过，据说包括那些印笼的藏品在内，许多他自肥得来的财产泰半都从伪电气白兰工厂的仓库不翼而飞。有人说他是挨了红玉老师的天狗风就此一病不起，也有人说是长老们劝他自行引退。总之，他坏事做尽，如今赶在被追究恶行之前夹着尾巴开溜了。没人知道他何时会重返京都。最好永远都别回来。

人群中传来一个斥责金阁和银阁的声音。

"喂，你们这对傻瓜哥哥，就不会好好拜年吗？"

"是海星吗？"我环视人群，"你在哪儿？"

"我不会被你发现的。"海星笑道，"各位，新年快乐。"

早云失踪后，由金阁与银阁负责经营伪电气白兰工厂。

这对傻瓜兄弟是否真能胜任这项艰难的工作，令人质疑，不过，在他们之上还有个主导一切的绝对领导人——海星，所以应该没什么问题。值得庆幸的是，由于工厂业务繁忙，他们没空再来找我们麻烦。等到金阁与银阁长了智慧，开始懂得如何中饱私囊，我再来好好整治他们。

我与金阁、银阁互瞪时，红玉老师拿起破魔矢 [1] 敲我们脑袋。

"这种无聊的争吵，你们打算僵持到什么时候啊。你们这些臭毛球，还不快把钱丢进功德箱里。"

我们急忙朝功德箱的方位掷出铜板。

"大家可以一起来参拜，真是谢天谢地。"母亲心有所感地说，掷出铜板，"孩子他爹，你一定也很高兴吧。"

1　日本新年神社贩卖的吉祥物，造型为附有白色羽毛的弓箭。

一阵香气送入鼻端，我发现弁天不知何时已站在我身旁。"我今年有许多愿望呢。"她悄声低语，把许多铜板包在鲷鱼烧的纸袋里，丢向功德箱。

"弁天大人，您太贪心了。"

"我真那么贪心吗？"

"如果不锁定目标，原本能实现的愿望也会落空哦。"

"那么……我就来祈求可以遇见真命天子吧。"

"又说这种话装可爱！"

"……不然你许什么愿呢，矢三郎？"

院内的喧闹远去。

咦？

我思索着。

然而，我想不出什么特别的心愿。

虽然去年发生了不少事，但大家都活得好好的，也过得很快乐。今年想必也会发生不少事吧，不过，只要大家都活得好，过得快乐，这样便已足够。我们是狸猫。若有人问我狸猫该如何生活才好，我只有一个答案——狸生要是活得无趣还有什么意义。

在京都四处蠢动的狸猫们，舍弃你们的一切奢望吧。

"我没什么愿望。"我说。

弁天莞尔一笑，双手合掌，闭上眼睛。

我看了一会儿她的侧脸，也跟着闭眼合掌。

然后悄声说：

希望我下鸭一族及其同伴们，都能得到应有的荣光。

文景

社 科 新 知　文 艺 新 潮

Horizon

有顶天家族

[日] 森见登美彦 著　高詹燦 译

出 品 人：姚映然
责任编辑：卢　茗
营销编辑：雷静宜
封面设计：梁依宁
版式设计：安克晨

出　　品：北京世纪文景文化传播有限责任公司
　　　　　（北京朝阳区东土城路8号林达大厦A座4A 100013）
出版发行：上海人民出版社
印　　刷：山东临沂新华印刷物流集团有限责任公司
制　　版：南京展望文化发展有限公司

开 本：890mm×1240mm　1/32
印 张：9.5　字 数：210,000　插 页：2
2017年5月第1版　2023年3月第6次印刷
定 价：52.00元
ISBN：978-7-208-14376-0/Ⅰ·1615

图书在版编目（CIP）数据

有顶天家族 /（日）森见登美彦著；高詹燦译. —
上海：上海人民出版社，2017
ISBN 978-7-208-14376-0

Ⅰ. ① 有… Ⅱ. ① 森… ② 高… Ⅲ. ① 长篇小说–日
本–现代 Ⅳ. ① I313.45

中国版本图书馆CIP数据核字（2017）第050801号

本书如有印装错误，请致电本社更换　010-52187586